Bien trop calme

Axelle Auclair

Axelle Auclair/Indépendant
Axelle.Auclair@gmail.com
https://amoursdenfer.wordpress.com

Bien trop calme / Axelle Auclair — Première édition.
ISBN 978-2-9564421-9-6
Dépôt légal : juillet 2022
Imprimé par Kindle Direct Publishing
Couverture : ©Axelle Auclair
Crédits photos : Shutterstock

Table des matières

Cette histoire est librement inspirée des évènements vécus par les habitants d'Antelope, Oregon, dans les années 80.

1

Je sors de chez moi en trombe et traverse la cour en trébuchant deux fois sur les graviers dans la nuit noire. Un jour, je penserai à changer l'ampoule du porche. J'enfourche mon vélo, celui de feue ma grand-mère, qui pèse un âne mort et qui a une large selle en cuir sur ressorts. Quand il faut choisir entre esthétique et confort, je n'hésite même pas.

Trois grands coups de pédale pour me stabiliser et j'atteins la route qui mène au village, en bas de la colline. Je suis en retard, ils vont me tomber dessus ! La mauvaise ambiance qui règne en ce moment nous met tous sur les dents. Vivement que le calme et la paix reviennent !

Houlà ! Je me suis jetée avec un peu trop d'enthousiasme dans la pente. Je ne vois que leur ombre, mais les troncs d'arbres défilent à grande vitesse sur les côtés et le vélo cliquète de partout. Je devine tout juste la route dans le noir. La dynamo gémit à rendre l'âme mais l'antique ampoule jaunâtre éclaire à peine plus qu'un ver luisant. Ai-je révisé les freins récemment ? C'est avec un peu d'appréhension que je presse les poignées. Les patins couinent de façon inquiétante mais répondent à l'appel. Ouf, je reprends le contrôle de la machine avant le virage.

Je passe devant le panneau annonçant « Bienvenue à Boussolins, village typique de l'Aveyron ». Typique, il l'est, ce village où j'ai grandi. Mon grand-père aussi, et le sien idem. Je ne suis pas remontée plus loin, mais à mon avis, mes aïeux ont participé à la construction du lavoir et du clocher. Je suis du cru comme on le dit ici, élevée aux farçous et aux tartines de Roquefort.

Je m'engage sur le vieux pont de pierre qui débouche sur la place du village où trône son antique fontaine. Toutes les maisons sont dans le noir, ça dort, ce que je devrais faire également si je ne faisais pas partie de l'équipe des obstinés d'ici. Au lieu de ça, je pédale jusqu'à la petite rue d'en face et la remonte. Mon périple prend fin à la sortie du village, quand j'arrive chez Paulin. Le portail de sa ferme est ouvert, je me dirige directement vers la grange, lieu de nos rendez-vous secrets.

Pas le temps de reprendre mon souffle, je pose mon vélo et tire la grande porte en bois qui grince sur ses gonds. Je me fais accueillir aussitôt :

— Halte là ! Qui va là ?

— Salut Benji. Tu n'en fais pas un peu trop ?

— Hé, salut Jeanne. Paulin m'a dit de monter la garde sérieusement, que si je m'endors il me jette dans la mare. T'as pas sifflé comme on doit le faire.

— Faudrait voir à tous vous calmer. Et je ne sais pas siffler. Il aurait fallu y penser avant de choisir cette méthode pour s'annoncer.

— Tout le monde sait siffler, tu racontes n'importe quoi.

J'adresse un regard las à l'ado dégingandé assis sur sa botte de paille, qui, du haut de ses seize ans, ose me toiser.

— Sois mignon et laisse-moi passer, je suis déjà bien à la bourre. J'imagine qu'ils sont tous arrivés ?

— Ouais, t'es la der, comme d'hab, répond-il en se levant.

Il pousse la botte de paille pour dégager la trappe, qu'il soulève ensuite. Je lève les yeux au ciel. Ils sont devenus fous ! Je pose un pied sur l'échelle en bois et descends lentement. Chaque barreau usé grince sous mon poids, et c'est aussi inquiétant que désobligeant.

— Hé, je t'apprendrai si tu veux. Moi, je sais bien siffler, plastronne Benji avant de rabattre le battant au-dessus de moi.

Peine perdue, mon père s'y est escrimé pendant des années, mais je n'ai jamais fait mieux qu'un faible bruit de ventouse, accompagné parfois d'un peu de salive sur le menton.

Dans la petite pièce en bas, je me retrouve derrière le groupe, une dizaine de personnes qui font face au mur en pierres recouvert de photos et de plans. C'est ici que nous devisons et préparons nos actions, pas bien méchantes mais pas très légales non plus, raison pour laquelle nous nous planquons. Pour l'instant, ils écoutent le vieux Paulin annoncer l'imminence d'un drame. Je repère le chignon brun de Lola, ma meilleure amie, et vais discrètement la rejoindre. Elle est trop concentrée pour me remarquer, je tire l'arrière de sa veste. Elle tourne la tête.

— Ah, te voilà enfin ! T'es lourde à toujours me laisser seule, m'accueille-t-elle aimablement.

— Tu es collée-serrée avec neuf personnes, ce n'est pas ce que j'appelle être abandonnée. J'ai loupé quoi ?

— Paulin dit qu'ils construisent des trucs.

— Quel genre ?

— Des yourtes et des mini-chalets. Ça pousse comme des champignons, il paraît.

— Sur leur terrain ? Ils ont eu un permis ?

— Oui et oui. Paulin est passé à la mairie et c'est pour ça qu'il nous a convoqués d'urgence.

— Ça pue. Qu'est-ce qu'ils préparent comme nouvelle entourloupe ?

— Justement, il faut le découvrir. N'empêche que la moitié du village se fout de la tête de Paulin depuis qu'il crie à qui veut l'entendre que cette histoire de centre de yoga est pourrie...

— Sauf nous, je la coupe. Les onze, les seuls sceptiques sur les trois cent vingt habitants.

— Ouais, c'est sûr qu'on pèse pas lourd en nombre, mais on est moins con.

— Si tu le dis, je réponds en riant.

— Allez, chut, l'heure est grave.

Si ce n'était qu'une heure, ça irait, mais ça fait un peu plus d'un an que ça dure cette histoire. Tout a commencé lorsque notre abruti de maire a vendu un vaste terrain qui borde le lac, notre coin de paradis, pour la construction d'un centre de yoga. Du yoga... Ici, dans nos collines où la moitié des villageois sont des retraités, et la majorité des autres sont des agriculteurs. Du yoga ! Inutile d'être un génie du marketing pour comprendre que nous ne sommes pas la clientèle visée et qu'il faudra donc aller la chercher ailleurs pour la ramener chez nous. Ce n'est pas que nous sommes des sauvages, mais si on reste dans ce coin paumé, c'est qu'on aime le calme, justement.

À part nous, tout le monde s'en fout complètement dans le village. Le maire a réussi à faire avaler aux autres habitants que la venue de ces amateurs de corps tout mou allait dynamiser Boussolins. Peuh ! Nous, on a compris l'embrouille qui est très simple : le maire, c'est aussi le notaire. Il a empoché un paquet de fric dans la transaction, il n'y a pas à chercher plus loin.

On s'est rebellé, on s'est dressé, vent debout, fait quelques conneries aussi pour bloquer les travaux. En vain. Déjà catalogués comme des ploucs, nous passons désormais pour des demeurés qui refusent de s'ouvrir aux gens. Bref, le centre est en activité depuis un mois. Trente jours qui nous prouvent que nous avions raison. Nada. Pas un fondu de yoga n'a mis le pied dans nos commerces, pas même franchi le pont.

Même si l'absence de remous avait calmé les choses, Paulin nous explique qu'il faut repartir au combat. Soit. Avant d'épauler les armes, un détail me semble important, alors je lève la main. Paulin me fait signe de la tête, je me lance :

— S'ils ont les autorisations pour leurs yourtes, à quoi bon ? On va une nouvelle fois se prendre une veste. Je crois qu'il est plus sage cette fois d'attendre de savoir ce qu'ils trament.

— Jeanne a raison, m'appuie Lola. On nous taxera encore de charlots puisqu'on se plaindra d'un truc qui n'existe pas.

— C'est sûr. On commence à nous appeler « les zinzins de Boussolins », maugrée un autre.

On prend cher depuis un an et on en a un peu ras le bol. Paulin aussi, il se range donc à l'avis général. L'ordre du jour est donc que nous verrons bien. Quelle avancée ! Ça ne valait pas le coup de risquer ma vie dans la pente de nuit.

Nous pouvons attaquer la seconde partie de notre réunion, la plus intéressante. Nous convergeons vers le vieil établi en bois recouvert de plats, verres et bouteilles. Les bouchons sautent et le nectar rouge, en provenance directe des vignes de Paulin, est servi. Ce n'est pas un grand cru, son vin, mais il est fait avec amour. Ça lui rajoute le corps et les degrés qui lui font défaut.

Depuis le temps que nous nous réunissons, nous n'avons pas gagné un seul combat, mais on a bien picolé.

2

L'ambiance est à la détente, ça papote et ça rit, mais une silhouette immobile en retrait attire mon attention. Un homme de dos, plutôt grand et épais, avec un bonnet enfoncé sur le crâne. Un bonnet vert. Ah non ! J'attrape aussitôt Lola par le bras et je le lui indique du menton en pestant :

— Qu'est-ce qu'il fout là, celui-là ?

— Ah oui, j'ai oublié de te prévenir.

— Effectivement, pas merci pour la surprise. Et donc ?

— Il a été voir Paulin parce qu'il souhaite rejoindre les zinzins, dit-elle en riant.

— Mais non ! Je ne veux pas de lui dans le groupe. Il est plus con que trois ânes ! En plus, je suis certaine qu'il est là pour nous espionner. On ne peut pas lui faire confiance, c'est un fourbe !

— Roooh. Tu dis ça parce que vous vous faites la guerre.

— Exactement et ça pourrait même expliquer ma déconvenue en le découvrant ici, tu ne penses pas ? je raille.

— Moi, je n'ai pas de problème avec lui.

— Tu as déjà discuté avec lui ? Vous avez échangé plus qu'un « bonjour » ?

— Non, pas vraiment, mais je le trouve plutôt sympa, bien qu'un peu réservé.

— Réservé ? Sympa ? Attends, il y a erreur, on ne parle pas du même type. Le mien est désagréable et hargneux. Je ne vois que son dos mais j'ai déjà envie de lui crier dessus.

— Je crois qu'il te le rend bien, s'amuse-t-elle.

À peine ! Ce type me déteste. Notre première rencontre a donné lieu à une engueulade mémorable, ainsi que toutes celles qui ont suivi. Déjà pas aimable avec son air de chercher des têtes à couper pour se distraire, son physique d'homme des bois n'arrange rien. Limite effrayant le bonhomme !

— Tu sais, Lola, dans un film, aucun doute qu'il aurait le personnage du bûcheron psychopathe. Et ça ne serait pas un rôle de composition, crois-moi.

— Tu es dure ! Moi, j'aime bien son côté brut. Très viril, répond-elle en l'observant avec un air rêveur.

Non, nous ne parlons décidément pas du même homme ou bien elle est devenue folle. Je dois la recadrer au plus vite.

— Viril ne veut pas dire plein de poils partout. Tu voulais dire hirsute et touffu, n'est-ce pas ?

— Tu exagères.

— Si peu. Sa barbe est si drue qu'on pourrait y semer des radis. Je ne serais qu'à moitié étonnée qu'il ait du lierre qui pousse sous ses bras et de la mousse dans ses oreilles.

— J'aime bien son naturel, ça me change.

— C'est sûr qu'avec ton gendarme qui se pomponne chaque matin, c'est le jour et la nuit.

— N'en rajoute pas. Damien se rase et se coiffe, rien d'exceptionnel non plus.

— Et il repasse sa tenue avec une règle pour aligner les plis. L'autre, là, le trappeur, je suis certaine qu'il se peigne avec une écorce de chêne.

— Il a de belles mèches claires.

— Claires ? Ces cheveux sont grillés par le soleil à force de passer sa vie dehors, c'est tout.

— Et ses yeux bleus ? Tu vas me dire qu'ils sont délavés ?

— Où ça du bleu ? Je n'ai droit qu'à des regards noirs ! Tu sais que c'est à cause de types comme lui que les légendes existent ? Après leur arrivée dans les villages, les gosses font des cauchemars de génération en génération en parlant de trolls ou de bêtes indéfinissables.

Elle éclate de rire, ce qui attire l'attention de Marcelle, la femme du major qui n'est autre que le commandant de la petite brigade de gendarmerie située dans le village voisin. Car c'est un fait assez étrange, mais deux femmes de gendarmes font partie du groupe, en plus de Lola même si elle n'a pas encore épousé son Damien. Elles nous sont d'une grande aide pour obtenir des informations, qu'elles soutirent mine de rien à leurs maris pas méfiants. Ce qui pour le moment ne nous a pas vraiment servi, malheureusement. En revanche, elles sont rigolotes comme tout. Marcelle, la cinquantaine qu'elle porte à merveille, agite ses bouclettes parfaites en s'arrêtant devant nous.

— Bonsoir, Jeanne. Je disais à Paulin que Babeth, la femme de l'adjudant, se joint à nous.

— Nous ne serons jamais de trop, mais qu'est-ce qui la motive ?

— L'ennui, ma chère. Nous ne sommes pas très productifs, mais au moins, on s'amuse ici.

Les faits le confirment avec le temps, nous sommes plus un club de rencontres amicales qu'un groupuscule de citoyens factieux.

— Je ne voudrais pas jouer la pénible de service, mais si toutes les femmes de gendarmes s'absentent le même soir, tu ne penses pas que vos maris vont se douter de quelque chose et finir par nous tomber dessus ?

— C'est vrai qu'ils vont vite nous repérer, m'appuie Lola. Il ne faudrait quand même pas les prendre pour des imbéciles.

— Soyez sans crainte, réplique Marcelle en agitant la main. Avec les années, nous avons appris à les rouler dans la farine. En temps normal, c'est pour organiser une fête sans qu'ils le sachent, mais le principe est le même.

— Et donc, vous êtes censées être où actuellement ?

— Dans un petit local prêté par la mairie. Nous avons monté un club de chant. Du classique, du baroque, un répertoire qu'ils n'apprécient pas vraiment.

— Pour être plus précise, le mien a dit « un truc bien chiant », intervient Babeth, la nouvelle.

— Le mien aussi, convient Marcelle en riant. Donc, autant vous dire qu'aucun n'a proposé de venir nous écouter.

— On sent les années d'expérience, je la félicite.

— Tu verras après ton mariage, tu sauras aussi entourlouper ton homme, mais toujours avec amour, précise-t-elle avec un clin d'œil. D'ailleurs, c'est dans deux mois, ça avance bien les préparatifs ? Je serais ravie de t'aider si tu as besoin, ça m'occuperait et j'adore organiser des fêtes.

Marcelle est déjà excitée à cette idée, Lola toussote et baisse les yeux sur ses baskets. Mon mariage... comment dire... Il n'y a pas plusieurs façons de lui apprendre la nouvelle, même si je n'ai pas envie d'en parler, et pour cause, alors j'inspire et lâche d'une traite :

— Mon mariage est annulé.

Marcelle tressaille puis papillonne des paupières.

— Mais... Tu veux dire que tu décales la date ?

— Non, elle veut dire qu'il est annulé faute de marié muni d'une paire de couilles, s'en mêle Lola.

— Que... pardon ?

— Eh ouais ! Il s'est fait la belle, continue-t-elle en reniflant de mépris.

Marcelle est choquée et je ne sais pas si c'est par le fond ou par la forme, alors j'interviens pour tempérer :

— Ce que Lola cherche à expliquer, fort mal, c'est qu'il m'a plaquée pour retourner chez sa maman où la vie est plus douce.

— Oh ! Je suis tellement désolée, ma pauvre Jeanne.

— Il ne faut pas, elle l'a échappé belle, insiste Lola qui ne décolère pas et tourne en boucle depuis deux semaines là-dessus.

— Il avait plutôt du bon sens, marmonne tout à coup une voix grave derrière nous.

Ce type ne peut jamais la fermer, c'est plus fort que lui ! En habituée, je me contente de soupirer, mais Lola écarquille les yeux. On dirait qu'elle découvre le caractère du bonhomme, alors je ne me gêne pas pour la taquiner :

— Alors, tu le trouves toujours aussi sympa l'affreux des bois ?

L'ambiance s'est soudainement refroidie. Les trois femmes froncent les sourcils, en pleine confusion.

— Il nous tourne le dos, je pense que c'est une pure coïncidence, hasarde Marcelle en y mettant si peu de conviction qu'elle n'y croit assurément pas elle-même.

Quelle naïveté ! Il ne loupe surtout jamais une occasion de me pourrir la vie. Ce soir, je ne suis pas d'humeur à me battre avec lui et encore moins ici, alors je l'ignore royalement.

— Ça doit être ça, je réponds en me resservant un verre que j'engloutis aussi sec.

— Pour ton mariage, tu dois être malheureuse, ma pauvre, continue Marcelle, de plus en plus maladroitement.

— À vrai dire, tout s'est passé rapidement. J'ai à peine eu le temps de me rendre compte qu'il voulait me quitter, qu'il était déjà parti.

— Ben… c'était carrément ça puisque tu l'as chopé en train de charger ses valises dans sa voiture, raille Lola.

Marcelle et Babeth lâchent une exclamation indignée. N'ayant pas envie d'être consolée et encore moins de ressasser, je les calme avant qu'elles ne me prennent dans leur bras :

— Peu importe. Faut avancer dans la vie et j'ai assez de boulot à la ferme pour ne pas m'appesantir là-dessus.

— Tu es une battante, c'est bien, approuve Marcelle.

— Je suis surtout débordée. Et puis, à choisir, je préfère qu'il se sauve avant plutôt qu'après le mariage. C'est plus facile à régler. On tire juste un trait.

Mes paroles sont très pondérées, contrairement à mes pensées dans lesquelles je mets le feu aux affaires de mon ex, avant d'expédier sa voiture dans la fosse à fumier. Cet épisode me reste en travers et j'aime autant qu'on cesse d'en parler. Si j'avais gagné un concours agricole, j'aurais placardé les résultats sur l'affichage municipal et rebattu les oreilles de mes proches. Mais là, je me suis fait larguer et je ne vais pas le crier sur les toits.

Par chance, notre bon Paulin fait le tour pour remplir nos verres, offrant une diversion bienvenue. Ventre proéminent et longue moustache blanche qu'il porte comme un pied de nez à sa calvitie, il était le meilleur ami de mon père, inséparables depuis l'enfance. Il m'a vue naître et grandir, et je me suis encore plus rapprochée de lui à la mort de papa, il y a quatre ans déjà. Désormais retraité, sa préoccupation principale est de conserver notre village « comme avant », c'est son leitmotiv. Avant quoi ou qui ? Personne ne le sait, même pas lui.

Pour ma part, je ne suis pas contre le changement ou la modernité tant que cela ne défigure pas notre beau lieu de vie. Alors un centre de yoga, pourquoi pas, mais l'installer sur la rive de notre magnifique lac et urbaniser cet écrin de verdure, c'est non ! Enfin... c'était, puisque c'est désormais trop tard, il est construit.

Allez, j'avale le verre de vin, salue tout le monde, sauf un que j'ignore superbement, et je me sauve.

3

Je n'essuie même pas la rosée qui luit sur la selle de mon vélo et m'éloigne à grands coups de pédale. Avoir un peu d'alcool dans le sang me donne l'impression d'avoir beaucoup de force et c'est plutôt positif face à la côte qui m'attend.

Le point négatif, c'est que ce sentiment d'invincibilité n'est bel et bien qu'une impression, qui s'évapore comme par magie dès le début de la montée. Positionnée en danseuse, je m'échine à lutter contre la gravité. Les arbres défilent bien moins vite dans ce sens-là, c'est sûr. Désolée, mamie, mais mon prochain achat sera un vélo électrique.

Tout à coup, la nuit change de bruit. Un véhicule que je connais trop bien arrive derrière moi. Je serre les dents. La lueur des phares se pose sur moi, puis étire mon ombre petit à petit. Il approche rapidement, alors je mouline des jambes telle une enragée. C'est plus pour évacuer ma colère que pour le semer puisqu'il me reste deux cents mètres avant d'arriver. C'est donc inévitable, le gros engin puant me rattrape, conduit par le type que je déteste tant. Et qui roule comme un taré !

La route est étroite, mais il ne ralentit même pas. Je me serre sur le bas-côté avec une pointe d'angoisse quand une pensée me traverse l'esprit. A-t-il la même à ce moment précis ? Oui, il lui serait si facile de se débarrasser de moi. Juste un coup de volant, et zou ! Jeanne dans le ravin, ni vu ni connu ! Je me pousse encore, mon pneu mord sur le bas-côté et je manque de m'y jeter comme une grande, dans la pente raide. Le voilà qui me double en me rasant. De trouille, je perds l'équilibre et manque de me vautrer.

— Abruti ! je hurle après les feux rouges qui s'éloignent.

Mon vélo rentrerait largement dans la caisse arrière de son pick-up, mais ce mec ne s'est jamais arrêté pour proposer de me déposer en haut. En plus, cette teigne m'a coupé tout mon élan, me voilà obligée de continuer à pied, en maugréant.

Quelle poisse, quand même ! Boussolins est au fond d'une vallée et cernée de reliefs, ça en fait des kilomètres de côteaux disponibles. Mais non, il a fallu que ce type soit mon voisin !

À sa décharge, il n'a pas choisi puisque c'est un logement de fonction de l'ONF[1]. Homme des bois n'est pas uniquement son surnom, c'est aussi son métier. La bonne nouvelle c'est que n'étant pas du cru, lui, il repartira à sa prochaine mutation. Ça fait déjà deux ans qu'il use ma patience plus que de raison. Deux de plus et l'un de nous deux tuera l'autre, c'est certain. Je ne sais pas pour lui, mais moi j'ai plein d'idées.

Une fois au sommet, il tourne à droite, encore une cinquantaine de mètres et il est chez lui. Quant à moi, je continue tout droit et franchis le portail de ma ferme, celle de la famille depuis trois générations. Ce sont de vieux bâtiments en pierres disposés en U, avec

---

1 Office National des Forêts.

l'exploitation au centre, la maison de mes parents d'un côté et la mienne en face, dans l'ancienne grange retapée. Tout est éteint chez ma mère, normal à minuit passé. Je dépose le vélo contre le mur et suis accueillie par une boule de poils qui me saute dessus.

— Hey, mon Plouf. Tu as été sage ?

C'est mon border collie noir et blanc, un peu foufou mais fidèle, lui. Je lui parle parce que je passe plus de temps avec lui qu'avec n'importe quel être humain.

4

Biiiiiip ! Biiiiiip ! Biiiiiip !

Mais non ! Déjà six heures. Cette sonnerie est impitoyable mais il me faut ça pour bouger. Je m'assieds en grognant et je colle un coup de poing sur le vieux cube gris à affichage rouge. Avoir un appareil à l'ancienne sur lequel je peux taper pour l'éteindre, ça change beaucoup de choses à la qualité de mes réveils.

Ma routine démarre, comme tous les jours de l'année, sans même une journée de repos. J'attrape les premiers vêtements qui me tombent sous la main et finis de les enfiler en descendant l'escalier. En baillant, je caresse Plouf qui sort de son panier, avant de récupérer ma cotte suspendue au crochet. Au moment de remonter les deux longues fermetures éclair qui vont des pieds aux épaules, je remarque que j'ai encore mis ma polaire à l'envers. Pas grave, je pourrais même être nue là-dessous que personne ne le saurait.

Le soleil est à peine levé lorsque je traverse la cour et le bas de la vallée est coiffé d'une nappe de brume. Plouf cavale devant moi, sa queue en panache fouettant l'air joyeusement, et s'arrête devant l'immense porte en attendant que je la pousse sur ses rails. Je suis aussitôt accueillie par un concert de bêlements.

— Salut les filles !

Elles montent encore le son, pressées de manger. On croit souvent que les animaux nous aiment. C'est faux. C'est manger qu'ils aiment. Mes chèvres, elles ne bêlent pas pour me témoigner de l'attachement, elles m'engueulent. Et encore, je suis à l'heure. Quand j'ai le malheur d'être en retard, elles m'envoient la foudre.

Pour les calmer, j'attrape la fourche et déroule du foin dans l'allée qui longe les cornadis[2], d'où dépassent les trente têtes cornues. Un cri me fait réagir aussitôt :

— Britney ! Arrête de taper Sophie !

Mais quelle teigne, celle-là ! Elle a de la chance d'être ma préférée, comme toutes les autres.

Elles ont toutes un nom et je choisis un thème par année de naissance. Il y a eu les actrices, Scarlett, Romy, Julia... puis les chanteuses, Britney, Aretha, Jilo... On remarque tout de suite les noms choisis par ma mère.

Deux heures plus tard, les filles se prélassent dans la paille fraîche, le ventre plein et les mamelles vides. Moi, je file prendre mon petit-déjeuner chez ma mère. La table est déjà mise sous la tonnelle, à l'ombre de la vigne que papa bichonnait.

Revêtue de son éternel tablier fleuri, maman sort de la maison, une cafetière pleine à la main. Il y a quelques années, je la suivais avec la panière à pain et nous attendions mon père. Aujourd'hui, j'ai pris sa place dans la ferme.

Je l'embrasse avant d'ôter ma cotte et mes bottes.

— Alors, cette réunion ? demande-t-elle en replaçant une mèche grise derrière son oreille

---

[2] Sorte de barrière devant le couloir d'alimentation, à travers laquelle les animaux passent la tête pour manger. Ce système permet aussi de les bloquer pour des soins ou pour la traite.

— Pas grand-chose de neuf. Paulin flaire un coup fourré et il faut que j'aille jeter un œil en promenant les filles tout à l'heure.

— Tu fais bien. Il a toujours eu le nez fin. Je ne supportais pas ton père quand nous étions jeunes mais Paulin disait que je changerais d'avis, qu'il le sentait. Et tu connais la suite !

Son rire n'efface pas l'émotion dans sa voix à chaque fois qu'elle parle de lui. Ils s'aimaient, jusqu'au dernier jour de papa, vaincu par la maladie, et maman souffre encore du vide qu'il a laissé. Moi aussi.

— Maman, Paulin n'a pas toujours raison. Pour le centre, je commence à penser qu'il mène une croisade pour s'occuper.

Ma mère pince les lèvres, elle doute.

— Nous verrons bien, déclare-t-elle.

Mon moment favori dans ce métier se situe en début d'après-midi, quand je sors les chèvres dans les collines. Plouf part devant pour canaliser les plus pressées. Elles savent qu'il ne faut pas le dépasser, mais il y en a toujours une pour tenter le coup en lorgnant sur un buisson appétissant. Ou simplement parce qu'elle a décidé que ce n'était pas un chien qui allait faire la loi. L'esprit de bravoure chez la chèvre n'est pas un vain mot, mais Plouf remet vite les aventurières dans le rang.

Nous progressons lentement pour leur laisser le temps de grignoter les abords du sentier et arrivons une heure plus tard sur le versant qui surplombe le lac.

— Plouf, stop !

Il s'allonge illico, la langue pendante, pendant que les filles s'égaillent dans tous les sens. Nous sommes au milieu du printemps, tout est vert, elles ont donc de quoi s'occuper pendant que je joue l'espionne.

Pour ça, autant être à l'aise, alors je m'assieds sur un rocher sans aspérité. C'est le poste d'observation idéal, j'ai une belle vue sur la vallée avec, en bas, la surface bleue translucide qui agit comme un baume apaisant. On oublie tout quand on la contemple. Malheureusement, sur la berge d'en face se trouve désormais un grand rectangle grillagé avec un bâtiment au milieu, le centre des embrouilles. Avant, il n'y avait rien et c'était bien mieux.

Les craintes de Paulin se confirment. Le terrain autour est en train d'être terrassé et aménagé. Une dizaine de cabanes et de yourtes sont déjà en place, mais les nombreuses tranchées laissent présager que d'autres vont suivre. Beaucoup d'autres, ils ont dix hectares en tout. Vont-ils organiser des séjours et accueillir toute une foule ?

— T'es pas sur tes parcelles ! tonne tout à coup une voix d'homme.

Je sursaute, et mes chèvres aussi avant de détaler sur quelques mètres. Certaines foncent droit devant sans se soucier de moi sur leur passage, comme Britney, toujours elle, qui se jette carrément contre mon dos. Soixante-dix kilos la bestiole, alors je ripe et tombe du rocher, le nez dans l'herbe. Je me redresse en pestant. Je vais vraiment finir par tuer ce type !

J'époussette mon jean avec des gestes rageurs, puis fais face au trappeur irascible dans son uniforme vert. Il me fixe, mains sur les hanches, visiblement satisfait de son entrée en scène. Lola peut dire ce qu'elle veut, je ne vois toujours que le noir de ses yeux quand il les pose sur moi. Il pourrait même sourire que je ne le saurais pas puisque sa bouche est mangée par sa barbe et sa moustache.

— Tu as besoin de beugler tout le temps ? Tu fais peur à mes chèvres !

— Si tu ne veux pas que je gueule, tu restes chez toi !

— Tu me gonfles ! Mais à un point que tu n'imagines pas ! Qu'est-ce que ça peut bien te faire que je vienne ici avec mon troupeau ?

— C'est en dehors de tes surfaces de pâture. Hors limite et interdit, c'est tout.

— Elles sont trente ! Elles ne vont pas raser tes deux cents hectares, manger tes kilomètres de chênes et hêtres, alors lâche-moi la grappe. Tu devrais au contraire les remercier de nettoyer à ta place.

— C'est pas mon job de faire le ménage.

— C'est quoi alors, ton job ? Juste d'enquiquiner le monde ?

— Si ce sont des emmerdeurs qui ne respectent pas les limites des parcelles, oui !

— Va donc compter tes lapins et tes chevreuils, ça t'occupera et me fera des vacances.

— Tu commences vraiment à...

Boooong !

Un énorme raffut nous fait bondir. Est-ce qu'un taré nous tire dessus parce qu'il nous a confondus avec des sangliers ? Nous nous accroupissons par réflexe, les filles lèvent la tête, aux aguets, agitent leurs oreilles, mais ne s'affolent pas. Boooong ! Encore. Le bruit de métal résonne longuement jusqu'à nous.

— Si c'est la cloche de l'église, elle s'est fendue en deux, marmonne le garde-forestier.

— Et si c'est un fusil, le tireur se l'est pris dans la tronche.

— T'as jamais chassé de ta vie, toi. Ça ne fait pas ce bruit-là et la chasse est fermée, raille-t-il.

— Chacun son truc. Mes chèvres et moi, on ne zigouille que des plantes, c'est moins salissant. Pour une fois que tu as l'occasion de te rendre utile, trouve donc l'origine de ce son infernal.

— Je suis utile. Je surveille les délinquantes agricoles comme toi, grogne-t-il.

Boooong !

Ce bruit est terriblement puissant ! Nous tournons la tête dans tous les sens quand il pointe le doigt vers le lac en criant :

— Là !

Je braque le regard dans cette direction, curieuse de découvrir ce qui nous casse les oreilles, à nous comme à toute la faune alentour, et j'en perds l'usage de la parole. Mais qu'est-ce que c'est que ça ?

— Un énorme gong tibétain, murmure-t-il, ahuri, en se rapprochant de moi.

Il ne va pas se poser à côté de moi quand même ? Si, il s'agenouille si près que ça me met mal à l'aise, au point de devoir me décaler discrètement. Dans le même temps, je découvre que Shrek ne sent pas le fumier en décomposition, mais plutôt le savon. C'est bien, mais ce n'est pas une raison pour ne pas garder ses distances.

Je l'ignore pour me concentrer sur le fameux objet outrageusement sonore. Sans être une spécialiste, ça ressemble bien à un truc asiatique comme dans les films. Un grand disque de métal doré pendu entre deux poteaux, et un abruti muni d'un genre de gros maillet qui tape dessus régulièrement. Ce n'est déjà pas banal dans nos collines paisibles, mais la vingtaine de personnes qui arrive dessus en ligne me laisse encore plus perplexe.

Hypnotisés et confus, nous les observons se mettre en cercle, puis s'agenouiller et se balancer, les deux mains jointes sur leur poitrine.

— Ils sont tous habillés pareil. En pyjama jaune, je souffle.

— Ce n'est pas ce qui m'inquiète le plus. Je n'y connais rien, mais ça ne ressemble pas à du yoga ce qu'ils font.

Ah oui ! C'est la multitude de taches ocre qui avaient retenu mon attention, mais leur attitude n'est pas moins étrange.

— On dirait qu'ils prient, dis-je sans vraiment y croire.

— Je n'espère pas. Je n'ai pas besoin de ça, j'ai déjà assez à surveiller avec l'autre…

Il s'interrompt brutalement et continue à fixer la scène devant lui, comme s'il n'avait pas failli sortir une vacherie sur moi malgré lui. Je ne vais pas laisser passer.

— L'autre quoi ? Tu peux préciser ?

Il souffle et m'épingle d'un regard mauvais.

— Tu le sais très bien. La casse-couille !

Et il se redresse vivement puis fait quelques pas rageurs avant de se poster devant une petite plante à fleur jaune. Il se baisse et la tient délicatement entre deux doigts sans la déraciner, puis se tourne vers moi.

— Tu vois ça ? Tu sais ce que c'est ?

Je n'ai pas le temps de répondre. Nolwenn, ma grande brune, s'approche pour voir de quoi il retourne et, sans une seconde d'hésitation, elle engloutit la fleur. Shrek a juste le temps de retirer ses doigts pour ne pas en perdre un au passage. Il la regarde avec stupeur, et horreur.

— Euh... je n'ai pas bien eu le temps de voir, mais... une fleur appétissante, je crois, je réponds dans une tentative d'humour, mais sans grande conviction.

Nolwenn s'éloigne en mâchouillant sa trouvaille et s'attaque à un roncier dans la foulée. Lui, il continue de l'observer et il me semble bien voir une broche à méchoui tournoyer dans ses pupilles. Il fonce tout à coup sur moi en beuglant :

— C'était un lin campanulé ! C'est une plante protégée ! Tu fais chier avec tes chèvres qui bouffent n'importe quoi alors tu dégages d'ici ! Tout de suite !

— Oh, ça va. Si tu ne la lui avais pas montrée, elle ne l'aurait pas boulottée. Elles préfèrent manger en hauteur plutôt qu'au sol.

— Ça va être de ma faute en plus ?!

— Je n'ai pas dit...

— Je m'en fous ! Dégage sur tes parcelles !

Il est dressé devant moi et clairement menaçant. Quelle plaie ce type !

— Alors en fait, ton job c'est super-héros des petites fleurs, c'est ça ?

Il me fusille du regard en pointant le haut de la colline. Dix minutes avec lui et j'en ai ma claque ! Je me lève, appelle Plouf et hèle les filles :

— Ye-ho ! On remonte chez nous voir si les feuilles sont meilleures. Et plus accueillantes, je maugrée en repartant.

5

Le samedi, c'est jour de marché. Pas pour y faire mes courses, mais pour y vendre mes fromages dans la ville voisine. Lola tient le stand juste à côté du mien et y propose les bijoux qu'elle crée. C'est ma journée préférée, celle de la papote, soit avec les clients, soit avec ma copine pendant les moments de creux. Et ici, aucune chance de croiser le trappeur hurleur.

L'ambiance est colorée, les gens parlent fort entre eux, s'invectivent, avec ou sans l'accent, les odeurs se mêlent entre elles, parfois avec bonheur, d'autre fois non. Pain, paella, fromages, charcuteries, canard gras..., mais le parfum qui nous met tous d'accord vient de la petite boutique à l'angle de la place. Le torréfacteur nous bat à plate couture sur le plan des arômes lorsqu'il lance une fournée. À ce moment-là, une attraction irrésistible nous entraîne vers son atelier pour déguster le meilleur café du département.

Justement, il est dix heures et j'ai presque tout vendu, alors je m'autorise une pause. Je file chez José et reviens avec deux gobelets, dont un que je tends à Lola.

— Mais ? C'est quoi ça ?

— Ben... un café, comme d'habitude. C'est encore un peu tôt pour l'alcool, non ?

— Non, pas ça, mais derrière toi.

À l'autre bout de la halle, une troupe en pyjama jaune débarque. Ils sont une dizaine et ne passent pas inaperçus. Sous nos regards médusés, ils s'engouffrent en ligne entre les étals et scrutent tout ce qui est proposé. Pourtant, un seul exposant a l'honneur de leur vendre quelque chose, l'intégralité de ses plants de légumes, avant qu'ils ne repartent.

— Maintenant, on sait pourquoi ils défrichaient un immense rectangle cette semaine, déclare Lola. C'est juste pour leur potager.

— Je crois que Laurent vient de le comprendre ! Regarde sa tête !

Elle se tourne aussitôt vers le maraîcher de notre village et éclate de rire. Pour sûr qu'il l'a mauvaise, lui qui est un des plus fervents soutiens du maire. Il est même le meneur de la clique des commerçants naïfs, persuadés que le centre de yoga est la manne qui va faire exploser leurs ventes.

— Je crois qu'il a définitivement perdu son sourire arrogant, commente Lola en ricanant.

— Quelque chose me dit que c'est la fin de leurs illusions, mais je ne suis pas certaine qu'on se marre pour autant.

Les jours qui suivent nous font vivre le même genre de scène. Dans la ville, sur les routes ou dans le village, nous croisons des personnes en jaune qui se promènent. Ils sont souriants et polis, mais n'engagent pas la conversation. Tout ce que nous pourrions leur reprocher, c'est d'être beaucoup trop voyants. Et de posséder un gong assourdissant qui résonne régulièrement dans la vallée, ce qui rend furieux le curé qui n'apprécie pas du tout cette concurrence déloyale. En représailles, il a décidé de faire sonner les cloches de l'église quatre fois par jour au lieu de deux habituellement. S'ils se lancent dans une lutte au plus bruyant, nous finirons tous sourds dans peu de temps.

Malgré tout, les semaines passent et le calme règne. On est surpris, mais certainement pas déçus. En allant travailler, je passe devant ma mère, en train de lire sous la tonnelle. Mine de rien, je lui lance une petite pique :

— Tu vois, Paulin s'est planté cette fois.

Cible atteinte. Elle claque de la langue, mais ne se démonte pas :

— Ça ne compte pas dans la mesure où tout le monde s'est trompé. Le maire en pensant que le centre de yoga relancerait l'économie du village, et nous également en craignant que ça interfère dans notre vie tranquille.

Tranquille au point que certains la jugeraient chiante à mourir, mais pour nous, elle est idéale, et ce ne sont pas les enfants désormais en vacances qui me contrediront. On entend leurs rires résonner dans les collines, autour du lac ou dans les rues et je ne connais rien de plus gai comme ambiance.

Même sur la ferme l'atmosphère change pendant l'été, puisque le petit Benji m'aide en apprenant le métier qu'il rêve de faire plus tard : éleveur de chèvres. Surtout, ça libère sa mère, une peste avec qui je suis fâchée depuis... fort longtemps. En fait, dans ce village, il n'y a que des cons séparés en deux clans : ceux qui le sont réellement, comme la mère de Benji ou le maire, et ceux qui ne le sont pas, Paulin et moi par exemple, mais que les vrais cons prennent pour des cons. Et inversement. Ça semble confus, mais c'est très simple en vérité.

Le soir, je retrouve mon apprenti sous la tonnelle en train de mettre la table.

— Tiens mon Benji, c'est l'argent de ta semaine, dis-je en posant l'enveloppe de billets devant lui.

— T'as pas besoin de me payer. Je te donnerais tout mon argent de poche pour pouvoir rester, bougonne-t-il.

— Tout travail mérite salaire, je le taquine en le décoiffant.

— Faut pas en parler à maman, hein ? Elle me le prendrait pour acheter les fringues que je bousille trop vite, qu'elle dit.

— Tu peux être tranquille ! intervient ma mère en riant. Elles ne s'adressent plus la parole depuis le CE2. Une sombre histoire de barrettes dont il ne fallait surtout pas se moquer.

Benji me fixe, l'air ahuri. C'est sûr qu'aujourd'hui, me voyant adulte, cette histoire lui semble stupide. Et pourtant ! C'est mon père qui les avait fabriquées, ces barrettes. Je n'ai pas envie d'expliquer à Benji pourquoi j'ai collé mon poing dans le nez de sa mère, alors je botte en touche :

— Laisse tomber, c'est du passé.

Ce qui est faux, comme ma rancune en témoigne. Le problème, c'est qu'il n'y a que deux classes dans notre petite école, une pour la maternelle et la seconde pour l'élémentaire. Par conséquent, on passe des années ensemble et c'est beaucoup trop quand on ne s'apprécie pas.

6

Le dimanche est spécial car je m'accorde quelques heures de repos. Pour que la coupure avec la ferme soit complète, c'est aussi le jour où je passe une tenue féminine avant de partir à pied au village. Nous n'avons que deux distractions ici, mais elles nous suffisent. Les sorties au bord du lac, bien sûr, et nous retrouver sur la place, comme maintenant.

Il n'y a pas foule cet après-midi, beaucoup sont partis sur la côte pour s'entasser avec les citadins. Les touristes ne les remplacent pas puisque Boussolins n'est pas une destination prisée. Ibiza, c'est bien plus bas sur la carte.

Les enfants jouent autour de la fontaine, les mères papotent sur les bancs, les ados sont regroupés un peu plus loin et rient bêtement. D'autres sirotent un verre sur la terrasse du café, comme Lola et moi avec nos mères. Amies de mères en filles.

Paulin pratique son activité favorite, il se chamaille avec ses amis en jouant à la pétanque à l'ombre des platanes, sous le regard amusé de Shrek, revêtu de sa sempiternelle tenue verte siglée de l'ONF, et qui sert de juge. Il ne pourrait pas se barrer en vacances et ailleurs, lui ? Bien entendu, je lui tourne le dos pour ne pas gâcher ce moment que j'apprécie.

La maîtresse des plus grands apparaît, traversant la place d'un pas rapide. Elle lance des bonjours aux enfants et aux mamans, puis s'affale en soupirant sur une des chaises vides proches de nous.

Pendant que nous la saluons, Denis, le patron du café, crie depuis son comptoir :

— Elle veut boire quoi, la maîtresse !

— Une eau gazeuse, s'il vous plaît !

Quelques secondes plus tard, son verre se dirige vers elle, voyageant de table en table. Denis considère qu'employer un serveur est inutile puisque les clients peuvent mettre la main à la pâte. Mieux, ici le client n'est pas roi, il doit mériter sa consommation. Une fois que le verre est arrivé au but, madame Dubusc remercie la totalité des petites mains.

Une heure passe. La chaleur nous ramollit, les conversations sont presque des murmures, des soupirs, et même les oiseaux somnolent sur les branches. Les boulistes épongent leur front toutes les deux minutes, les autres s'éventent comme ils peuvent.

Shrek a quand même trouvé le courage de se déplacer. Il est assis devant une bière fraîche, juste derrière moi ! Je ne peux m'empêcher de penser qu'il le fait exprès pour m'agacer. N'étant pas plus vigoureux que nous autres, il la ferme, c'est déjà ça.

Tout à coup, un bruit de moteur rompt le calme. Nous tournons la tête d'un même mouvement en direction de la route. Sur l'autre rive, un car surgit de derrière les arbres, passe devant le pont et continue son chemin. Oui, c'est un village si paisible que cela suffit à attirer notre attention, même si ce n'est pas assez exceptionnel pour apparaître dans la gazette.

Le ronflement s'éloigne, les enfants relancent leur ballon, les discussions reprennent et la partie de pétanque également, mais tout s'arrête encore au son d'un nouveau véhicule qui approche. Un autre car qui file tout droit, puis un autre, et encore un. Ahuris, nous assistons en silence au défilé d'un convoi. Au bout du dixième, Paulin lâche la boule qu'il s'apprêtait à lancer et traverse la place, se dirigeant vers nous d'un pas décidé.

— Jeanne et Gabin, il faut que vous alliez voir ce qu'il se passe.

Pardon ? Comment ça « Jeanne et Gabin » ? Déjà, avant de refuser, j'ai besoin d'un éclaircissement.

— Qui est Gabin ?

— C'est moi, répond une voix grave derrière moi.

Je soupire en fermant les yeux. À force de l'appeler Shrek ou Bigfoot, j'avais oublié qu'il est aussi monsieur Gabin Delaunais. Je ne me retourne pas, je continue à m'adresser à Paulin :

— Je vais y aller avec Benji.

— Pourquoi pas avec moi ?

Je ne peux plus l'ignorer, à mon grand désespoir, alors je me tourne vers lui :

— Parce que ça va prendre du temps à pied et que je ne suis pas emballée par une longue balade en ta compagnie.

— Pas de problème, j'ai ma voiture.

— Toujours pas. Une fois dans la colline, je n'ai pas non plus envie de me faire engueuler parce que je piétine une petite fleur jaune par mégarde.

— Un lin campanulé. Pas de souci, tu marcheras derrière moi et dans mes pas.

Non seulement il est agressif, mais en plus, il est fin comme une brique.

— Pourquoi insistes-tu ? Je veux y aller avec Benji.

— Toujours pas de problème, on l'emmène avec nous.

Avec lui, je ne sais jamais s'il le fait exprès ou s'il ne comprend rien, alors autant être plus claire.

— Tu es lourd, tu es au courant ?

— Je vais me mettre au régime, promis. Allez ! Je suis garé par là, suis-moi.

Il s'en va, persuadé que je vais obéir. Pas question !

— Jeanne ? Tu bouges où je dois te donner une impulsion ? me presse Paulin en agitant la main au-dessus de ma tête.

— Mais ! C'est...

— On s'en fiche ! Tu files voir ce qu'il se passe ! me houspille ma mère.

— Mais dépêche-toi ! s'y met Lola en se retenant de rire.

Ça alors ! Mes deux plus grands soutiens qui me lâchent ! Sous leur regard agacé, je fais volte-face et rattrape Machin qui ne m'attend même pas. Benji, qui hésitait sachant à quel point ce type m'exaspère, se cale dans mes pas. Une fois devant son énorme et affreuse machine qui pue, Shrek se tourne vers moi :

— Charge ton vélo dans la caisse arrière.

Ah ! Il le sait que mon engin y rentre et le fait donc exprès de me laisser sur le bas-côté quand il me croise sur la route. Je ravale la tirade salée qui me vient en tête, ce n'est pas le moment. Du calme, Jeanne.

— Je suis venue à pied.

— Alors qu'est-ce que tu attends ? Grimpe !

Notre escapade de surveillance devrait durer moins d'une heure, et pourtant, je pense que l'un de nous deux arrivera à tuer l'autre dans ce laps de temps. Oui, c'est aujourd'hui que l'inéluctable risque d'arriver.

Déjà bien énervée, j'ouvre la portière d'un coup sec et m'immobilise, sidérée. C'est quoi ce dépotoir ? Si la banquette avant de deux places accueille parfois des passagers, ce sont des chiens ou des sangliers. Shrek est déjà installé derrière le volant, seul emplacement à peu près correct si l'on ne tient pas compte de la couche de poussière.

— Tu montes avant demain ? T'es chiante à être lente comme ça !

Je jette un coup d'œil sur la banquette arrière et la bâche qui la recouvre ne me dit rien qui vaille. Autant, elle dissimule un cadavre d'animal qu'il a oublié là.

— Et où s'assied-on ? Sur les bouteilles et les paquets de gâteaux vides ?

— Mais c'est rien, ça. Tu pousses comme ça, dit-il en expédiant tout par terre d'un geste vif.

— C'est tellement crade que je vais tacher ma jupe !

— Mais quelle précieuse ! Bonjour l'agricultrice !

— Mon métier n'a rien à voir. Contrairement à toi, je ne dors pas dans la paille et je ne mange pas dans une auge ! On ne t'a pas dit que pour être garde forestier tu n'étais pas obligé de te transformer en troll des bois ?

Il me scrute en se mordillant la moustache, paraissant presque choqué. A-t-il un miroir chez lui ? Il ne se rend vraiment pas compte de ce à quoi il ressemble ?

Pendant qu'il se remet de ma remarque, plutôt lentement, je tapote le siège, soulevant dans le même temps un nuage de poussière.

— Pousse-toi, je vais poser mon pull sur la banquette pour que tu te mettes dessus, intervient Benji.

Incroyable ! C'est le gamin de seize ans qui est le mieux élevé des deux, et surtout le plus prévenant.

— C'est gentil à toi, Benji. Je le laverai ce soir.

Je le laisse monter avant moi et ce n'est pas par politesse, mais juste que je ne tiens pas à me retrouver à côté de Shrek qui porte de mieux en mieux son surnom. Je m'assieds enfin, sur le bout des fesses parce que je n'ose pas m'adosser et risquer de salir mon chemisier. On démarre. Pas un mot n'est prononcé en chemin, même Benji ressent la tension dans l'habitacle. Moi, je regarde la route en me questionnant sur ce à quoi peut bien ressembler la maison de notre chauffeur. L'image qui me vient est une grotte avec des peintures au mur et des débris d'os sur le sol, et franchement, ça lui va très bien.

Lui, il semble soucieux. Il se frotte la barbe à plusieurs reprises et tire sur les longs poils en fronçant les sourcils. Par à-coups, il jette des regards en biais sur l'habitacle. Prendrait-il conscience de son état ? Découvre-t-il à quel point il se laisse aller ?

— Qu'il fait chaud, je crève de soif, dis-je pour rompre cette ambiance funèbre.

— Il y a une bouteille d'eau à nos pieds. Je te la ramasse, propose aimablement Benji qui se penche en avant.

Je suis horrifiée à cette idée, mais je me reprends pour l'en dissuader d'une voix calme :

— Non, ça va aller, merci. Je peux quand même attendre quelques minutes.

Par respect pour sa gentillesse, j'omets de lui préciser que la bouteille en question doit traîner au milieu du tas de détritus depuis des semaines et donc renfermer un taux de bactéries capable de me tuer en une gorgée. Le liquide trouble que j'y vois se balancer ne fait que confirmer mes doutes.

Aussitôt arrivés dans la cour de la ferme, je m'éjecte de la poubelle et inspire fort l'air qui n'est pas chargé de poussière.

— Je file me changer, j'en ai pour cinq minutes !

— Mais les gonzesses ! C'est pas possible, râle encore Shrek.

— Ben... C'est mieux quand même. Avec sa jupe longue dans les ronces, ça va mal finir, me défend Benji.

Ce garçon est décidément plus éveillé que le trentenaire. Ou quarantenaire ? À vrai dire, impossible de savoir l'âge qu'il peut avoir sous cette couche de poils, mais il se tient assez droit pour qu'il ne soit pas dans la soixantaine.

Quelques minutes suffisent pour que je sois vêtue d'un jean et de chaussures plus adaptées que mes jolies mules à lanières, et nous voilà à arpenter la colline avec Shrek qui ouvre la marche. Arrivés sur le point de vue qui fait face au centre de yoga, nous nous accroupissons derrière un épais buisson et chacun écarte lentement les branches devant lui. Nous restons un instant muets, les yeux écarquillés.

— Mais qu'est-ce que c'est que ce bordel ? je souffle.

Les quelques cabanes et yourtes qui entourent le complexe sont maintenant si nombreuses qu'on dirait carrément un village. Une foule de gens s'active, montant des estrades ou distribuant boissons et nourriture aux nouveaux venus, que les cars déversent par centaines.

— Paulin avait raison. Ça y est, c'est l'invasion, murmure Benji.

— Ils sont en train d'installer des tentes le long du lac tellement ils sont nombreux et les cars continuent d'arriver, commente Shrek.

— C'est une scène pour concert qu'ils installent sur la berge ? je questionne en la pointant du doigt.

— Ils organiseraient un genre de Rave party ? demande Benji sur un ton plein d'espoir.

— Ça m'étonnerait que ce soit leur style de délire, je réponds en ricanant.

— Ah, dommage. J'aurais bien aimé voir ça au moins une fois. J'ai des copains qui en font de temps en temps, mais c'est trop loin. Et ma mère ne voudrait pas de toute façon.

— Tes tympans ne s'en remettraient pas, je le taquine pour le consoler.

Trêve de plaisanterie, nous observons, atterrés, la fourmilière en bas. Ça se remplit à une telle vitesse ! D'ailleurs, ils sont beaucoup trop nombreux pour leur terrain pourtant spacieux, alors ils s'étalent sur la rive du lac, leur clôture n'allant pas jusqu'au bord de l'eau. L'ambiance est joyeuse et le soleil doit subitement leur taper sur le crâne, car un mouvement de foule se crée. Une course effrénée vers la rive, des vêtements qui volent au-dessus des têtes et tout le monde plonge en riant.

— Mais ? Ils sont..., murmure Benji qui n'en croit pas ses yeux.

Je plaque une main sur son visage.

— Oui, ils sont nus. Allez, on s'en va d'ici, tu ne dois pas voir ça.

— Attends un peu, insiste-t-il en tirant sur mes doigts pour les écarter.

— Benji, on y va ! Je ne veux pas avoir de problème avec ta mère.

— Allez, juste cinq minutes.

— Benji ! Debout et demi-tour ! tonne Shrek.

Mon stagiaire bondit sur ses pieds et s'empresse de remonter vers le chemin sans demander son reste. Ça doit être la barbe qui l'impressionne, il faut croire qu'un système pileux fourni assied l'autorité.

7

De retour à la ferme, il est déjà seize heures. Je dois aller en fromagerie, alors je me tourne vers Shrek :

— Je vais rester, j'ai du boulot. Tu pourras déposer ma mère lorsque tu remonteras ?

— Pas de problème, répond-il en se dirigeant vers son pick-up.

En le voyant se hisser dedans, j'ai un déclic.

— Attends ! Juste une minute s'il te plaît, je l'interpelle avant de courir jusqu'à chez moi.

J'attrape une serviette dans la salle de bains et je reviens en vitesse dans la cour. J'ouvre la portière passager et j'étale la serviette sur la banquette.

— C'est pour quoi faire ? demande-t-il, circonspect.

— Ma mère a mis sa jolie robe lilas et elle y tient beaucoup.

— C'est quand même pas aussi crade que...

— Si, si, ça l'est. Bonne route !

Je claque la portière pour éviter d'avoir à lui expliquer encore le fond de ma pensée. Pendant que je recule, il observe la serviette avec perplexité. Nous ne vivons décidément pas sur la même planète. Je suis certaine qu'il me trouve bien chochotte, alors que pas du tout. Je grimpe sur le tas de fumier s'il le faut, mais je suis en bottes et cotte. Ne comprenant pas ce qui pose problème, il secoue la tête et démarre. Ce type est tellement plus gérable quand il ne fait pas d'histoires.

Nous sommes en pleine traite, moi qui distribue le grain aux chèvres bien alignées sur le quai et bloquées aux cornadis, Benji dans la fosse qui branche les manchons aux mamelles, quand ma mère apparaît. Je repose le seau et la questionne :

— Alors ? Qu'a dit Paulin ?

— On en parlera à table avec Gabin. Je l'ai invité à dîner pour qu'il nous fasse un compte-rendu.

Elle a quoi ?! Non, elle s'est trompée de nom, elle voulait dire qu'elle a invité Paulin, c'est évident. Pourtant, je ne peux pas laisser un doute pareil pourrir mes pensées, j'ai besoin d'en être certaine.

— Maman ? Qui vient dîner avec nous ?

— Notre voisin, Gabin.

Stupeur ! Elle l'a fait !

— Jeanne, ne fais pas cette tête, me gronde-t-elle.

— Bien sûr que si ! Ce type me déteste !

— Tu te fais des idées.

— Tu plaisantes ? Il me crie dessus sans cesse !

— Tant que tu ne vas pas promener les filles hors de nos parcelles, il n'a rien à te reprocher.

— Papa le faisait et grand-père avant aussi, pourtant, on ne leur a jamais rien dit. Pourquoi c'est moi qui tombe sur le casse-pieds de service ?

— C'est sûr qu'il est plutôt tatillon sur le règlement, ce garçon.

— Garçon, ça va pour Benji, pas pour ce grand type épais et poilu.

— C'est juste, admet-elle en riant. Allez, à tout à l'heure.

Je reprends mon travail et bougonne de contrariété en pensant à la soirée qui m'attend. De l'autre côté de la fosse, Benji ricane en me tournant le dos.

— Benji, tu vas moins te marrer demain si tu continues à te moquer.

— Non ! Pitié ! Pas le curage de la chèvrerie, c'est promis, j'arrête !

Je rejoins ma mère une heure plus tard, les cheveux encore humides, en short et tongs. Benji m'aide à mettre la table dehors sous la vigne et nous déroulons ensuite les pans de la moustiquaire. Avec un élevage à côté, il n'y a que le matin et la nuit que l'on peut manger sans se faire harceler par les mouches, bien plus nombreuses que les moustiques. Plouf le sait parfaitement, il est toujours le premier à se faufiler dessous pour dormir tranquille. Pour l'instant, il s'amuse avec Benji qui lui lance son jouet préféré, une oreille de cochon séchée qu'il peut grignoter ensuite pour s'occuper.

De mon côté, je vais chercher des serviettes en papier et lorsque je reviens, je découvre un homme debout dans la cour. Il est grand et large, mais semble aussi perdu qu'un veau sans sa mère. Au moins, il n'est pas habillé en pyjama jaune, mais que veut cet étranger égaré ?

Ma mère, après un temps d'hésitation mais plus vive d'esprit que moi, l'accueille avec le sourire :

— Bonsoir, Gabin. Venez vous asseoir.

A-t-elle perdu la vue ? Ce n'est pas lui. Pourtant, juste derrière, on dirait bien que c'est son pick-up. Enfin... je crois, parce qu'il brille. Plus une seule trace de boue sur la carrosserie. C'est un collègue de Shrek ? Serait-il possible qu'il soit déjà muté ? Oh oui, c'est son remplaçant ! Ou pas, il vaut mieux que je ne débouche pas le champagne tout de suite, car le doute s'immisce quand je repose les yeux sur cet homme à l'air emprunté, toujours figé dans la cour. Ça ne peut... Mais si !

Incroyable ! Pourtant, ce qui semble impossible est vraiment devant moi, c'est bien le pénible ! Il est si transformé que je reste interdite en le détaillant. Les cheveux coupés très courts et le visage rasé de près, je découvre son menton volontaire et sa bouche aux lèvres plutôt charnues. Il a même des sourcils, qui étaient toujours cachés sous ses mèches trop longues ou son bonnet. Mais c'est qu'il est pas mal du tout, ce con ! Pas un beau gosse à se pâmer, mais il a du charme. Quelle surprise ! Pourquoi se planquait-il sous cette couche de poils ?

C'est aussi la première fois que je le vois sans son uniforme. Vêtu d'un jean fripé, d'une chemisette froissée, ses vêtements paraissent tout juste sortir d'un carton. D'ailleurs, il semble ne pas se reconnaître non plus. Mal à l'aise, il tire sur son col et se dandine. Visiblement, se retrouver dans cette tenue le déstabilise encore plus que moi.

Il s'avance enfin, ma mère lui ouvre la moustiquaire et il se glisse dessous.

— Merci, Hélène.

— Installez-vous, Gabin, je reviens tout de suite, dit-elle en repartant dans la cuisine.

Je me ressaisis et m'approche de lui. Comme je le scrute, hésitante, toujours pas remise du choc, il lève un sourcil interrogateur.

— Quoi ?

— Qu'est-ce qui t'est arrivé ? Tu as rencontré un coiffeur et un fripier dans la colline ? Ou un magicien qui t'a accordé trois vœux ?

Son regard noir réapparaît un instant, pour subitement disparaître lorsqu'il secoue la tête.

— Tu as été assez claire sur ce que tu pensais de moi et de ma voiture. J'ai fait un effort pour...

— Quelle excellente idée ! Puisque tu sembles ouvert aux propositions, j'en ai d'autres à suggérer. Vite, ne perdons pas une minute tant que le sortilège fonctionne.

— Tu peux les garder. L'effort, c'est pour ta mère, pas pour toi.

Aucun doute, c'est bien lui, toujours aussi cinglant. Il est devenu présentable, il ne peut pas également devenir aimable. Le même jour, ça ferait trop.

— L'avantage, c'est que j'en profite quand même, que tu le veuilles ou non.

Si nous continuons à nous envoyer des piques, nous serons en train de nous écharper au retour de ma mère. Par chance, Benji délaisse Plouf et nous rejoint, Shrek saute sur l'occasion pour changer d'interlocuteur :

— Alors tu habites ici l'été ?

— Oui, mais pas seulement l'été, toutes les vacances scolaires. Et c'est pour travailler, répond-il fièrement.

Je m'en mêle pour ajouter quelques précisions utiles. Avec un tel maniaque du respect des lois, on ne sait jamais.

— Avant que tu appelles la police pour travail dissimulé, nous sommes en règle. Il est sous contrat comme apprenti.

— T'inquiète, je n'allais pas les contacter. Pas ce soir en tout cas, ajoute-t-il en ricanant.

Je soupire, mais ne réponds pas. Je crois que même notre humour n'est pas compatible. Ma mère arrive à point nommé avec un saladier que je lui prends des mains. Je sers la salade de tomates pendant qu'elle dirige la conversation :

— Alors Gabin, qu'a dit Paulin ?

— Il est devenu tout rouge quand je lui ai raconté ce à quoi nous avons assisté. Ensuite, il a filé voir le maire, remonté comme une pendule. Je devais rentrer chez moi, je ne l'ai donc pas accompagné, mais depuis le parking, je l'entendais déjà crier.

Nous connaissons bien Paulin et son caractère explosif, alors nous rions en imaginant parfaitement bien la scène.

— Le maire a dû passer un sale quart d'heure, commente ma mère.

— Une heure pour être exact puisque Paulin m'a appelé en ressortant pour faire un point. Il était encore tout énervé après le maire, qui lui a révélé que les Tournesols...

— Les Tournesols ? je le coupe.

— C'est ainsi qu'il nomme les individus en pyjama jaune. Il les appelle « les jaunes » aussi, ça dépend. Donc, ils avaient prévenu qu'ils organiseraient une fête pour l'ouverture officielle du centre de yoga.

— Et ils ont besoin de fêter ça à poil ? dis-je en bougonnant.

— Pour ça, le maire n'était pas au courant. Il a dit qu'il les contacterait pour régler ce problème.

Eh bien ! Ce n'était pas la peine de l'inviter à dîner pour en apprendre si peu. Un coup de fil suffisait, ce que je m'apprête à lui faire remarquer parce qu'il ne faut pas perdre une occasion de le piquer, mais il me prend de vitesse.

— Elles sont excellentes vos tomates ! s'exclame-t-il avant d'en enfourner une autre pleine fourchette.

Là, il marque un point. Ces tomates sont notre fierté familiale.

— Ce sont celles de mon arrière-grand-père. On les ressème tous les ans parce que ce sont les meilleures, dis-je crânement.

— Je peux en ravoir ? dit-il en tendant son assiette déjà vide.

Je le ressers généreusement, non pas pour lui faire plaisir, mais parce que je comprends son extase et la reçois comme un compliment. Je le sais, tout le village le sait, ce sont les meilleures tomates du monde.

— Vous pourrez m'en vendre ?

— Non, c'est interdit. Toi qui es à cheval sur les règles, ça devrait te parler.

— Comment ça, interdit ? Des tomates ?

— Jeanne veut dire que cette variété est ancienne et pas référencée dans le catalogue national. On peut les planter dans son potager mais la vente n'est pas autorisée.

— Même Laurent, le maraîcher, n'a pas trouvé comment contourner la loi, alors il jalouse nos tomates en silence.

— Pas grave, vous me les donnerez, tente-t-il avec un sourire triomphant.

— Et puis quoi enco…

Ma mère me pince le bras et s'empresse de rattraper mon manque de correction, que j'assume pourtant totalement avec lui.

— Nous en avons trop pour nous trois. Si vous en voulez, vous viendrez les cueillir vous-même.

Ma mère est ainsi, généreuse, ce dont je suis très fière en temps normal, mais pas cette fois. Comme si ça ne suffisait pas que je le croise dans les collines, voilà que je vais me le coltiner dans le potager. Il ne manquerait plus qu'on se batte pour la même tomate.

8

Ce repas n'en finit pas ! Il faut dire que je suis tendue d'avoir notre voisin à ma table. De son côté, lui est très à l'aise. Il discute avec ma mère, curieuse de nature, pendant que je l'observe du coin de l'œil. Contrairement à son faciès pileux habituel, il présente désormais un visage qui va avec son âge, vingt-six ans a-t-il précisé tout à l'heure dans la conversation, et il paraît presque normal. Mon enquêtrice de mère lui soutire sans souci des informations sur lui, d'autant qu'il l'encourage en répondant volontiers à toutes ses questions. J'ai tellement de mal à me concentrer que je rate la moitié des réponses. Pas grave, je redemanderai à ma mère au besoin.

Pour la partie concernant sa vie privée, j'ouvre grand les oreilles et je ne suis pas surprise d'apprendre qu'il est toujours célibataire. C'est l'inverse qui m'aurait fait tomber de ma chaise. Je me mords la langue pour ne pas le charrier à ce sujet, mais je la ferme par ce qu'il ne se gênera pas pour me rappeler que, moi, je viens de me faire larguer à deux mois de mon mariage.

À peine la formidable tarte aux pommes terminée, je m'empresse de débarrasser la table. S'il ne comprend pas le message, je lui dirai clairement que j'ai un boulot, moi, et que je me lève tôt.

— Jeanne, va donc lui montrer le potager pendant que je prépare la tisane.

Mais non ! Il s'en va, ça suffit comme ça.

— Maman, il a sûrement mieux à faire chez lui que boire du pisse-mémé avec nous.

— C'est vrai ! Mais je veux bien voir cet endroit merveilleux quand même.

Il le fait exprès, j'en suis certaine. Je le rembarre en grinçant :

— Il va bientôt faire nuit.

— Alors, dépêchons-nous, rétorque-t-il en se levant avec un sourire narquois.

Agacée, je repose la pile d'assiettes un peu trop fort, elles claquent sur la table. Ma mère me fait les gros yeux, je soupire et fais signe à l'enquiquineur de me suivre. Dans le but de m'en débarrasser au plus vite, je cours presque jusqu'au bout de la maison, ouvre le portillon en bois et entre dans le potager familial. Il est grand et nous l'entretenons avec soin, c'est notre garde-manger.

— Waouh ! Mais vous pourriez nourrir plus de dix personnes sans problème !

— Non, parce qu'il nous nourrit pour toute l'année. Nous congelons et faisons des conserves. Les tomates, c'est au fond. Tu sais à quoi ça ressemble, j'imagine ?

— Je peux prendre deux kilos par semaine ? demande-t-il en avançant dans la première allée un peu trop rapidement.

— Surveille où tu poses tes pieds !

Il se fige et se tourne lentement vers moi.

— Ne me dis pas que tu as mis des pièges à loups ! s'exclame-t-il, réellement inquiet.

— N'importe quoi ! Tu vois bien que c'est fermé par de hauts murs, même un lapin n'entrerait pas. En revanche, nous avons une famille de hérissons et les bébés se promènent partout. Tu dois toujours surveiller où tu poses tes pieds.

Il se détend et affiche un air amusé.

— C'est ton anti-limace naturel ?

— Entre autres, oui. Ce sont les meilleures aides dans un potager.

Il avance doucement, observe les courgettes, tâte les premières tomates, sourit devant les salades et salive presque face à l'abricotier qui ploie sous les fruits.

— Et tu ne vends rien ?

— Si, bien sûr, mais juste aux proches et pas les tomates.

— Alors je prendrai de tout, une fois par semaine.

— J'ai dit « aux proches ».

— J'habite à côté, donc j'en suis, ne se démonte-t-il pas.

— Tu le fais exprès, en fait. Tu as trouvé une nouvelle occasion pour m'enquiquiner ?

— Pas du tout. Tu me gonfles tous les jours avec tes chèvres, pas besoin d'en rajouter. Là, c'est juste que j'aime les bons légumes, mais que je n'ai pas de potager.

— Alors tu t'en fais un plutôt que d'aller piquer chez les voisins. Feignasse !

Comme j'ai raison, il ne répond pas, mais continue son inspection en marmonnant son approbation devant chaque nouvelle rangée de plants, qu'il détaille comme s'il faisait son marché. Le potager est grand et je n'ai pas envie d'y passer la nuit !

— C'est bon ? On peut y aller ?

— Attends, je n'ai pas vu la deuxième partie, dit-il en se dirigeant vers le bout de terrain derrière la maison. Ce coin est interdit, raison pour laquelle je le hèle d'une voix forte :

— C'est une culture, pas un potager. Reviens par ici !

Trop tard. Il reste figé devant la cinquantaine de plants déjà bien hauts. Il ouvre la bouche, la referme et se penche sur un pied pour en scruter les feuilles. Lorsqu'il est sûr de les avoir reconnues, il recule d'un bond et se tourne vivement vers moi.

— Mais tu es malade ?! hurle-t-il.

Évidemment ! Sa première pensée est que je suis une trafiquante.

— Eh ouais. Hélène et Jeanne, les patronnes du cartel de Boussolins ! Ça te la coupe, hein ? Le souci, c'est qu'on va maintenant être obligées de te tuer. Tu vas servir de fertilisant.

— Vous êtes complètement cinglées !

— Tu te calmes tout de suite ou je pose un masque décongestionnant à la tomate sur ta face nouvellement glabre. C'est du chanvre à CBD, pas de l'herbe à joints. C'est tout à fait officiel, déclaré et issu de semences certifiées.

Il cille et, maintenant tout couillon, il baisse le ton :

— Et tu en fais quoi ?

— Je le livre à la coopérative spécialisée, pardi ! Tu crois que je peux faire tourner la ferme avec seulement trente chèvres ? En plus des fromages, on vend des œufs, des légumes, des confitures, et depuis deux ans, on fait aussi du CBD. C'est une culture facile qui demande peu de surface et qui rapporte bien.

— J'en ai entendu parler, mais je n'en avais jamais vu. Ça ressemble vachement à...

— C'est comme les tomates, c'est la même plante mais une autre variété.

— Ce n'est pas à cette plante-là que je pensais, plus à du cannabis, raille-t-il.

— J'avais bien compris. C'est pareil, en fait. Sauf que cette variété est parfaitement légale, car sans THC, la molécule qui fait planer. De plus, nous sommes recensées à la gendarmerie, alors fin de la discussion.

— C'est autorisé mais tu dois prévenir les gendarmes ? Je ne pige pas, ça paraît bien louche ton histoire.

— C'est pour éviter qu'un couillon de passage aille nous dénoncer et qu'ils se déplacent pour contrôler. Et qu'ils perdent leur temps à cause du couillon fouineur.

Il se sent visé, et il a bien raison, mais se contente de pincer les lèvres.

— Bon, ça y est, il fait noir et ma mère nous attend pour la tisane, dis-je en pointant la sortie de la main.

Il hoche la tête et s'exécute. Je fais un pas en avant pour le suivre, quand, comme si je venais d'appuyer sur un interrupteur planqué sous terre, une puissante musique retentit soudainement dans la nuit. Nous stoppons net et nous observons, incrédules, puis je lève les yeux vers la fenêtre du premier étage d'où la tignasse brune de Benji apparaît. Est-il sourd ce gamin pour écouter sa radio si fort ? Je m'empresse de le recadrer :

— Ça ne va pas bien ? Tu veux bien baisser le son, tu vas énerver les chèvres.

— Mais c'est pas moi ! Je cherchais justement d'où ça pouvait venir, se défend-il.

— C'est sa chambre ? Il dort chez Hélène ? s'étonne le voleur de légumes.

Son changement de sujet me déconcerte un instant, puis me vexe.

— C'est mon ancienne chambre. Tu pensais qu'on le faisait dormir avec les chèvres ?

— Euh… non, bien sûr que non.

— Hé, ça vient de chez les Tournesols ! crie Benji.

— Ne te penche pas comme ça, tu vas finir étalé à nos pieds !

— Mais il y a plein de lumière, un vrai sapin de Noël ! s'exclame-t-il en s'étirant un peu plus. Jeanne, on va voir ? Allez, dis oui !

Il ne se passe jamais rien à Boussolins, alors je comprends son excitation, même si je ne la partage pas du tout.

— Inutile d'aller voir ce qu'on entend d'ici. Ça nous casse les oreilles et je n'ai pas envie de crapahuter dans la forêt de nuit.

— Pareil, marmonne mon voisin.

— On va boire notre tisane, on essaie ensuite de dormir en fermant les fenêtres. On en reparle demain.

— Mais allez, s'te plaît.

— Benji, on a la traite à sept heures, alors bonne nuit !

Le lendemain matin, le réveil est douloureux et je suis de très mauvaise humeur bien avant de poser un pied sur le sol. Les Tournesols ont mis le bordel dans la vallée toute la nuit ! Non-stop ! Pas une minute de pause, même pas le temps pour eux de changer de disque et moi de m'endormir.

Je croyais qu'ils écoutaient des musiques douces, zen, bien relaxantes, et c'est plutôt le cas en journée. Mais pas la nuit où rien n'est reposant avec le son à fond ! Tout s'est arrêté d'un coup il y a à peine une heure, c'est tout ce que j'ai pu prendre en sommeil, d'où ma tête des mauvais jours.

Lorsque je sors de la maison, Plouf, que rien n'empêche jamais de ronfler, galope autour de moi pendant que j'enfile tant bien que mal ma cotte. Benji me rejoint, aussi débraillé que moi et les cheveux ébouriffés.

La traite nous paraît sans fin, nous la passons à bailler à nous en décrocher la mâchoire, alors quand c'est enfin l'heure du petit-déjeuner, nous nous laissons carrément tomber sur les chaises sous la tonnelle. Savoir que la journée ne fait que commencer, qu'il va falloir tenir jusqu'à ce soir, rajoute des souffrances morales à ma fatigue physique.

— Eh bien ! Vous n'enlevez même pas vos bottes ? s'exclame ma mère en déposant la cafetière sur la table.

Son regard est vif, son chignon blanc est impeccable et son tablier à fleur à l'endroit, contrairement à mon tee-shirt dont je vois les coutures.

— Maman, comment peux-tu être aussi énergique après une nuit blanche ?

— Heureusement que mon âge apporte quelques avantages sur la jeunesse. J'entends moins bien, ma chérie, répond-elle en riant.

— Faut aller voir le maire tout à l'heure. Moi, j'ai beau être jeune, contrairement à vous deux, je ne tiendrai pas longtemps comme ça, déclare Benji qui reçoit ma serviette dans la figure.

— J'ai vingt-cinq ans ! Tu ne dois pas tout confondre. Je suis jeune, toi, tu es un mioche.

Ma mère lui tapote le crâne en lui servant son chocolat :

— Tu penses bien que la mairie a été prise d'assaut avant même son ouverture. Les habitants sont plutôt remontés.

— Paulin en tête de file, j'imagine ? je questionne en versant le café dans mon bol.

— Tout à fait. Il m'a appelée ensuite. Du haut des marches, le maire les a calmés, ou a essayé, en leur annonçant que leur fête ne durerait que deux jours.

— Tu veux dire deux nuits, non ?

— Oui, c'est pareil.

— Pas vraiment, ça me dérange moins la journée, je ronchonne.

9

« Que » deux jours, qu'ils avaient dit. Une semaine plus tard, c'est toujours la même bringue nocturne ! Un festival de lumières qui ferait rougir de honte une aurore boréale, et noyé dans un magma de sons et bruits en tout genre, qui rappellerait de mauvais souvenirs aux anciens combattants. Les animaux de la forêt ne s'en remettront jamais. D'ailleurs, j'en connais un, le gardien des collines qui me sert de voisin, qui doit être bien agacé, ce qui adoucit un peu mon amertume.

À peine le soleil a-t-il pointé ses premiers rayons que, pouf, tout s'arrête subitement. Certains commencent à les nommer « les vampires ». En journée, les fêtards sont étalés à même les pelouses, ils récupèrent. Ensuite, ils vont tous se décrasser et se requinquer dans notre lac, à poil – plus aucun de nous n'ose s'y baigner parce que nous n'avons pas vu de toilettes installés pour cette foule – avant de remettre ça de plus belle jusqu'aux aurores.

Nous sommes à bout, de forces et de patience, mais au lieu d'intervenir, notre porteur d'écharpe tricolore nous enjoint à nous réjouir que le village revive enfin, qu'il s'anime comme au bon vieux temps. Sur ce point, nous sommes en total désaccord avec lui, il est juste devenu bruyant. Les commerçants, désabusés de ne pas voir un seul fêtard dans leur boutique, sont les premiers à grincer des dents. « C'est pas faute de vous avoir prévenus ! » leur répète inlassablement Paulin.

Certains ont essayé d'appeler la gendarmerie pour qu'elle intervienne, mais ces péteux en bleu ne peuvent soi-disant rien faire, car provoquer un mouvement de foule serait dangereux. Tu parles ! Lola a réussi à soutirer à Damien la vraie raison de leur inaction. Du bout des lèvres, il a reconnu qu'ils étaient trop nombreux en face. Vu que les nuisances sont cantonnées à notre village, le préfet estime qu'il ne faut pas prendre de risques. Et tant pis pour les habitants, ils s'en remettront.

N'ayant pas d'option valable pour faire cesser ce tapage, légalement j'entends, et persuadés que ces gens qui continuent à affluer ont obligatoirement une vie, nous patientons en attendant qu'ils y retournent. Loin d'ici, si possible.

Malgré tout, Paulin organise une réunion de crise, raison de notre présence dans sa cave secrète ce soir. Nous affichons tous des cernes de plus en plus foncés et les mêmes traits tirés, le manque de sommeil commence à piquer. De fait, comme la fatigue nous plombe, l'ambiance joviale s'est fait la malle. Le verre de vin habituel également alors que, en ce qui me concerne, j'en aurais bien besoin.

Pendant que je salue mollement les courageux présents, Gabin fait une entrée très remarquée. Les conversations cessent dès qu'il lâche l'échelle et nous fait face. Chacun s'interroge autour de moi sur cet intrus qui nous a découverts, jusqu'à ce que Marcelle le reconnaisse et se précipite sur cet homme tout neuf.

Je prends mon mal en patience, le temps que les femmes se remettent de la surprise d'un Gabin sans son habituel camouflage capillaire. J'aimerais bien qu'on fasse le point pour vite aller me coucher ! Même si je n'arrive pas à dormir, la position allongée est vivement réclamée par mes jambes qui n'en peuvent plus de me porter.

— Il est pas mal du tout, mais je me demande si je ne le préférais pas avec la barbe, murmure Lola.

Je lève les yeux au ciel. Je ne la comprendrai jamais. Comment peut-on préférer un yéti à l'être civilisé qu'il est devenu ? Civilisé ? C'est moi qui ai pensé ça ? Allons, Jeanne, tu es épuisée, tu racontes n'importe quoi.

Paulin frappe dans ses mains pour mettre fin aux félicitations féminines, que Gabin ne réclamait pas et qui le mettent mal à l'aise.

— L'heure est grave !

— Encore, rétorque Lola, à moitié blasée.

Elle se retrouve prise en sandwich entre Paulin qui lui fait les gros yeux et mon coude que je lui colle dans le ventre. Elle lâche un « désolée », Paulin poursuit :

— Pour éviter d'apprendre les choses une fois qu'elles ont été votées, j'ai assisté au dernier conseil municipal. Parce que ça va bien les conneries, mais on ne peut même plus dormir la nuit !

En temps normal, au moins l'un d'entre nous aurait rétorqué qu'il fallait dormir en journée, mais nous n'avons plus le cœur à blaguer. Trop crevés. Et trop de travail pour la plupart d'entre nous.

— La gendarmerie est éloignée, nous n'entendons donc rien, mais je n'en revenais pas du bruit en arrivant ici. Quand je vois vos visages, j'imagine que vous vivez l'enfer, se désole Marcelle.

— Ils font la fête et on ne peut ni dormir ni y aller, râle Benji dont la tête dépasse de la trappe.

— Si ça te frustre tant, tu n'as qu'à danser à poil dans la fontaine quand nous sommes tous sur la place, ça sera pareil ! le rembarre Paulin.

Nous rions car il a raison, ce serait presque la même chose.

— Quelle surprise nous réservent-ils ? s'impatiente Marcelle.

Oui, excellente question. Ils vont ouvrir un parc d'attractions ? Un Boussoland ? Paulin se décompose, ce qui ne nous rassure pas du tout. Pendant qu'il se frotte le visage en soupirant, nous sommes suspendus à ses lèvres :

— Que la population de Boussolins va subitement augmenter.

Incrédules, nous le fixons sans réagir. Qu'est-ce qu'il raconte, comment serait-ce possible ? Gabin se réveille le premier, en se moquant :

— Ils vont ouvrir un zoo ? Parce qu'avec toute la faune bizarre d'ici, ça ferait une attraction intéressante.

Pourquoi ai-je la très désagréable sensation qu'il parle de nous ? Il n'est pas du coin et ça se sent de plus en plus. Je me tourne vers lui, un poil agressive :

— Parce que c'est mieux l'endroit d'où tu viens ? Au fait, d'où es-tu, toi ?

— Le pays du sable, des pins et des vagues. Les Landes.

— Pas de quoi te la péter, c'est surtout le pays du monotone. C'est plat, du maïs et des pins à perte de vue, qui bouchent la vue d'ailleurs. Et vos plages sont à mourir d'ennui.

— Toi, t'en as pas de plage et encore moins des vagues, alors ne la ramène pas.

— Eh, le vieux couple, vous vous chamaillerez dans vos collines, on a plus urgent à régler, intervient Lola. Paulin, on t'écoute, quelle serait l'origine de cette augmentation subite d'habitants ?

— Du centre de yoga. Il y a déjà cinquante personnes qui viennent d'y déclarer leur nouveau domicile.

— C'est tout ou ça n'est qu'un début ? s'inquiète Gabin.

— Ce con de notaire, ou de maire, louvoie, donc soit il ne sait pas, soit il est au courant qu'il y en aura plus et n'ose pas le dire.

— Même une centaine, ce n'est pas si grave, fais-je remarquer. Notre problème immédiat est lié au fait qu'ils soient actuellement plus de mille, mais ça, c'est provisoire, non ?

Silence dans la cave. Chacun se repose la question mentalement en blêmissant. L'affolement pointe, alors j'insiste :

— Ça l'est, n'est-ce pas ?

— Oui, c'est la seule certitude dans l'affaire.

Concert de longs soupirs. Ce coup de pression ! Le pire est évité, Paulin continue :

— Ce qu'on ne sait pas, c'est le nombre qui restera sur place après.

— Mais c'est quoi au juste ce centre ? demande Lola. Pourquoi des gens viennent y vivre ?

— Parce que leur but est d'en faire un Ashram, n'est-ce pas ? avance Babeth, la femme de l'adjudant.

— C'est ça, confirme Paulin en soupirant.

Ils sont deux à comprendre, nous autres sommes perdus. Comme nous avons tous la crainte de passer pour des abrutis qui ne connaissent rien en dehors de leurs collines, nous n'osons même pas poser de question. Nous nous observons du coin de l'œil, un peu rassurés de voir que le flou est général. Pour ma part, j'irai regarder de quoi il s'agit sur internet, et voilà !

— C'est quoi un Nacherame ?

Gabin, il ose et ça nous arrange bien, même si nous refuserons de le reconnaître.

— J'en ai visité lors d'un séjour en Inde, c'est originaire de là-bas, poursuit Babeth. C'est une communauté avec un style de vie, de croyances et de partage. En simplifié, un lieu de retraite, d'apprentissage et de méditation.

— Comme un monastère ?

— Un peu, si ça te parle mieux. Un gourou y règne, c'est le maître spirituel, mais rien à voir avec une secte. C'est tout à fait légal et il y en a quelques-uns en France.

— Alors où est le problème, au juste ? demande Lola.

— Quand les intentions sont bonnes, respectables, il n'y en pas, répond Marcelle. Sauf que mon major de mari a fouillé un peu pour savoir qui venait s'installer ici et le type qui se dit gourou n'est pas vraiment net.

— C'est-à-dire ?

— Il se fait appeler Brahma Devdan, ce qui veut dire la source pour le premier et don divin pour le second.

— Rien que ça ! je m'exclame. Fils de Dieu, c'était déjà pris ? Il est né avant la modestie, non ?

— Carrément, surtout quand on sait qu'il est français et se nomme Hervé Belope d'après son acte de naissance, qu'il a trente-six ans et a vu le jour dans la Creuse, assez loin du Gange et du Bengale. Le souci, c'est qu'il a été mêlé, mais pas inculpé faute de preuve, à des affaires d'escroqueries en France, avant de partir en Inde il y une dizaine d'années.

— Et il revient la bouche en cœur, se déclarant grand maître de la vie, de l'amour et de je ne sais quoi ? je questionne avec amertume.

— C'est tout à fait ça, mais c'est légal, confirme Paulin.

— Ça pue, marmonne Gabin. Soit il a vu la Vierge...

— Plutôt Ganesh, le coupe Babeth en riant.

— Ça pourrait être la Schtroumpfette qu'on s'en taperait pareil. Donc, soit il a pris la lumière en pleine face pendant son séjour en Inde, peut-être aidé par des substances hallucinogènes, soit il prépare une arnaque d'envergure.

— Comme nous avons une chance de folie en ce moment, je pencherais pour la deuxième solution, dis-je d'une voix lasse à l'idée de mener un nouveau combat pour les faire dégager.

— Un piège à gogos à la recherche d'une vie meilleure emplie d'amour, parsemée de papillons et de fleurs, pour voir la vie en jaune, s'amuse Lola. Ils ne doivent pas être vraiment dangereux.

Elle se marre, moi je ronchonne :

— Sans vouloir paraître égoïste, si les Tournesols sont assez cons pour se laisser avoir par un faux gourou, tant pis pour eux.

— Sûr que je ne ferais pas confiance à un mec en toge, marmonne Gabin.

— Vous avez tous les deux raison sur le fond, approuve Paulin. Ils font bien ce qu'ils veulent chez eux, mais le souci est qu'il y a toujours des dommages collatéraux dans ces affaires. Malheureusement, ce sont les gens autour qui les subissent, c'est-à-dire nous. Nous allons juste veiller à ce que ça ne crée pas de nuisance dans le village. Le reste n'est pas notre problème.

Nous hochons la tête. J'en profite pour aborder un point important :

— Maintenant, on peut quand même l'avoir notre verre ?

Parce que j'en ai marre de ces réunions qui débouchent sur pas grand-chose, alors il serait bon qu'on ne nous prive pas du seul côté sympa de la corvée. Là encore, les autres approuvent vivement ma requête, Paulin aussi qui s'empresse de sortir les bouteilles.

Quelques verres plus tard, c'est le moment de repartir. Je m'apprête à escalader l'échelle quand une pensée me vient. Je me tourne vers Paulin :

— On est obligés de s'enterrer ici à chaque fois qu'on veut se parler ?

— C'est plus sûr, ne prenons pas de risque.

— Mais quel risque, au juste ? On ne fait pas dérailler des trains ou évader des prisonniers.

— On ne sait pas où ça pourrait aller, alors on continue comme ça. Mon grand-père et mon père tenaient toutes leurs réunions ici.

— Mais c'était la guerre ! La vraie, contre des Allemands, pas celle contre des hurluberlus en pyjama.

— Moi, j'aime bien la cave. C'est rigolo, s'en mêle Benji qui m'ouvre la trappe.

— Si on ne met pas de talons, c'est vrai que c'est marrant, approuve Marcelle.

— C'est bon, enterrons-nous puisque ça amuse tout le monde, je cède en m'engageant sur l'échelle.

Une fois rassemblés en haut, nous nous égaillons sur la pointe des pieds, à fond dans notre rôle d'agents secrets de pacotille, mais peu importe. J'arrive au bout du pont et Benji descend dans le fossé pour récupérer nos vélos, quand un véhicule roule vers nous en m'aveuglant avec ses pleins phares.

Le gros pick-up, évidemment, s'arrête à notre niveau pendant que j'enfourche ma guimbarde.

— Benji ! Je te ramène ? beugle Shrek.

— Ah ouais ! Je veux bien. Je peux remonter avec lui ? me demande-t-il.

— Bien sûr que tu peux, ce n'est pas non plus le bagne chez moi.

Il s'empresse de hisser son VTT dans la caisse arrière, puis de grimper dans la cabine. Il y a tout de même un détail qui m'agace furieusement. Comme je ne suis plus à ça près avec lui, je hèle assez rudement le conducteur :

— Et moi ? Je pue trop pour que tu me ramènes ?

Il cille, surpris, avant de se reprendre en haussant un sourcil moqueur.

— Je croyais surtout que c'était l'inverse, que c'était trop crade pour toi.

— Avant que tu laves ta voiture, oui, c'était un peu trop rustique à mon goût. La charrette de mon grand-père était mieux entretenue. Sauf qu'elle est propre maintenant. Et il fait noir.

— Ouais, fait nuit. C'est normal la nuit, répond-il, clairement désintéressé.

— Et donc ?

— Donc quoi ?

— Tu le fais exprès ?

— Un peu, c'est vrai. J'attends que tu me le demandes gentiment.

Mais il est insupportable ! Je tourne la tête vers la montée qui me fait face, entame une réflexion intense faite de calculs et de rapports entre son degré d'inclinaison divisé par l'état de mes mollets, multiplié par le niveau de ma fierté. Le résultat avoisine zéro, je me plante donc devant sa vitre ouverte.

— Aurais-tu l'amabilité de m'inviter à m'asseoir dans ta charrette motorisée ?

— Mais avec un immense plaisir ! On est un peu serrés, alors grimpe à l'arrière, tu seras plus à l'aise.

Quel... Non, je ne m'abaisserai pas à devenir vulgaire. Surtout que ma mère dirait que je l'ai bien cherché, ce qui est vrai, mais je ne pensais pas qu'il oserait m'expédier dans la caisse. Il faut que je le note une bonne fois pour toutes : il ose tout, il rembarre plus vite que son ombre. Il n'y a pas de galanterie qui tienne avec lui. Ce type est un sanglier avant tout et sa nouvelle apparence n'y change rien. Bien au contraire, il accentue d'autant plus le contraste entre l'homme et la bête.

En plus, je dois charger mon vélo toute seule et il pèse une tonne. Alors que je le soulève, un doute me submerge. Et s'il le faisait encore exprès avec l'intention d'avancer au moment où je veux poser mon vélo ? Il en est capable, j'en suis certaine. En revanche, je sais aussi que s'il s'amuse à ça, on retrouvera son cadavre dans les bois, avec une de ses fleurs jaunes chéries coincée entre les dents.

Prête à lui sauter dessus à la moindre accélération, il me détrompe en restant immobile, ce qui ne m'empêche pas de galérer vu la hauteur de son bahut. Je m'y reprends à plusieurs fois sans réussir à lever la roue assez haut pour le faire basculer. Je change de tactique en montant dedans la première, puis, penchée au-dehors, je tire mon vélo vers moi. Rien à faire, je ne le soulève pas plus que le pare-chocs.

— C'est bon ? On va pouvoir y aller avant le lever du soleil ?

— La ferme !

Benji s'éjecte du véhicule et vient à mon secours. Une fois l'engin posé à plat sur le sien, il s'apprête à me rejoindre.

— Non, Benji, remonte à l'avant.

— Mais non, vas-y à ma place. Ça ne me dérange pas d'être dans le coffre.

— Moi, ça me dérange d'être enfermée avec l'autre malpoli.

— Ah ! Comme tu veux, alors.

Pendant qu'il s'exécute, il faut que Shrek la ramène d'une voix forte :

— Je suis poli avec ceux qui le sont !

Pareil pour moi et aucun de nous deux n'a l'intention de s'assagir le premier, nous n'en verrons donc jamais le bout. Soyons honnêtes, le point de non-retour est atteint entre nous.

Une fois arrivés en haut de la colline, il stoppe mais ne descend pas. Dans le silence de la nuit ponctué par le ronflement du moteur, nous récupérons nos vélos. Je marmonne un « merci » et il démarre sans un mot ni un regard. Ce type est désespérant, désespérément asocial.

Je bougonne encore en pénétrant dans la cour, marque une pause amicale pour caresser Plouf qui nous accueille avec frénésie, puis peste de plus belle, et ça n'a rien à voir avec mon voisin, mais plutôt après les agités nocturnes d'en bas qui font tellement de barouf qu'ils perturbent mes chèvres.

— Benji, va donc te coucher. Je vais voir les filles pour les rassurer.

— Je pourrais dormir dans la chèvrerie, sur les bottes de paille. Ça me plairait et elles seraient plus tranquilles.

— Que tu le fasses pour t'amuser de temps en temps, ça ne me dérange pas, contrairement à l'idée que ça devienne ta chambre. Viens chercher un duvet chez moi après ton passage à la douche.

Il file aussitôt en sautillant de joie. Je ne serais pas aussi heureuse si je devais dormir dans le foin. Ça gratte, c'est poussiéreux et ça ruine le dos. Cela m'arrive malgré tout pendant la période des mises bas, quand ça ne se déroule pas très bien pour une chèvre que je veux garder à l'œil.

J'entre dans le bâtiment sans bruit, juste un « salut les filles » pour les prévenir. Je n'allume pas, la lueur de la lune passe à travers les quelques plaques translucides du toit. J'attrape la raclette et repousse le foin contre les cornadis tout en les observant. Elles devraient être couchées, mais certaines restent debout, elles aussi dérangées par le tapage et intriguées par les lumières vertes, rouges, bleues qui apparaissent dans le ciel. La musique forte ne leur suffit pas à ces cinglés, il leur faut en plus les spots qui illuminent toute la vallée. Les poissons du lac doivent s'enterrer sous la vase, persuadés que c'est la fin du monde chaque nuit.

En bonne dominante qui ne craint rien, Britney est étalée dans son coin, pendant que je caresse les plus inquiètes. Ils vont réussir à me les faire tarir, ces couillons d'excités d'en bas.

10

J'aime bien le mercredi, le jour des livraisons. Je fais le tour de mes clients, crémiers, épiciers, restaurateurs et je papote avec chacun. Ça me sort de mon vallon et me permet de voir d'autres paysages ainsi que d'autres gens. Pour ça, j'ai mon petit véhicule frigo. C'est avec la radio allumée sur la station locale que je chante en parcourant les kilomètres de ma tournée, qui me fait passer par les cols encombrés de touristes.

C'est à Boussolins que je termine la boucle, à l'unique épicerie du village tenue par Antonio et Maria, qui ont délaissé leur Espagne natale bien avant ma naissance. Je roule au pas sur la place en évitant ballons, vélos ou enfants qui jouent, pour me garer à côté de la fontaine. Une fois descendue de mon véhicule, j'ouvre la caisse frigo tout en saluant Denis qui prépare sa terrasse juste en face, et c'est avec une cagette de fromages dans les bras que je me dirige vers la boutique. Je marque une pause devant l'étal de fruits et légumes qui encadre l'entrée. Elles manquent de couleur ces tomates et elles sont minuscules ces courgettes. Pas étonnant que mes amis préfèrent se servir dans mon potager.

D'ailleurs, pas que les amis désormais et je me demande bien ce que mon irascible voisin va bien pouvoir trouver comme moyen d'échange. Par exemple, il pourrait me ficher la paix quand mon troupeau pâture hors de mes parcelles ? Non, ce serait trop beau. C'est quelque chose qu'il me vendrait bien plus cher. Vu que c'est un homme, je suis sûre qu'il me demanderait des choses salaces, ce mammouth. Et soudain, me voilà submergée d'images surréalistes que j'essaye à tout prix d'éliminer de ma pensée dans la seconde qui suit. Inconsciemment, je fais des gestes avec la main pour les éloigner. Mon Dieu, mais comment ai-je pu imaginer des trucs comme ça, avec lui en plus ? La fatigue, je ne vois que ça. Ou un *burn-out*. Il faut vraiment que je dorme, que je récupère, sinon, je vais avoir des hallucinations et ça va mal finir. Passablement rassurée sur mon état mental, je rentre à l'intérieur de la boutique.

Je lance un grand « Bonjour ! » qui finit dans une hésitation lorsque je tombe nez à nez avec deux clientes en pyjama jaune. Tiens donc, ils vont finalement nous faire mentir en venant dans les commerces locaux ? Maria, petite femme très vive à la voix qui porte, est en train de les servir, alors je la salue de la tête et elle me fait signe de faire comme d'habitude. Je passe derrière le comptoir pour rejoindre la réserve.

Pendant que je range les fromages dans son frigo, j'entends l'une des clientes se plaindre :

— Mais vous n'avez pas de produits végétariens ?

— Si, j'en ai. À l'entrée, il y a les fruits et les légumes. Il y a aussi le rayon des produits secs, pâtes, riz, lentilles, etc.

— Et du rapadura[3] ?

— Euh… Non, qu'est-ce que c'est ?

---

[3] Sucre de canne complet.

— Et du tofu, vous devez bien avoir ça, on en trouve partout.

— Non, désolée. Mais les tomates sont vraiment belles, venez voir.

Roooh, c'est vilain de mentir comme ça, Maria. Moi, je les ai vues tes tomates et ça m'étonnerait qu'on se régale avec. En revanche, elle a d'excellents fromages de chèvre en vente, je m'en porte garante. Les clientes, un peu désespérées, insistent :

— Et du kéfir[4], vous avez du kéfir quand même ?

— Euh... non plus, mais j'ai des yaourts fermiers.

— Ils sont bio ?

Après un instant de confusion, Maria répond sur un ton grinçant que le rayon des produits bio se trouve au fond. Je le connais et ça m'étonnerait qu'il les contente puisqu'il y a juste quelques articles qui se battent en duel, en provenance même pas directe des industriels. C'est une épicerie de village, la place est réduite alors on y trouve l'essentiel, notamment le pain livré tous les matins. Pour l'exotique, ce n'est pas vraiment le bon endroit.

Maria est adorable, mais il ne me viendrait pas à l'idée de la titiller sur ses produits. Ces clientes-là aiment le risque et le ton se fait de plus en plus sec des deux côtés. Je m'empresse de repartir avant qu'un bain de sang n'ait lieu, sans oublier d'attraper le sac à mon nom qui contient les deux pains de campagne

[4] Boisson fermentée.

hebdomadaires. Je franchis discrètement la porte sans saluer, car ici, je paye au mois et d'avance.

Lorsque je démarre, les clientes ressortent les mains vides, sous le regard noir de Maria. Soudain, elle pose la main sur la cagette de tomates, elle ne va quand même pas leur en lancer une ? Non, elle ne fait que la tâter, c'est bien dommage. Un peu d'animation n'aurait pas été pour me déplaire, sauf les nocturnes, bien sûr.

Le dimanche après-midi, lendemain d'un excellent marché grâce aux touristes arrivés en masse en ville, je me rends au village, accompagnée de ma mère et de Benji. En franchissant le pont, nous détectons une agitation inhabituelle sur la place.

— Pourquoi sont-ils tous debout ? s'étonne Benji.

— Ils ont l'air calme mais un truc les chiffonne, répond ma mère.

Nous comprenons de quoi il s'agit en arrivant devant la fontaine, puisque nous sommes à notre tour hypnotisés par une nouveauté. Ce n'est pas un cirque qui s'est installé sur la place ni les vaches de Marcel qui se seraient encore échappées, non, rien d'aussi voyant. Juste les volets de la maison jouxtant le café qui sont ouverts et le panneau poussiéreux « à vendre » qui a disparu. Un détail pourrait-on dire, mais c'est tellement inattendu que cet évènement pourrait faire le gros titre de la gazette du village.

— Ça alors. Il aura fallu plus de huit ans pour la vendre, murmure ma mère qui n'en croit pas ses yeux.

— J'étais encore au lycée quand ils l'ont mise en vente, dis-je à mon tour.

— Je ne sais même plus à qui elle était, commente Benji.

— Au vieux Paulo, le père de la femme du maire. Au rez-de-chaussée, c'était sa cordonnerie et il habitait sur les deux étages. Je me demande bien à qui ils l'ont vendue.

Paulin, qui nous a repéré, quitte ses compagnons de jeu pour nous rejoindre.

— J'ai appelé l'autre abruti, dit-il en ôtant sa casquette de tissu à carreaux. Il m'a dit que ce sont les Tournesols qui l'ont achetée. Voilà qu'ils investissent le village !

Il gesticule en maugréant, alors ma mère lui tapote le dos.

— Calme-toi. Après tout, ce n'est pas si grave qu'un couple s'installe dans cette maison avant qu'elle ne finisse par tomber en ruine. Même s'ils s'habillent bizarrement.

— Ouais, ben moi, ça m'inquiète, râle-t-il.

Cela fait un an qu'il est stressé et ça ne fait que monter crescendo. Voir les premiers effets sur le village ne peut que renforcer ses craintes, celles-là mêmes qui lui valent de passer pour un agité colérique. Certains habitants le voient comme un vieux paysan englué dans sa boue, un asocial qui ne pige rien à la modernité, un vieux con. Heureusement, il a son équipe derrière lui. Pourtant, hormis le bruit la nuit, qui est provisoire, on ne peut pas dire que les Tournesols nous pourrissent la vie. Je commence même à penser que leur venue peut être une bonne chose, mais je ne le lui avouerai sûrement pas.

D'ailleurs, dans la soirée, survient un fait étrange. Nous sommes attablés sous la tonnelle, à l'heure où l'air frais chatouille délicatement la peau, alors que la brise fait frémir les feuilles de la vigne. Nous nous régalons d'une délicieuse ratatouille maison, quand j'immobilise la fourchette devant ma bouche. Intriguée, je la repose sur la table et me lève comme un automate. Il se passe quelque chose. Je ne sais pas quoi, mais l'ambiance est tout à coup étrange. Après quelques pas, je m'immobilise au milieu de la cour, ce qui fait râler ma mère :

— Veux-tu bien revenir à table ?

— Maman, écoute !

— Un souci dans la chèvrerie ? s'inquiète aussitôt Benji, prêt à y foncer.

— Jeanne serait partie en courant, le détrompe ma mère. Jeanne, tu m'expliques ?

— Sois attentive. Écoute.

Elle lève le menton et tourne la tête dans tous les sens.

— À part Britney qui nous casse les oreilles à appeler le bouc, je n'entends rien.

Benji comprend le premier, son visage s'illumine et il bondit sur ses pieds en criant :

— Pas de musique ! Ils sont partis !

— Alléluia ! On va pouvoir dormir sans avoir les oreilles bourrées de cire, déclare ma mère en se rasseyant.

— Je croyais que tu n'entendais pas. En fait, tu mettais des bouchons, filoute, je la taquine.

Nous dînons presque en silence, ne voulant pas rompre ce calme typique de soirée où même la nature se prépare à dormir, moment de grâce que nous attendions avec impatience. À vrai dire, j'ai presque peur qu'au moindre bruit de notre part, ils rallument leur sono tonitruante, comme s'ils étaient à l'affût.

Soudain, le son d'un moteur qui approche. Je gémis de lassitude. Ce repos était trop beau, il fallait bien un casse-pied pour le bousiller. Le voilà, qui déboule avec son gros pick-up et qui pile au milieu de la cour dans un crissement de graviers. Il s'en éjecte, tout sourire en criant :

— Hé, vous avez entendu ?

— Oui, Gabin. Ça fait du bien, répond ma mère.

— C'était trop tranquille pour toi ? je rouspète. Fallait que tu fasses du raffut à ton tour ?

— Ouais, je ne voulais pas que tu m'oublies. Allez, on fête ça ! s'exclame-t-il joyeusement en brandissant une bouteille de vin.

Ma mère accepte, bien entendu, et me voilà une minute plus tard à trinquer avec le pénible pour fêter le départ des autres pénibles. C'est n'importe quoi !

Il a ruiné ma gaieté pour ce soir et toute une bouteille de vin n'y fera rien. Je boude en l'écoutant discuter avec ma mère. Fallait pas l'inviter, je l'avais dit ! Maintenant, il va s'incruster dès qu'il en aura envie. C'est la misère, je vais le voir partout et tout le temps.

Par chance, il ne s'attarde pas trop et je peux rentrer chez moi tôt pour récupérer de cette semaine de folie.

La nuit est douce, alors la dernière chose que je fais avant de me coucher, c'est d'ouvrir en grand la fenêtre.

Je peux sentir l'air frais sur mon visage et après avoir crevé de chaud sous le toit, autant dire que je me délecte.

11

Le lendemain matin, la mine un peu plus fraîche et le corps reposé, Benji et moi achevons notre travail. Lui rentre les chèvres dans leur parc pendant que je prépare le lavage automatique de la machine à traire. Ma mère entre dans la chèvrerie alors que nous terminons tout juste. Comme à son habitude, elle salue les filles qui se pressent à la barrière pour obtenir une caresse et en profite pour les inspecter.

— Tu laisseras Ophélie à l'intérieur aujourd'hui, on dirait qu'elle boite.

— Oui, maman, j'ai vu ça sur le quai. Je surveille mes chèvres, ne t'inquiète pas. Qu'est-ce qui t'amène ici alors qu'on arrive dans quelques minutes ?

— Paulin vient de passer. Il veut que tu ailles voir ce qui se trame chez les Tournesols. Il dit qu'il y a des bus qui défilent devant le village.

— Ce sont les gens qui repartent, c'est tout. J'irai quand même après mon café.

— Non, tu y vas maintenant parce qu'il me harcèle au téléphone et j'en ai marre de lui dire que tu n'es pas encore partie. Il t'a déposé des croissants pour t'encourager, dit-elle en me tendant un sachet.

— Je peux en avoir un si je viens avec toi ? demande Benji avec de l'espoir dans les yeux.

— Je t'en cède un avec plaisir si tu me tiens compagnie. Va te changer, passe aux toilettes et on se retrouve dans la cour.

— Pas besoin des toilettes pour moi, j'ai toute la colline pour ça ! s'exclame-t-il en filant.

C'est vrai et je ne me prive pas non plus, sauf quand je suis accompagnée d'autres personnes que mes chèvres.

Une marche de bon matin, même tranquille, ça creuse, alors une fois arrivés sur le versant qui fait face au centre de yoga, nous nous asseyons sur un rocher recouvert de lichen, et plongeons la main chacun notre tour dans le sachet gentiment déposé par Paulin. En silence et en mâchonnant notre viennoiserie au beurre, nous observons le remue-ménage en bas.

— Il en reste un pour moi ? questionne un intrus derrière nous.

Je suis blasée, je ne me retourne même pas. Il n'y a qu'une personne qui peut surgir comme ça dans les bois. Quel que soit l'endroit où je me trouve, il est là, toujours à surveiller qui ose approcher de ses arbres et de ses plantes.

— Non, il n'y en a pas pour toi, vraiment pas de bol. Mais il doit rester des glands au sol, ça te remplira l'estomac.

— Je ne suis pas une chèvre, bougonne-t-il en s'asseyant à côté de moi. D'ailleurs, elles sont où tes désherbeuses ? s'étonne-t-il en les cherchant autour de nous.

— Tu peux te détendre, elles ruminent dans la stabulation.

— Donne un bout de ton croissant, ose-t-il en tendant la main.

Je l'observe pour trouver une trace d'humour sur son visage, mais je n'y vois que du culot. Il ne plaisante même pas, alors je le rembarre aussi sec :

— Dans tes rêves. Va brouter tes fleurs et oublie-moi.

Comment a-t-il pu penser un instant que j'allais lui en donner ? Remarque, c'est une occasion de prendre ma revanche et je ne dois pas la laisser passer.

— Si tu me l'avais demandé poliment... à la rigueur, dis-je en enfournant la dernière bouchée.

Le voilà mouché. Pas dit qu'il apprécie la leçon, mais je me sens un peu vengée de l'autre fois. Il ne faut pas humilier Jeanne, petit scarabée tout poilu.

Pleine d'orgueil, je me focalise à nouveau sur les mouvements en bas, surtout le ballet de bus devant lesquels les gens se pressent et montent en file indienne. Cette scène me ravit !

— Bon, le maire n'a pas menti, ils s'en vont enfin, commente mon voisin.

— Tu as vu, ils ont construit plein de nouveaux trucs, souffle Benji.

C'est sûr qu'ils n'ont pas juste fait la fête, ils ont aussi travaillé. Des bâtiments en bois sont apparus ainsi que des cultures.

— Ils ont même des chèvres, râle Gabin. Au moins, ils les enferment dans un parc, eux.

— J'élève en système pastoral, c'est comme ça depuis toujours et on était là avant toi. N'empêche qu'ils ont vu grand pour vivre en autarcie. Je me demande combien vont rester vivre ici.

— Paulin est allé voir à la mairie avant de m'appeler, déclare Gabin. Il y avait combien d'habitants à Boussolins ?

— Trois cent vingt à une ou deux têtes près.

— Eh bien maintenant, on est cinq cent soixante-cinq, ils sont donc deux cent quarante-cinq à s'installer.

— Ça explique pourquoi Paulin était dans tous ses états. Surtout qu'il a compris que le conseil municipal le savait dans la mesure où il a voté la création d'une nouvelle classe. Ce n'était pas pour remplacer l'actuelle trop vieillotte, mais pour accueillir toutes les futures têtes blondes.

— Pourquoi ça l'embête à ce point ? questionne Benji.

— Parce qu'il est vieux et que les vieux n'aiment pas qu'on change leurs habitudes, je réponds en riant. Plus sérieusement, disons qu'il fait partie des anciens attachés à leurs souvenirs et à leur village paisible. Il pense que la nouveauté a du bon si elle s'incorpore petit à petit, mais pas en masse et avec la brutalité d'une claque dans la figure.

— Ben... s'ils nous laissent dormir la nuit, qu'ils s'installent ici ne change pas grand-chose à notre vie.

— C'est pas faux, chacun chez soi et tout le monde est content. Allez, venez, je vous ramène, décide Gabin.

Ce type n'a pas un grain, mais plutôt un silo d'une tonne dans sa tête de cinglé. Un moment, il me crie dessus et un autre, il se prend pour un pote. Il a besoin d'une mise à jour, je m'y colle.

— On connait le chemin, on est venu à pied, comme toi et sans toi.

— Je veux dire bonjour à Hélène et l'inviter à dîner ce soir.

— Tu es sérieux ?

— Tout à fait.

— Je ne vois pas pourquoi tu veux nous inviter alors qu'on a envie de se taper dessus à chaque fois qu'on se croise.

— C'est faux. Déjà, je n'ai jamais eu envie de taper sur ta mère puisque je la trouve adorable. Ensuite, je n'ai aucune animosité à ton égard, au contraire. Pour conclure, tu peux ranger tes couteaux, c'est ta mère que j'invite, pas toi.

J'ai mal entendu, il ne peut pas avoir dit ça. Pourtant, que Benji ouvre grand les yeux et s'écarte de trois pas me semble clair. Je fusille le mufle du regard.

— Pardon ? Tu invites ma mère et pas moi ?

— Oui, juste elle. Mais si ça te fait plaisir, tu veux te joindre à nous ? raille-t-il.

— Bien sûr que non, mais ce n'est pas une raison.

— Si, ça t'évitera de chercher une excuse foireuse pour ne pas venir. Au fait, Benji, tu viens aussi si ça te dit, dit-il en se tournant vers lui.

— Ah ouais, je veux bien.

Alors ça, c'est une belle entourloupe de fourbe ! Tellement, que je suis incapable de trouver une remarque pertinente. Il a réussi à me vexer de plusieurs façons, il faut que j'encaisse. En attendant, je me renfrogne et le plante là.

Voilà comment je me retrouve toute seule le soir même, devant mon assiette de pâtes au jambon parce que je n'ai pas eu le cœur à cuisiner. Ce qui m'a encore plus plombé le moral, c'est que ma mère a fait un super gâteau avec de la crème comme j'aime, mais je ne le goûterai même pas puisqu'elle l'a emporté chez Shrek, où ils dînent tous les trois. Ce type n'est pas là et il arrive à m'énerver plus que si je l'avais face à moi !

Pour ne rien arranger, je n'arrête pas de me repasser notre conversation en boucle et un détail me turlupine au point que je ne parviens pas à me concentrer sur la télé. Pourquoi a-t-il dit « au contraire » ?

12

Ce mercredi, alors que je termine ma tournée de livraison, j'ai un moment d'hésitation avant de me garer devant l'épicerie de Maria. Mes yeux voient double ou alors... Non, pas de problème de vue, c'est bien une autre épicerie qui vient d'ouvrir juste à côté de la sienne. Ouh ! Je sens que l'ambiance va se tendre un peu encore au sein du village.

Je suis bigrement intriguée par cette installation plutôt osée en matière de rivalité, alors je récupère machinalement ma cagette de fromages, tout en regardant la nouvelle devanture. De prime abord, la boutique me paraît plutôt engageante. Même très jolie. Étals en bois, décoration dans le style nature et objets colorés. Les sacs de jute remplis de graines diverses donnent envie de s'approcher. Oh ! Ils ont même de jolis attrape-rêves avec des plumes colorées. J'en veux un !

Un regard noir me foudroie sur place. J'oublie instantanément toute idée d'achat dans la mauvaise boutique. Maria fait la tête, ce qui est compréhensible, surtout que la concurrence a mis le paquet. Sa devanture fait vieillotte à côté, ce qu'elle est d'ailleurs, mais pourquoi faire des efforts et des dépenses quand la clientèle est acquise d'office ? En fait, elle est carrément énervée si je me fie à l'énergie qu'elle met à balayer les pavés devant son étal. Ses coups d'œil assassins en direction de ses nouveaux voisins indiquent bien l'origine de sa colère, son mari n'a rien à y voir cette fois-ci.

Tant pis pour le tout mignon attrape-rêve, je ne tiens pas à affronter Maria. J'hésite même à la saluer de peur qu'elle ne m'aboie dessus, mais je suis bien obligée puisqu'elle est sur le passage. Pour limiter les dégâts, j'adopte une voix douce, surtout pas trop enjouée pour ne pas la faire exploser, mais juste un « bonjour ».

Je me garde bien de lui demander comment elle se porte aujourd'hui, pas envie d'être le réceptacle de sa frustration. J'ai faim et j'ai pris du retard pendant ma tournée à trop bavarder, alors je file ranger mes fromages dans sa réserve et ressors aussi vite que possible en attrapant mon sac de pains.

— Tu es bien pressée !

— Oui, maman m'attend, je réponds avec un sourire crispé. Bonne journée et à bientôt.

Bien évidemment, la nouvelle épicerie est le sujet central des conversations du dimanche après-midi, pour ceux qui, comme nous, sont installés sur la terrasse du café.

— Personnellement, je compatis pour Maria, déclare ma mère.

Certes, si les commerces survivent dans ce petit village, c'est justement parce qu'il n'y en a qu'un par type de marchandises et que tous les habitants se font un devoir de s'y rendre pour les faire vivre. Autant dire qu'ils tiennent à un fil si, en plus du peu d'habitants comme clientèle, ils entrent en concurrence. Malgré tout, ce n'est pas encore la crise, il ne faut pas abuser.

Je repose mon verre pour donner mon avis :

— Moi aussi, mais je ne partage pas son inquiétude.

Ma mère me fait les gros yeux, alors je m'empresse de me justifier :

— Ils ne vendent pas les mêmes produits et ne visent pas les mêmes consommateurs.

— C'est juste, m'appuie Lola. Maria s'inquiète pour rien, non ?

Je me penche sur la table pour ne pas être entendue des autres villageois :

— D'autant plus que je défie quiconque d'oser franchir le seuil de la nouvelle boutique. Elle fait le pied de grue dehors avec son balai et je la crois capable de coller un coup sur la tête de ceux qui franchiraient le mauvais pas de porte.

Vivre dans un village, c'est une proximité qui offre un avantage, mais qui s'avère parfois un inconvénient. Nous ne sommes pas seulement surveillés par les petits vieux assis sur le pas de leur porte, mais également par les commerçants. Pour le bon côté, c'est qu'il est inutile de répéter à chaque fois comment on veut notre pain ou notre viande, ils nous servent toujours comme on l'aime.

Progressivement, la conversation repart sur des sujets anodins pendant quelques minutes, durant lesquelles j'ai le sentiment désagréable de me sentir observée. Je scrute les personnes assises derrière ma mère, et je soupire en repérant deux pupilles braquées sur moi. Elles sont claires, cette fois-ci. Je n'ai d'autre tactique que d'ignorer leur propriétaire en tournant la tête. Il a très bien compris le message, mais voilà que cet infatigable enquiquineur se lève et s'approche de nous.

Même ici, il vient me gonfler alors que ce n'est pas sa parcelle à ce que je sache !

Il affiche un petit rictus annonciateur d'une vacherie à me lancer lorsqu'il se penche sur moi :

— Dis, Jeanne, dans quel camp es-tu ?

— Dans celui qui souhaite que tu sois muté loin d'ici au plus vite.

Ma réplique, pourtant sincère, le fait sourire. Il serait presque mignon si je ne le trouvais pas si pénible. Comme il attend toujours ma réponse, la vraie, je reprends plutôt sèchement :

— Si tu hésites pour choisir le tien, ça m'étonnerait que mon avis t'intéresse pour t'aider à décider.

— Si, justement. Bien qu'à vrai dire, je m'en fous un peu du camp. C'est juste pour connaître le tien et aller dans celui d'en face.

Il ose me balancer ça avec un aplomb qui me sidère. J'ai beau scruter son visage bien plus expressif sans les poils, je ne parviens tout de même pas à savoir s'il plaisante. Tout compte fait, je crois qu'il est tout à fait sérieux, ce con.

Au moins, cette attaque en règle fait rire Lola, même si c'est discrètement derrière sa main. De mon côté, je préfère l'ignorer puisque ma réponse ne l'intéresse pas, c'était juste encore une occasion de me lancer une pique. Mais cet homme n'est pas uniquement désagréable, il est également tenace. Donc, il insiste :

— Comme j'ai vu tes fromages chez Maria, on va dire que tu es de son côté.

— Voilà. C'est fou tout ce qu'on peut faire quand on utilise son cerveau. Toi qui te plaignais d'avoir grossi, sois heureux, tu vas maigrir en mangeant des légumes et des graines.

— Pas sûr. Ils vendent sûrement d'autres trucs très bons.

— Tu iras voir, tu goûteras et tu nous raconteras. Allez, salut !

Au lieu d'en rajouter, à mon plus grand étonnement, il s'en retourne à sa place auprès de Paulin.

— Incroyable, il s'est drôlement assagi ! s'étonne Lola.

— Tu parles ! Tu as vu le sourire de sale gosse qu'il affiche ? Il abandonne juste parce qu'il est satisfait de mon niveau de contrariété.

— Il est taquin, s'amuse ma mère.

— C'est vrai, approuve Lola. Il est rigolo avec toi.

— Non, il n'est ni drôle ni taquin. Il est épuisant, je les corrige en soupirant.

— C'est marrant comme il aime te chercher tout le temps, continue Lola.

— Merci de le reconnaître. En fait, je crois que ce type s'ennuie, à parler aux arbres toute la journée, alors je fais office de loisir. Je pense même que je suis son activité favorite pour passer le temps.

— S'il suit ta proposition, il devrait se faire une nouvelle amie en la personne de Maria, qui va lui faire sa fête, commente ma mère.

— Parfait ! Je ne vais pas me gêner pour la remonter un peu plus contre les clients infidèles. Gabin tâtera de son balai pour de bon.

Le temps passe trop vite quand on se prélasse et c'est malheureusement déjà l'heure de rentrer pour m'occuper de la ferme. Alors que je me lève en saluant ceux autour de moi, Lola s'agite en fixant un point derrière moi. Tout à coup, elle écarquille les yeux.

— Jeanne, rassieds-toi tout de suite !

— Mais non, je dois y aller.

Elle m'attrape par la manche et me pousse sur la chaise sur laquelle je me vautre. Bien entendu, ma cascade attire l'attention de tous. Je rouspète en me redressant et lui fais les gros yeux :

— Lola, j'ai un métier. Viens passer la soirée à la maison si tu veux qu'on discute encore.

— C'est Benoît ! Il vient de se garer ! s'exclame-t-elle.

Je blêmis instantanément. Non, j'ai dû mal entendre, ça ne peut pas être lui qui revient ici. Il n'oserait pas, il n'a pas le droit après m'avoir plaquée aussi brutalement. Et surtout comme un lâche.

Pourtant, Lola le confirme en grinçant entre ses dents serrées :

— Il vient par ici.

Mais pourquoi ?! Je ne veux pas lui parler. Je n'ai rien à lui dire. Je préfère me faire arracher une molaire que de l'écouter. Pourtant, je me lève et m'avance vers lui, parce que j'ai encore moins envie que tous les curieux sur la place suivent notre échange.

À peine une dizaine de mètres et je me plante devant ce gars que j'ai cru idéal pour moi, un jour. Celui avec qui je devrais être mariée à l'heure qu'il est. Celui que j'ai mis toute mon énergie à oublier après son départ et que je déteste plus que quiconque maintenant que je l'ai face à moi. C'est étonnant comme les sentiments peuvent vite s'inverser. Là, je trouve ses cheveux blonds bien ternes et son visage pourtant souriant, que j'ai si souvent embrassé, me donne envie de lui coller une claque. Il a rapetissé ? Je ne me souvenais pas qu'il était plus petit que moi. Et aussi fin. Ou maigre ?

— Qu'est-ce que tu veux, Benoît ?

— Bonjour, Jeanne. Allez, ne sois pas aussi agressive, c'est la vie et on peut rester amis.

— Non merci. J'ai ce qu'il faut comme amis et je les préfère fiables. Pourquoi es-tu ici ?

— Ah, tu le prends comme ça, c'est dommage, ose-t-il me reprocher en faisant la moue.

— Non. Pas dommage, mais normal. Je t'écoute. Vite.

— J'avais oublié ton caractère de...

— Ne finis pas ta phrase où tu finis dans la fontaine ! Tu es juste venu pour vivre une ultime dispute en public ? Il ne fallait pas te déranger parce que je t'avais oublié et ça m'allait très bien.

— Non, ne t'inquiète pas. Il se trouve que j'ai oublié ma tente dans le grenier et j'en ai besoin pour la semaine prochaine.

— Ce sont plutôt tes couilles que tu as oubliées ! s'exclame une voix agressive derrière moi.

Je souffle de lassitude. Je n'ai même pas fait attention qu'il n'y avait plus un son sur la terrasse. Ils sont tous au spectacle et je tiens le rôle de la pauvresse délaissée. Misère ! Exactement ce que je voulais éviter. Quant à Benoît, il cille puis se penche sur le côté pour répondre à cette attaque :

— Bonjour également, Lola. Toujours aussi...

Il s'interrompt, l'air tout à coup inquiet en fixant un point derrière moi. Lola doit s'apprêter à lui lancer quelque chose à la figure, ou en tout cas l'en menacer. Je n'ai pas le temps de me retourner pour savoir ce qu'elle brandit, car une ombre s'approche de moi, puis un bras puissant se pose sur mon épaule.

— Chérie, il faut y aller. On va être à la bourre.

Benoît, qui a perdu des couleurs, déglutit en observant l'immense Gabin — qui d'autre pour me faire un coup pareil ? Moi, je suis partagée entre désespoir et envie de trancher des têtes. Comme je n'arrive pas à me décider sur laquelle en premier, Benoît se racle la gorge avant de demander timidement :

— Euh... pour ma tente ?

— Fallait pas la laisser, assène Gabin d'une voix bourrue.

Son bras d'une tonne me broie l'épaule et il ne se rend même pas compte que je rapetisse chaque seconde sous son poids. Il est trop pris par son rôle, il continue :

— C'était libre, j'ai tout pris. La femme comme la tente. Pas de réclamation possible, désolé et au revoir !

Benoît cille et encaisse le choc en silence, pendant que tous les spectateurs éclatent de rire. Je suis consternée.

Pourtant, je rengaine mon envie d'envoyer paître Gabin puisque j'aurais encore plus de mal à me dépêtrer de cette situation que je ne maîtrise absolument plus. Et puis, l'effet recherché par son intervention fonctionne. Benoît a la tête d'un type qui vient de manger un fruit avarié, mais n'abandonne pas pour autant. Il veut avoir le dernier mot, toujours. Cette manie me mettait d'ailleurs dans une telle colère, surtout quand il avait tort, que je partais me calmer dans la colline pour éviter de salir mon carrelage avec son sang.

— Je vois. On dirait que tu n'auras pas pleuré bien longtemps.

Je cille. Sa pique est carrément déplacée ! Son air méprisant me fait bondir.

— Pleurer ?! Tu rêves ou quoi ? J'étais trop en colère après toi pour verser une seule larme.

— Et heureusement, j'étais là pour que tu sois vite oublié, plastronne Gabin.

Il en fait des tonnes, pour le plus grand plaisir du public qui l'encourage en applaudissant. Si Benoît pensait trouver quelques soutiens chez certains, il déchante. Il vient de comprendre qu'il ne fait plus partie du village et que l'humiliation sera pour lui s'il insiste.

— Je vois, lâche-t-il avant de tourner les talons.

Bonne idée, qu'il se sauve. Encore. Il rejoint son véhicule sous les acclamations et même si j'apprécie le soutien du public, je me serais bien passé de cet épisode.

Une fois que la berline de Benoît a franchi le pont, je tape sur le bras toujours posé sur mon épaule et je fusille son propriétaire du regard.

— Quoi ? Je voulais juste te rendre service. Ça se fait entre voisins, s'amuse Gabin en me libérant.

— Est-ce que j'avais l'air débordée ? Paniquée ? Incapable de m'en sortir ?

— Non, tu t'en sortais bien, mais je me suis dit que ça irait plus vite pour t'en débarrasser et que ce serait définitif.

— Avant de jouer au preux chevalier, assure-toi que c'est nécessaire la prochaine fois. Et ne me refais jamais ce numéro ! Chérie ? Non mais ça ne va pas bien ou quoi ?!

Je tempête, et lui, au lieu d'être au moins un peu contrit, non, cet énergumène éclate de rire. Je n'en peux plus de ce gars, alors je file chercher mon vélo que j'enfourche prestement.

Je rumine ma colère sur tout le trajet, puis pendant la traite et jusqu'au soir quand je me couche. Gabin qui joue l'amoureux tout mignon, je ne vais jamais m'en remettre !

13

Une semaine passe sans nouvelle surprise au village, ni ex indésirable ni bizarrerie de la part des fans de pyjamas jaunes. Pour ces derniers, cela me conforte dans l'idée que la cohabitation ne sera pas si problématique et c'est dans cet esprit confiant que je me rends au marché le samedi matin. Malheureusement, je déchante vite.

En train de papoter avec Lola pendant que nous installons nos stands, des camionnettes colorées s'arrêtent dans la rue. Elles attirent l'œil comme un immense tag sur un mur, alors les conversations cessent. Une troupe de Tournesols en descend. Nous les observons bêtement pendant qu'ils déplient des tables sous la halle et les recouvrent de nappes. Ils déchargent ensuite des panières remplies de marchandises qu'ils disposent gaiement. Du pain, des légumes, des fromages, des gâteaux, des objets de décoration et même des vêtements. De quoi faire concurrence à tous les vendeurs présents. Ce charmant détail n'échappe à aucun d'entre eux, il suffit de tendre un peu l'oreille pour entendre le bourdonnement sourd des murmures qui se propagent, ou de voir leurs traits crispés. Je les comprends, c'est rude à encaisser cette... Han ! Mais je rêve ? Une fille vient de poser une barquette de fromages de chèvre ! Mais quel culot !

— Ils ont des bijoux comme les miens alors que c'est moi qui les ai créés ! s'offusque Lola.

— Moi, je n'ai pas inventé le fromage, mais ce n'est pas une raison.

Si je ne fais que ronchonner dans mon coin comme une petite vieille, le boulanger ose s'approcher. Il se plante devant leur étal, bougonne en inspectant les marchandises, grimace de plus en plus, puis revient vivement vers nous en tempêtant :

— Ils sont moins chers sur tout, les enfoirés !

Je soupire de lassitude en me tournant vers Lola :

— Ils avaient fait leur repérage avec minutie, tant sur les produits que sur les prix.

Soudain, juste derrière nous, un fracas de cagettes qui se renversent. Nous sursautons et j'ai à peine le temps de tourner la tête pour voir Laurent, le maraîcher, bondir par-dessus son étal. La casquette de travers et les joues rouges de colère, il fonce tel un buffle hargneux sur le placier du marché. D'ailleurs, ils sont plusieurs à converger sur le pauvre homme, qui se retrouve très vite aux prises avec un groupe de producteurs indignés. J'irais bien aussi, mais pour une fois que ce sont les autres qui réagissent, autant laisser faire. Ils verront ce que ça fait de se prendre un mur. Vilaine fille que je suis, je jubile :

— L'énervement va changer de camp, il était temps !

— Laurent est beaucoup plus virulent quand on touche à sa trésorerie, se moque Lola.

— Il défendait bec et ongle leur arrivée chez nous, mais il ne leur a même pas fourgué un seul légume.

— Et maintenant, ce sont eux qui vont en vendre et lui piquer ses clients. Si on ne faisait pas partie des dommages collatéraux, je serais morte de rire.

— Au moins, maintenant on pourra se marrer en les regardant brasser l'air et faire du bruit.

Lola soupire et fait la moue :

— Comme nous depuis un an, finalement.

— Mais on se sentira moins seuls et ils font plus de bruit que nous. Bon, les clients vont arriver et on n'est pas là pour rigoler.

Nous finissons de nous installer pendant qu'ils braient comme des ânes, sans même se rendre compte qu'ils bousculent les tables autour et renversent de la marchandise. Le vendeur de poteries, du made in China qu'il vend pour du local aux touristes, agrippe sa table pour éviter le pire, tout en invectivant les excités. De leur côté, déjà en terrain conquis, les Tournesols ricanent en leur jetant des regards narquois. Quelle ambiance sous la halle ! Ça va péter plus fort qu'au quatorze juillet. Que la mairie nous installe un ring et on rigolera pour de bon.

— Des bijoux, tout le monde peut en fabriquer, mais des fromages, ils ont le droit ? questionne Lola.

— S'ils ont toutes les autorisations, agricoles comme sanitaires, oui. Je n'ai pas mon mot à dire contre la concurrence, c'est le jeu.

Je fais bonne figure, mais je termine mon installation avec un petit truc coincé en travers de la gorge. Je ne roule pas sur l'or et je bosse pourtant beaucoup, alors autant dire que ça ne m'enchante pas de devoir en plus batailler pour gagner ma croûte. Malheureusement, c'est ce qui va arriver. À moi de continuer à fabriquer des fromages de qualité et tout ira bien.

D'autant qu'il n'y a pas de solution possible car le placier annonce que les nouveaux arrivants sont en règle, qu'ils ont déposé une demande en bonne et due forme pour obtenir un emplacement. Les exposants en colère n'ont plus rien à dire et retournent à leur stand en ronchonnant, dépités et le regard lourd de reproches en direction des tapeurs d'incruste. Le placier en profite pour s'écarter avant que le vent ne tourne à nouveau.

— Bonne journée et bonnes ventes. Au revoir, messieurs ! lance-t-il en quittant la halle précipitamment.

Comme les clients arrivent petit à petit, nous sommes tenus d'être aimables et de mettre sous le tapis cet intermède désagréable. Nous retrouvons notre sourire de commerçant motivé qui propose les meilleurs produits de France, ce que nous n'hésitons pas à affirmer aux acheteurs qui se présentent devant nous.

C'est la pleine saison, ça défile sans qu'on ait le temps de faire de pause ou de discuter. Surtout, nous plions plus tard que d'habitude puisque les touristes ne sont pas vraiment des lève-tôt. Ils aiment arriver juste avant le repas de midi, alors que nous, nous aimerions bien être déjà partis.

Lorsqu'enfin les allées se vident, Lola regarde l'intérieur de sa sacoche et triture les billets en boudant :

— Ce n'était pas un bon marché.

— C'est aussi vrai pour moi, il me reste une cagette entière, c'est rarissime en cette saison.

— Il faut dire que le stand des Tournesols n'a pas désempli. Ils savent y faire et sont assez nombreux pour attraper les gens qui passent devant eux, faire déguster, quand, nous, sommes occupés à servir.

— Ce n'est pas trop grave pour moi. Juste une vingtaine de fromages à remettre au hâloir [5] et qui trouveront preneurs plus tard.

Surtout, je mesure ma chance. Merci à mes clients habitués, car pour certains collègues, c'est une autre affaire pour les produits qu'ils remballent en grimaçant. Du pain, des fruits ou des légumes invendus le samedi sont souvent bons à jeter. Une perte sèche qu'aucun de nous ne peut se permettre longtemps.

[5] Cave d'affinage des fromages.

14

Nous aurions dû le voir venir, benêts que nous sommes. L'histoire se répète au marché pendant les quatre semaines suivantes et j'en ressens l'impact. Je ne peux plus me voiler la face, mon stock de fromages augmente de jour en jour et il m'est impossible d'assurer un marché supplémentaire pour les écouler. Je suis seule sur l'exploitation et il est hors de question que ma mère reprenne du service à temps complet. Elle en fait déjà bien assez.

Pourtant, ce n'est pas le moment de rester les deux pieds dans le même sabot alors que le problème ne fait que s'amplifier. Depuis deux semaines, je me suis donc mis à la recherche de nouveaux clients chez les revendeurs. Les journées sont longues, je parcours les routes dès que j'ai un instant de libre. Je vends moins et mon budget carburant augmente sévèrement, creusant encore plus les finances.

Malgré la situation, j'affiche un grand sourire quand je démarche les crémiers, mais chaque refus me plombe un peu plus le moral. Les réponses sont toujours les mêmes, mes fromages sont bons, mais ils travaillent déjà avec un autre chevrier dont ils sont satisfaits. Ils n'ont pas de place pour deux produits identiques, c'est compréhensible.

Le temps où je chantais en conduisant me paraît loin. Pas de musique sur la radio, mais les infos qui n'ont rien de joyeux. Rien de tel quand on est déprimé que d'écouter ce qu'il se passe ailleurs. Tempête, guerre, incendie... Est-ce que tout va mal partout dans le monde ? Ce qui est sûr, enfin j'espère, c'est qu'à part chez nous, ce n'est pas la faute aux Tournesols.

Heureusement, les journées ne se ressemblent pas toutes. Ce matin, je ne suis pas désespérée, je suis radieuse ! Je rentre enfin d'un démarchage qui a porté ses fruits et je chante à plein poumons dans ma petite voiture. Ma mère, qui s'inquiète pour l'avenir de la ferme, m'attend comme à chaque fois sur le seuil de sa maison pendant que je gare mon véhicule frigo. À peine ai-je ouvert la portière qu'elle m'interroge en s'essuyant nerveusement les mains dans son torchon :

— Alors ?

— C'est bon, j'en ai trouvé deux qui prennent nos fromages à partir de la semaine prochaine.

— Ça suffira pour écouler la perte du marché ?

— Oui, mais je vais quand même en chercher un troisième pour assurer le coup.

— Ça va rallonger ta tournée d'au moins une heure.

— Ne t'inquiète pas pour ça, c'est mieux que de jeter de la marchandise.

— Et ceux que tu n'as pas écoulés ce mois-ci ?

— Ils tiendront bien dix jours. Je les vendrai bien affinés à la fête des tripous[6].

Maman grimace en triturant son torchon. Pourquoi ai-je le sentiment qu'elle va ruiner ma bonne humeur

---

[6] Plat régional de panses de veau farcies.

d'ici quelques secondes ? Je soupire en lui faisant signe de lâcher sa mauvaise nouvelle.

— C'est juste que... c'est peut-être compromis. Paulin a appris qu'une pétition circulait pour réclamer sa suppression.

— La suppression de quoi ? De la fête des tripous ?

Ma mère acquiesce sans dire un mot.

— Mais pourquoi ? C'est la seule fête du village et le seul moment de l'année où on s'amuse un peu.

— Encore les Tournesols, c'est dans la continuité de leur demande de menus végétariens à la cantine pour la rentrée.

— Ça, je le comprends. Il fallait bien que leurs enfants aient un repas adapté et personne n'était contre, mais faire annuler notre foire parce qu'ils ne mangent pas de viande, je ne vois pas le rapport.

— C'est exactement ce que leur a objecté le maire, qui est de notre côté pour une fois.

— Il a intérêt ! Cette fête existe depuis... avant ta naissance !

Elle me fait les gros yeux et me colle un coup de torchon sur la cuisse.

— Quand tu veux expliquer que quelque chose est vieux, tu serais bien aimable de ne pas utiliser mon âge comme référence.

— Tu as raison, surtout que les tripous n'existaient pas au néolithique.

— Sale gosse. File te laver les mains, le repas est prêt !

J'y vais en riant, mais je perds ma bonne humeur rapidement, juste le temps de réfléchir en me savonnant les mains. De reclus dans leur coin, les Tournesols ont pris une place bien trop importante à mon goût, notamment depuis qu'ils agissent contre nous.

Le comble, c'est qu'à cause du maire, ce con de notaire trop content de faire des affaires, nous, les autochtones, on se trouve en situation délicate, à peine majoritaires en nombre d'habitants. Chaque semaine, nous avons vu des volets s'ouvrir sur des maisons vides depuis un bon moment. Le temps que nous réagissions, les Tournesols avaient tout acheté. Toutes les propriétés disponibles, au centre du village comme sur les collines.

C'est ainsi qu'à côté de la nouvelle épicerie, un bar est apparu à son tour. Denis n'arrivait pas à s'en remettre, j'ai bien cru qu'on allait le perdre. Jusqu'à ce que la carte des boissons soit affichée dehors. Jus en tout genre, thés, tisanes et breuvages inconnus aux noms exotiques, pas de café et pas d'alcool. Rassuré, Denis en rigole encore.

Après le repas, nous nous prélassons sous la tonnelle pendant que Benji dort à l'ombre d'un pommier pour digérer. La chaleur nous ramollit et c'est la brise qui nous maintient tout juste éveillés. Nous sommes sereins et détendus. C'est un moment rare dans nos journées, dont nous profitons à fond lorsqu'il se présente. Pourtant, le charme est soudainement rompu par un pick-up puant qui déboule dans notre cour. Ça devient une habitude ! Il finit sa course en dérapant sur le gravier et Gabin en descend. Allons bon, que se passe-t-il encore ?

— Jeanne, va donc lui chercher une tasse, déclare ma mère en s'épongeant le front avec sa manche.

— Et pourquoi ? Tu l'as invité à prendre le café ?

— Arrête de faire ta malpolie et obéis.

Je me lève tant bien que mal et en ronchonnant. Pourquoi ce type infect est-il accueilli comme un ami par ma mère ? C'est incompréhensible.

Lorsque je reviens, il est installé, à l'aise, il a même piqué mon fauteuil. Je marmonne un salut en déposant la tasse devant lui, il me remercie en riant.

— Alors, Gabin, que nous vaut cette entrée en fanfare ? questionne ma mère en le servant.

Moi, je sais. Il s'ennuie alors il vient titiller son jouet favori, c'est à dire moi. Je suis son pouic-pouic, le truc qui couine quand on marche dessus et ça l'amuse beaucoup.

— Pour vous descendre au village.

— Il y avait urgence ? je raille. Tous les habitants attendent Hélène et Jeanne ?

— Je pourrais te prendre au mot et me barrer, là, tout de suite. Je devrais d'ailleurs. Pourtant, si je le faisais, tu serais capable de me le reprocher et même de m'engueuler.

— Ah bon ? s'étonne ma mère. Mais que se passe-t-il ?

— Vous savez que le maire a tenu tête hier à la délégation de Tournesols qui réclament l'annulation de la fête des tripous ?

Nous opinons, impatientes de connaître la suite.

— Ces gens qui parlent d'amour et de paix sans cesse, eh bien il faut croire qu'ils font une pause de bons sentiments aujourd'hui. Ils ont saccagé la devanture du boucher.

— Non ?!

— Mais qu'ont-ils fait ? le presse ma mère.

— Paulin m'a dit qu'ils ont fait dans le théâtral. Ils ont peint des slogans sur la vitrine et répandu du faux sang sur le trottoir.

Nous sommes bouche bée ! Antoine, le boucher, doit être dans tous ses états. Je suis même étonnée de ne pas l'entendre beugler jusqu'ici. C'est un quinquagénaire pas commode de nature et d'un physique un peu lourd, pour rester polie, mais son embonpoint prononcé n'est pas ce qui le rend peu avenant. C'est plutôt dû à son caractère flamboyant. Antoine a le verbe haut et une voix qui porte. Parfois, ses tripous ne sont pas parfaits, c'est rare, mais ça arrive. Inutile de préciser qu'aucun de nous ne se risque à lui en faire la remarque. Nous en achetons d'autres la semaine suivante et puis c'est tout. Attention, ce n'est pas non plus un monstre, loin de là, c'est juste qu'il ne faut pas trop le titiller.

Alors, si on s'en est pris à sa boutique, je l'imagine déjà en train de courir derrière tout ce qui porte du jaune en brandissant un couteau à longue lame. Il doit tellement être en pétard que ça va être un carnage. Je me lève d'un bond de ma chaise.

— Il faut vite y aller !

— C'est bien ce que je vous disais, raille Shrek avant de vider sa tasse d'une traite.

Nous voilà quatre à grimper dans le pick-up et partir en direction du village à vive allure. Beaucoup trop vive à mon goût et je ne me gêne pas pour le rappeler au conducteur :

— On est d'accord qu'arriver vivant reste l'objectif numéro un ?!

— On est les seuls à habiter sur ce côteau, je ne vois pas qui on pourrait croiser.

À peine a-t-il terminé sa phrase que, à l'entrée d'un virage, la fourgonnette de la Poste surgit et manque de nous percuter de plein fouet. Grand coup de klaxon pour l'une, grand coup de volant pour l'autre et grosse frayeur pour tous.

— Mais tu es cinglé ma parole ! Ralentis et garde ta droite !

— Alors on se parle comme des potes maintenant ? Chouette !

On a frisé la catastrophe et il est tout joyeux. Je ne comprendrai jamais ce type.

— Je vais demander à Antoine de te passer au hachoir et de t'embosser en boudin de cinq mètres si tu continues !

— Allons, allons. Face à l'ennemi, restons unis ! Et puis, regarde, on arrive !

Le pick-up franchit le pont qui surplombe l'Ayguire, puis se gare en épi entre deux marronniers dans un petit roulement de graviers.

— Tu pourrais stopper normalement ? J'ai failli me briser la nuque !

— Il faut toujours que tu dramatises, se marre-t-il en ouvrant sa portière. Allez, viens vite qu'on fonce dans la mêlée.

Ce gars est un inconscient, il fait tout à l'instinct et ne réfléchit jamais avant de parler. Encore moins quand il s'adresse à moi. Fatalement, nous allons nous écharper un de ces jours, je ne vois pas comment ça pourrait finir autrement.

Mais pour l'instant, je l'ignore et aide ma mère à descendre de l'immense pick-up.

— Mais je ne suis pas impotente ! rouspète-t-elle en repoussant mon bras.

Je me tourne en levant les yeux au ciel et me concentre sur la raison de notre venue. Inutile de chercher la source du problème, elle saute aux yeux. Et encore plus aux oreilles, donc impossible de louper l'attroupement sur la place. Ils sont nombreux rassemblés face à la devanture de la boucherie et très en forme, avec des gestes vifs, des poings brandis et des éclats de voix.

Elle est dans un état ! Les vitres sont couvertes d'éclaboussures écarlates et de slogans plus ou moins bien sentis en lettres de sang. Alors que je suis en train de pleurer mentalement pour la personne qui va nettoyer ça, Gabin éclate de rire. Il a bu ou fumé un truc pour être hilare depuis tout à l'heure ? Je lui donne un coup de coude, mais au lieu de se calmer, il pointe du doigt un des tags :

— À bas les abats ! Ah, elle est rigolote celle-là !

— Si tu pouvais choisir ton camp une bonne fois pour toutes. Et arrête de te marrer, on va se faire remarquer.

— Tu parles. Ils hurlent tellement qu'ils n'entendraient pas une explosion.

La situation n'est pas drôle du tout, ce que confirme ma mère qui reste en retrait avec Benji, alors je le laisse en plan et me dirige vers Antoine. Il est bien remonté, comme prévu. Son tablier noué autour de la taille, un large couteau dans la main gauche, une scie à os dans la droite, il crie, menace de faire une fricassée de

Tournesols si on ne le retient pas. Et comme personne ne le retient vraiment, le drame ne devrait pas tarder à arriver. Il faut dire qu'il agite tellement son attirail tranchant qu'il en est dangereux même pour lui.

Ceux qui risquent leur vie sont de l'autre côté, tenant encore leurs seaux vides et narguant le pauvre boucher.

— De quel droit vous mangez des animaux, de quel droit vous les tuez ?!

Ah ! Voilà un sujet délicat que je n'aurais jamais osé aborder avec Antoine, en tout cas pas dans ces conditions, et qui sans nul doute divise un peu plus les camps. Les cris reprennent, chacun s'invectivant et se reprochant tous les malheurs du monde.

— Repartez chez vous si le village ne vous convient pas ! On n'est pas venus vous chercher, lance Maria, bien contente de pouvoir s'exprimer enfin.

— On est chez nous autant que vous ! rétorquent les intéressés.

Ce genre de conversations ne mène pas bien loin. Une insulte fuse d'un côté, une réponse identique de l'autre, et tout le monde se remet à hurler.

Tout le village est maintenant sur la place, la colère ne gronde plus, elle explose. Je repère Paulin sur le côté, entre les deux camps. Comme il a du mal à choisir entre ajouter son grain de sel et tempérer les choses, alors il alterne. Il ne ferait pas un bon négociateur. Je m'approche de lui en jouant des coudes et lui tapote l'épaule :

— La gendarmerie est prévenue ?

— Oui, ils arrivent.

Effectivement, leur sirène résonne sur le pont quelques minutes plus tard. Chacun baisse peu à peu le ton, jusqu'à se taire quand les portières du fourgon s'ouvrent puis claquent. Fin du premier round. Tout le monde s'observe avec gêne pendant que les quatre hommes en bleu s'avancent, l'air déterminé et un peu furieux, comme si nous venions de les déranger pendant leur barbecue hebdomadaire.

En premier lieu, la maréchaussée se place entre les deux camps et, diplomate, en appelle au calme... qui est déjà revenu, mais personne n'ose leur en faire la remarque. Ensuite, on passe aux choses sérieuses.

— Pouvez-vous nous dire ce qu'il se passe ici ?! Pourquoi de telles dégradations gratuites ? tonne le plus gradé, le major, qui pointe du doigt la vitrine sanguinolente.

— Messieurs, il ne fallait pas vous déranger pour si peu, commence un Tournesol. Vous voyez bien que ce n'est que de l'eau et du colorant. Ça ne mérite pas un tel scandale.

— Et le préjudice ? reprend Antoine. Me faire passer pour un violent, un criminel !

C'est vrai que ce n'est pas gentil. Pourtant, à cet instant précis, c'est exactement ce à quoi il ressemble. Toujours armé de ses lames effrayantes, le tablier taché de sang, il s'agite et fait de grands gestes, alors que les gens autour mettent de la distance en reculant. Lui ne se rend compte de rien, il continue :

— Je veux porter plainte !

— Avant toute chose, va donc reposer tes outils. Tu me parleras après, le tempère le major.

Son calme, voire sa nonchalance, me sidère. Nous serions dans la capitale, les gendarmes auraient déjà dégainé leur flingue en hurlant des injonctions. Antoine regarde ses mains, voit ce qu'il serre entre ses doigts, alors il hoche la tête et entre dans sa boutique en rouspétant. Il revient aussi vite avec les mains libres pendant que le major s'adresse aux peintres du dimanche :

— Vous reconnaissez être les auteurs des dégradations ?

— Les dégradations ? Mais il suffit d'un coup de jet d'eau et on n'y verra plus rien.

— Bien, je prends ça pour un aveu. Je vous demande de me suivre à la gendarmerie pour procéder à votre audition. Antoine, tu viendras témoigner après. Et surtout, tu me gardes une belle côte de bœuf pour samedi prochain, on a des invités.

— Compte sur moi, Baptiste. Elle sera juste maturée à point, tu ne seras pas déçu.

À ces mots, les jaunes comprennent qu'ils ont perdu cette bataille et que se rebeller pourrait leur coûter encore plus cher. Les mâchoires crispées et le regard mauvais, ils grimpent à la file dans leur taxi, la jolie fourgonnette bleue.

Une partie des habitants présents au sourire goguenard leur font de petits aurevoirs de la main, tandis que les Tournesols restant rentrent dans leur bar à tisanes, sans doute pour ruminer leur défaite.

Le clan d'Antoine rejoue la scène en riant très fort et en exagérant les gestes. Moi, je n'ai pas envie de pérorer avec eux car cette victoire me paraît malgré tout amère.

On a franchi un cap aujourd'hui. Entre l'épicerie, le café, les changements commencent à se voir un peu partout sur la commune. Un sentiment étrange m'envahit, comme une perte de repères, un lieu inconnu auquel s'ajoute une hostilité ambiante.

Pourtant, si tout le monde y mettait du sien, la cohabitation serait possible. C'est dommage, ça vire doucement au gâchis. Dépitée, je rejoins ma mère qui préfère rentrer chez nous aussi. Gabin, qui doit passer son temps à me surveiller, agite ses clefs.

— Je vous ramène ! dit-il en nous suivant.

— Merci, je te pensais capable de ne ramener que ma mère.

— Ne me tente pas ! répond-il en m'adressant un sourire éblouissant.

Lorsque nous traversons la place vers son pick-up, je repère une plaque dorée sur la porte à côté de l'épicerie.

— On a un médecin dans le village ? questionne ma mère qui la remarque à son tour.

Tous les trois intrigués, nous nous rapprochons. Ce serait une excellente nouvelle parce qu'il faut faire des kilomètres pour en trouver un, mais je déchante à la lecture :

— Rajivh Gharma, reconnexion aux forces telluriques. Qu'est-ce que c'est que ça ?

Gabin éclate de rire, ce pénible, et ne peut s'empêcher de me chercher :

— Dis donc, tu ne voudrais pas aller te connecter aux forces ? Il paraît que ça marche bien contre la mauvaise humeur chronique et l'hystérie.

— Bien sûr. Et si ça fait taire les chieurs, je te prends un rendez-vous. C'est toi qui passes ton temps à me gueuler dessus dans les bois.

— Uniquement à cause de toi. En fait, on devrait y aller ensemble.

— Jamais ! Et je ne suis pas hystérique !! je hurle en m'éloignant vivement.

Voilà, il a réussi à m'agacer très fort et tout le monde nous regarde. Ma mère nous lance un petit sourire qui me fait perdre tout contrôle. Je la vois venir avec ses gros sabots. Elle chercherait à me caser avec lui que ça ne m'étonnerait pas. Les célibataires ne courent pas les rues, mais ce n'est pas une raison pour me jeter sur le premier venu. En plus, il n'est même pas d'ici et va bientôt repartir. Vivement !

— Ma voiture est de l'autre côté ! me hèle Gabin en se marrant toujours.

— Ramène ma mère et Benji, je rentre à pied !

La marche me donne tout loisir de cogiter sur la transition que je trouve un peu trop rude. Nous sommes passés en un claquement de doigts de « sachons vivre ensemble » à « ici c'est chez nous, alors vivez comme nous ». Le fait que le « chez nous » est désormais utilisé par les deux camps laisse présager de mauvais moments.

15

Au fil des semaines, d'autres plaques dorées fleurissent les différentes portes du village. C'est le même mystère pour chacune d'elle, il faut deviner quelle spécialité surréaliste elle mentionne. Ça nous a inspiré un nouveau jeu : inventer des disciplines encore plus loufoques. Nous avons beaucoup ri, jusqu'au moment où on s'est rendu compte qu'eux, en étant sérieux, nous surpassaient de loin. Sophrologie aztèque, homéopathie électro-radiesthésique, communication spiritique intra-médullaire, yoga chamanique équestre ou tellurisme sensoriel quechua. Le dernier n'a rien à voir avec du matériel de camping contrairement à ce que Benji pensait.

Nous rêvions d'avoir au moins une infirmière dans le village, voilà que nous cumulons maintenant la presque totalité des spécialités d'hurluberlus. Mais toujours pas d'infirmière. Alors, bien entendu, ils font ce qu'ils veulent avec leurs chakras, mais ce qui nous agace, c'est que l'endroit ressemble de plus en plus à une foire de l'ésotérisme médical et que ça attire de plus en plus de monde, ce qui est sans nul doute l'effet voulu. Sauf que ça commence à faire beaucoup dans ce petit village si paisible, avant.

Inévitablement, l'ambiance sur la place a changé puisque nous devons désormais la partager. Ainsi que tout le reste à vrai dire, les Tournesols ont irrémédiablement investi les lieux. C'est pour cette raison que nous, les locaux, sommes entassés du côté de la terrasse de Denis. Avec la fontaine comme séparation symbolique, l'autre partie de la place est remplie de nouveaux venus. Nous buvons des bières, eux des jus aux couleurs étranges. Nous nous relayons pour encourager nos boulistes et ce n'est pas une mince affaire. Ils sont grognons de s'être fait déplacer à côté de nous, au soleil, quand ceux d'en face, à l'ombre, jouent de la musique en continu, dont certains avec de drôles d'instruments totalement inconnus. Ce n'est pas désagréable, mais sur la durée c'est vite lassant et surtout un peu trop fort.

Assise à côté de moi, Lola enfonce son chapeau sur ses oreilles en ronchonnant :

— Je me demande s'ils ne le font pas exprès.

— Bien sûr que si, répond ma mère. Ils veulent nous montrer qu'ils sont supérieurs, en nombre de personnes et en volume sonore.

— Des envahisseurs. C'est bien résumé, maman.

— Hé ! Mais ils font quoi, là ?! s'exclame Lola.

Je me retourne sur ma chaise et j'ai juste le temps d'apercevoir des reflets sur des objets en métal, avant qu'un bruit infernal de cymbale ne me fasse grimacer.

Agacée par cette querelle de clocher, je préfère quitter la place qui n'a plus rien de paisible depuis quelques semaines. Mieux vaut aller bosser que supporter tout ça. Je me lève en interrogeant ma mère :

— Je rentre. Maman, tu restes ?

— Oui, je remonterai plus tard.

— Je te ramène, déclare Gabin, deux tables plus loin, qui bondit de sa chaise.

— Ça va aller. Je peux faire deux kilomètres à pied.

Je m'empresse de partir, mais il me rattrape en quelques pas rapides et se poste à côté de moi. Je l'accueille d'un regard noir, il ne se démonte pas :

— Arrête de faire ta mauvaise tête et grimpe dans mon super pick-up tout propre.

— Rassure-moi, tu ne l'as pas lavé juste pour mes beaux yeux ?

— Bien sûr que si ! Et je ne comprends pas pourquoi tu n'es pas encore tombée dans mes bras avec tous les efforts que je fais.

Je pile net et le fixe, interloquée. Lui continue jusqu'au pick-up, puis l'ouvre et lance sans se retourner :

— Remets-toi, c'était de l'humour.

Je me détends d'un coup. C'est fou comme cette andouille m'a fait peur ! Je le rejoins en le renvoyant dans ses buts :

— Évite de plaisanter sur ce sujet, s'il te plaît. D'ailleurs, non, évite de plaisanter tout court, c'est comme ça que tu es le plus marrant.

— Ah ? Il y a de l'espoir, alors ?

— C'est une blague ?

— Ça dépend, c'était drôle ou pas ?

— Non ! Et on arrête cette conversation qui n'a ni queue ni tête.

Sans attendre de réponse, je grimpe dans son véhicule. Après tout, puisqu'il n'est pas d'humeur à me hurler dessus, autant en profiter. Après avoir franchi le pont et alors que nous amorçons la montée, il se tourne vers moi :

— En fait, tu n'es pas du tout mon genre.

Charmant à entendre. C'est réciproque, mais, moi, je ne lui lance pas en pleine figure.

— J'imagine que je ne suis pas assez manucurée, je raille.

— Rien à voir. C'est juste que j'apprécie les filles sympas, tu vois ?

— Très bien. Par chance, je ne le suis pas, nous sommes sauvés.

— De quoi ?

— D'un truc inutile et compliqué, voilà. Maintenant, changeons de sujet.

L'idée est sage, encore faudrait-il qu'elle soit réalisable. Trouver un thème qui ne nous dirige pas sur nos désaccords perpétuels nous oblige à cogiter. Rien ne nous vient tant nous sommes opposés sur tout, c'est donc en silence que nous grimpons la côte. Lorsqu'il me dépose à l'entrée de la ferme, je me fends d'un remerciement et d'une ébauche de sourire, c'est le minimum. Il en fait autant avant de repartir sur le chemin qui mène chez lui. Finalement, nous arriverons peut-être à nous supporter si nous gardons le silence.

Une fois dans la cour, le calme m'interpelle. Je cherche du regard celui qui devrait déjà m'avoir sauté dessus, Plouf, parce qu'il est normalement impossible de faire trois pas dehors sans qu'il ne rapplique. Où est-il passé ?

— Plouf ? Plouf !

Plus j'approche de la chèvrerie, endroit qu'il affectionne pour faire une sieste dans la paille, plus je m'égosille. Je traverse le bâtiment jusqu'aux chevrettes trop jeunes pour pâturer dehors, leur redonne du foin et quelques caresses, puis je repars à la recherche de mon chien, étonnée plus qu'inquiète, du moins pour l'instant. Plouf se promène, mais toujours autour de la ferme et il est doté d'une ouïe diaboliquement efficace qui le fait toujours galoper jusqu'à nous, surtout lorsqu'on ouvre un paquet de gâteaux.

En premier lieu, j'échange ma jupe et mes sandalettes contre un jean et des baskets. Ensuite, je passe derrière le bâtiment et emprunte le sentier qui mène au parc clôturé, une centaine de mètres plus loin. Son instinct de chien de troupeau l'amène souvent près des filles pour les surveiller. Arrivée à une vingtaine de mètres, je blêmis. Le portail est grand ouvert ! Je sprinte et le franchis, puis me fige devant la prairie désespérément vide. Le troupeau s'est fait la malle ! J'inspecte le système de fermeture et ce que je vois me fait hurler pour de bon. Un abruti a volontairement ouvert aux chèvres !

Je ressors aussi sec et emprunte à fond de train le chemin qui longe le côteau. Elles peuvent être parties n'importe où, même avoir changé de versant. Affolée, je les appelle tout en courant. Je m'époumone, mais de moins en moins fort. Je ne suis pas une grande sportive, alors je manque d'air après cinq cents mètres. Pourtant, je continue parce que je n'entends aucune cloche, aucun bêlement, même Plouf ne me répond pas. Ils ont dû parcourir une bonne distance. C'est la catastrophe !

Un peu plus loin, je stoppe pour reprendre mon souffle et j'écoute. Enfin... j'essaie parce que tout ce que j'entends, ce sont mes râles pulmonaires. Je pourrais faire concurrence à un gros moteur diesel, c'est dingue !

D'ailleurs, c'est étrange comme ça y ressemble. Ah non, le ronflement mécanique ne vient pas de ma poitrine, mais d'un quad. Comme c'est la journée où je n'ai pas de bol, il se dirige vers moi à grande vitesse. Oh là là ! Si ce taré tombe nez à nez avec mes filles, ça va être la débandade dans toutes les collines !

Le gros engin noir fonce droit sur moi, je me décale en bondissant sur le côté. Il s'arrête en dérapant quelques mètres après. Je n'ai pas retrouvé le plein usage de mes poumons, mais assez de cordes vocales pour insulter ce demeuré :

— Mais vous êtes malade ?!

Il retire son casque et je souffle d'exaspération en levant les yeux au ciel. Gabin, évidemment ! Qui d'autre pour me rendre dingue ?

— Pourquoi hurles-tu comme ça ?

— Parce que tu conduis comme un taré !

— Je te parle de tes cris depuis dix minutes ! C'est à cause de ça que je suis venu tout de suite. Que se passe-t-il ?

Ah ! Il est parti à la rescousse de la belle en détresse. Ce rôle le change tellement, plutôt normal que je n'y ai pas pensé en premier. Certes, je ne l'apprécie pas, mais l'heure est grave, alors j'accepte son aide sans discuter. Il pointe du pouce l'arrière de son engin, je grimpe derrière lui. Une fois installée, je m'agrippe à la barre dans mon dos et j'attends qu'il démarre. Ce qu'il ne fait pas et ça m'agace.

— Tu y vas ou quoi ?

— Mais où ? Faire quoi ? Tu m'expliques ou pas ?

— Mes chèvres ! Un con les a fait sortir ! Ce n'est pas toi au moins ?

— Pour qu'elles divaguent et bouffent tout ce qui est interdit ? Sûrement pas ! En plus, je te rappelle que j'étais avec toi sur la place.

— Pas avec moi. Tu y étais en même temps que moi, c'est tout. Avance tout droit, c'est un coin qu'elles aiment bien. Et puis, il y a des crottes fraîches dans cette direction.

— Les parcelles en cours de repousse ? Tu m'étonnes ! Que des jeunes plants bien tendres. Elles font chier, tes chèvres !

— Tu le leur diras quand on les retrouvera. File !

Il démarre en trombe et je bénis son quad d'être équipé d'un coffre arrière sur lequel m'adosser, sinon je valsais en l'air. En revanche, il n'y a rien pour m'éviter de verser sur le côté et c'est ce qui va arriver s'il continue à me secouer ainsi ! Ce type est fou ! Il file sur la piste étroite creusée dans la roche, qui longe une pente raide dans laquelle on pourrait tomber au moindre coup de guidon ! Je n'ai pas envie de mourir, alors je lâche la barre pour le ceinturer en me collant à son dos. Il me parle, sûrement une plaisanterie douteuse que, par chance je ne comprends pas, car couverte par le raffut du moteur.

Tout à coup, il pile. Je m'incruste dans ses omoplates et m'aplatis le nez sur son épaule. Pendant que je me redresse, il relève sa visière d'un coup sec et pointe le doigt vers la gauche :

— Elles sont là !

Effectivement, j'entends les cloches. Je descends du quad et inspecte la pente. Les filles se remplissent la panse, très heureuses de découvrir cette nouvelle parcelle. Riche et bien verte, parfaite pour les rendre malades. Plouf tourne dans tous les sens, la langue pendante. Le pauvre est dépassé et sûrement déboussolé de ne pas m'avoir pour le guider.

— Bon, tout va bien. Si ce n'est qu'elles bouffent tout, grogne Gabin qui se poste à côté de moi.

— Il y a un truc pas normal, je murmure, intriguée.

Nous analysons la scène en silence pendant un instant, quand l'évidence me frappe.

— Elles sont trop nombreuses !

— Quoi ? Tu veux dire qu'elles ne sont pas à toi ?

— Une partie, si, mais pas toutes. C'est quoi ce bordel ?

— Je ne vois personne d'autre. Que fait-on ?

— On les fait remonter en les appelant, comme ça.

Je sors de ma poche le sifflet à roulette et le place entre mes lèvres. J'inspire fort et souffle un grand coup. Gabin bondit en arrière en se plaquant les mains sur les oreilles.

— Mais ça ne va pas ?! Faut prévenir !

— Je l'ai fait. Tu as cru que j'allais les appeler par leur prénom et qu'elles allaient gentiment venir ? Tu connais l'espèce caprine et son aptitude à la discipline ?

— S'il suffit de les siffler fort, j'en déduis qu'elles obéissent plutôt bien.

— Beaucoup mieux avec un chien qui les pousse. Regarde Plouf au travail !

Mon super chien slalome derrière les chèvres qu'il reconnaît pour les rassembler. Je l'aide en criant pour attirer les filles qui, visiblement assez repues, daignent remonter.

— Il est génial ce chien, souffle Gabin avec une moue impressionnée. En fait, c'est lui qui fait tout le boulot. Toi, tu ne fous rien, juste à te promener dans les bois.

— C'est ça. C'est aussi lui qui fait la traite, les fromages et la vente, ce qui me laisse tout le loisir de me vernir les ongles et lisser mes cheveux.

Quand ce type m'est sympathique, c'est fugace, le temps d'une phrase et à la suivante, il redevient désagréable. Mais il y a plus préoccupant pour l'instant, c'est le truc qui s'obstine à s'accrocher à une de mes filles. Un bouc ! C'est la cata ! Je dévale la pente pour chasser l'intrus qui est bien décidé à monter ma chèvre, le tout en hurlant pour l'empêcher de mettre son plan à exécution :

— Dégage de là ! Barre-toi !

Le dénivelé est fort, je prends trop de vitesse. Je me rattrape à une branche, qui ploie et casse sous mon poids. Parfait ! Je la brandis sur le bouc en lui criant après pour qu'il reparte chez lui. Il insiste, moi aussi, mais l'arrivée d'un ogre hurleur qui lui fonce dessus les deux mains en l'air a raison de son amourette avec Laurette, ma chèvre.

Apeuré par l'énergumène impressionnant, le bouc s'écarte. J'en profite pour pousser sans ménagement la séductrice cornue vers le haut en alertant Gabin :

— On file vite. Surveille nos arrières !

Pendant la remontée, je suis bien contente d'avoir le râleur pour m'épauler, parce que comme je le craignais, le bouc n'abandonne pas la partie. Mon allié du moment n'étant pas du genre à se laisser dominer, ce qui m'arrange bien pour une fois, il s'agace sérieusement et, à grand renfort de cris et gesticulations intimidantes, réduit à néant toutes les tentatives du bouc pour se mêler à mon troupeau.

Une fois revenue sur le sentier, je ne sens plus mes mollets qui se sont transformés en pierre, ça me tire jusqu'à la douleur. Épuisée, je me laisse tomber au sol et Gabin me rejoint pendant que je reprends mon souffle. J'en profite pour le charrier :

— Tu as vu ? Tu fais même peur aux boucs.

— Tu ne devrais pas te moquer parce que maintenant que je sais comment les chasser, tu vas voir quand tu vas déborder de ta parcelle avec tes chèvres.

— T'as pas intérêt !

Ravi de son effet, il éclate de rire. Rire qu'il ravale aussi sec quand trois types en jaune que nous n'avions pas entendu arriver se ruent sur nous. Je bloque sur les sandales qu'ils ont aux pieds. Ce n'est pas très élégant leur truc, mais j'oublie ces horreurs lorsqu'ils se mettent à nous crier dessus :

— Vous avez tapé notre bouc !

— On vous a vus !

— Vous êtes des sauvages !

Gabin, déjà grand et imposant, se redresse, gonfle le buste et leur fait face, tout en me tirant derrière lui. Un jour, j'arriverai peut-être à le cerner, ce lunatique qui me hurle dessus et me protège la minute qui suit sans que je ne lui aie rien demandé. Pour l'instant, je me contente de me décaler pour ne rien rater de la scène qui s'annonce lorsqu'il ouvre la bouche :

— Vous êtes donc les propriétaires de cette bête ?

— Oui, tout à fait ! Nous allons porter plainte pour maltraitance animale !

Ce culot ! Ils réussissent à me sortir de mes gonds. Moi aussi je peux beugler, la preuve :

— Dites voir les excités, vous allez vous calmer tout de suite ! Vous avez de la chance que je n'en ai pas fait un méchoui de votre bouc à deux balles ! Et puisqu'on parle de plainte, c'est moi qui vais le faire. Vous avez ouvert un portail sur une propriété privée pour que mon troupeau s'échappe !

— Elles doivent vivre en liberté, c'est la nature !

— Ce sont mes chèvres, mon exploitation, vous n'avez pas à vous en mêler ! Si jamais l'une d'elles meurt à cause de vos conneries, vous aurez affaire à moi !

— C'est vous qui les faites crever à les enfermer !

Des inconscients ! De parfaits abrutis qui ne connaissent rien à l'élevage et donnent des leçons. Ça ne sert à rien de discuter avec eux ou de chercher à leur expliquer les risques mortels pour un ruminant de déséquilibrer son alimentation. Ils seraient capables de me rétorquer que les chèvres savent se réguler dans la nature puisque les chamois le font.

— Faites votre vie avec votre troupeau, mais restez sur vos parcelles !

— J'ai vraiment entendu ce que je viens d'entendre ? Toujours croire en ses rêves..., ricane Gabin.

Lui aussi a droit à mon regard mauvais, mais je m'occuperai de son cas après celui des éleveurs du dimanche.

— Ne vous amusez plus jamais à interférer avec mes chèvres ! Et rangez votre bouc ! Si elles se font saillir maintenant, vous pourrissez ma saison de traite en plus de les affaiblir. C'est complètement inconscient, bande de malades !

Sur ce, je fais volte-face, mais l'un deux m'attrape tout à coup par l'épaule. Ensuite, ça va si vite que je n'ai pas le temps de réagir. Gabin saute sur le type, l'empoigne par le col et l'envoie valser dans la pente. Le gars s'écroule dans les feuilles quelques mètres plus loin, les deux autres se reculent vivement pour échapper aux grandes mains qui menacent de les expédier sur le même chemin. Mon protecteur, rouge de fureur, se met à hurler :

— Vous ne la touchez pas ! Vous ne vous approchez plus jamais d'elle ni de ses chèvres ! Vous ne mettez plus jamais les pieds sur sa propriété ! Je suis bien clair ? !

— Oui, mais...

— Il n'y a pas de « mais » ! Vous n'avez rien à foutre ici alors retournez sur vos parcelles !

L'inconscient ne se démonte pas – uniquement parce qu'il est hors de portée des battoirs de Gabin – il lève le menton en une posture hautaine :

— Ici, ce n'est pas à elle, c'est à l'ONF !

Mes lèvres s'étirent en un sourire narquois. La réponse ne tarde pas, Gabin articule bien chaque syllabe :

— L'ONF, c'est moi ! Dégagez de là ! Tout de suite !

Les deux imbéciles cillent, restent inertes un instant, avant de prendre la fuite. Ils déguerpissent à fond de train, manquant de manger troncs et branches à plusieurs reprises. Si je n'étais pas encore sous le coup de la colère, je pourrais en rire. Mais j'ai plus urgent à faire, alors je rattrape mon troupeau, qui rentre gentiment sous les ordres de Plouf.

Pendant que j'enferme les filles dans leur parc, Gabin arrive en quad et je lui fais un signe de la main pour le remercier. C'est qu'il m'a grandement aidée pendant cette épopée. D'ailleurs, ça va être à mon tour de l'inviter à boire un verre, c'est un minimum. Et le maximum que je lui cèderai.

Alors que je m'attends à le voir tirer tout droit vers chez lui, il ralentit avant d'entrer dans la ferme. Il semblerait que je n'ai pas besoin de l'inviter, il vient chercher son dû sans hésiter. Décidément, je n'arriverai jamais à anticiper ses réactions.

16

Lorsque j'arrive dans la cour, je suis bien plus essoufflée que Gabin, qui est déjà installé sous la tonnelle et souriant à ma mère en train de lui servir un verre. Lui, il est un peu trop à l'aise, pas loin de mettre les pieds sur la table. Alors que j'étais pleine de bonnes intentions, je souffle d'agacement et les rejoins.

— On t'a ramenée ? j'interroge ma mère en m'asseyant face à Gabin.

— Oui, Paulin s'en est chargé et il est reparti aussitôt chez Laurent. Un souci avec ses plantations de tomates ou un truc comme ça, je n'ai pas bien compris.

— Tant que les nôtres vont bien et restent les meilleures, on se fiche de celles de Laurent ! s'amuse Gabin.

— Les nôtres ? Je ne t'ai pas vu bêcher, planter, tutorer ou arroser, je le rembarre.

— Mais je mets beaucoup de bonne volonté à les cueillir et un certain acharnement à les manger ! dit-il en éclatant de rire.

— Quel taquin vous faites ! l'encourage ma mère.

Elle semble le trouver irrésistible, ce qui pour moi reste un mystère aussi grand que celui des pyramides. J'interviens avant qu'ils n'en viennent à fricoter devant moi, ce dont je ne me remettrais jamais :

— Montre-nous ça et va donc en cueillir deux kilos pour la salade.

Même pas une seconde d'hésitation, il se lève et me tire une révérence.

— À vos ordres, comtesse ! C'est sympa de m'inviter à dîner. Je n'avais pas envie d'être seul ce soir.

Je ne sais pas s'il le fait exprès, mais je m'empresse de dissiper le malentendu :

— On se calme. Tu les cueilles et ensuite, tu pars avec les tiennes pour les manger chez toi, avec toi.

— Jeanne, mais enfin ! Gabin va dîner avec nous puisqu'il en a envie.

Et mon envie à moi ? On pourrait s'y intéresser un peu ? Visiblement non, ma mère me fait les gros yeux comme quand j'étais gamine. Une fois Gabin éloigné, je me fais un devoir d'aborder franchement le sujet qui m'inquiète :

— Maman, jure-moi que tu ne cherches pas à nous coller dans les bras l'un de l'autre.

— Du tout, je pensais plutôt à moi. Tu n'y vois pas d'inconvénient ? Il est bien fait et ton père aurait sûre...

— Mais vous avez tous un humour de crotte en ce moment ! J'espère que ce n'est pas contagieux.

— Il est charmant, élude-t-elle.

— Non, absolument pas, c'est faux, nenni, il ne l'est pas. Il est teigneux et fort poilu. De temps en temps, il peut apparaître un peu mieux luné et rasé, mais charmant, certainement pas. Dans « charmant », il y a « charme » au cas où tu ne l'aurais pas remarqué. Et lui, il n'en a aucun.

— À part les poils, il est pile comme toi. Vous vous ressemblez bien plus que tu ne l'imagines.

— Alors raison de plus ! Tu m'as toujours dit que toi et papa vous vous complétiez, ce qui faisait de vous un couple parfait. Donc, c'est bien la preuve que Gabin et moi, ce n'est...

— Même pas dans mes pires cauchemars ! s'exclame une grosse voix derrière moi.

Il remet un panier plein de tomates à ma mère qui s'enfuit avec dans la cuisine en baissant la tête. Ensuite, il se penche vers moi avec un sourire insolent qui suffit largement à exprimer ce qu'il pense, mais ce pénible ressent le besoin sadique d'en rajouter :

— Ma princesse, je l'imagine douce, souriante, délicate... Je sais que c'est dur à entendre, mais si nous voulons rester amis, c'est mieux que nous fassions preuve de franchise entre nous, pas vrai ?

Le trouvant trop près de mon visage, je lève la main vivement avec l'intention qu'il la prenne sur le nez, mais ses réflexes sont aiguisés, il se redresse à temps en ricanant.

— Ce n'est pas moi que tu dois convaincre, mais ma mère. Elle doit me croire désespérée pour vouloir me jeter dans les bras du premier venu.

Ah, je dois l'avoir touché, il range son sourire.

— Tu es si prévenante, romantique, un vrai bonheur, raille-t-il en s'asseyant.

— Qu'est-ce que tu fais ? On mange dans deux heures. Tu as largement le temps de rentrer chez toi et de revenir après. Ou pas, on ne t'en voudra pas si une urgence te retient.

— Je ne vais pas faire des allers-retours inutiles. On est bien là, on va prendre l'apéro en attendant. J'aime vraiment beaucoup cet endroit et les gens sont accueillants.

— Pas tant que ça. Il serait judicieux, pour que je puisse te tolérer, que tu prennes au moins une douche avant de manger à ma table. Sans vouloir te vexer et puisque tu souhaites qu'on soit franc, tu pues, c'est horrible.

Il sursaute, me regarde avec un air stupéfait, puis baisse le nez pour se sentir avant de relever vivement la tête.

— Mais ?! Je croyais que c'était toi !

Et c'est moi qui ne serais pas délicate ? C'est le monde à l'envers.

— Merci bien, mais même après une journée de curage à la fourche, je ne sens pas aussi mauvais.

Il renifle ses avant-bras puis les éloigne brusquement de son visage en grimaçant.

— Mais d'où elle vient cette odeur ? On dirait…

— Oui, c'est bien ça. Et encore, tu es loin du compte. C'est le doux fumet épicé du bouc en rut. Et l'urine de bouc, aussi.

— Hein ?! L'autre gros débile m'a pissé dessus ?

— Pas tout à fait. Il se pisse sur le nez plusieurs fois par jour, c'est pour ça qu'il avait la barbiche toute jaune. Ça lui permet de se signaler à ces dames comme étant disponible et de les marquer à l'arrière-train, parce qu'il les renifle tous les jours en attendant le bon moment pour elles.

— C'est… dégueulasse, dit-il avec une moue de dégoût.

— C'est surtout bien pensé. Il doit gérer les chaleurs de cinquante filles.

À ces mots, je distingue une lueur lubrique dans les yeux de Gabin. Avant que ses pensées ne s'envolent vers un monde imaginaire, je le ramène sur terre :

— Il n'a environ qu'un mois pour travailler, après il retourne dans son coin. À peu près trente jours pour saillir le troupeau et le moment de fécondation est très court chez la chèvre. Alors heureusement qu'il est organisé.

— Je vois. C'est comme s'il leur collait un post-it avec la mention « fait » ou « à faire ».

— Exactement. Je mise toute mon année de lactation sur lui, car une chèvre qui ne fait pas de petit ne fera pas de lait non plus. Le mien est un bouc de compétition qui n'en loupera pas une.

— Et pourquoi ça t'a mise si en colère que leur bouc essaie de monter tes chèvres ?

— En résumé, parce que l'élevage est un métier. La génétique en premier. Mes parents ont mis plus de quinze ans pour sélectionner et faire un bon troupeau homogène, qui fait du lait, alors le bouc à deux balles qu'ont récupéré les Tournesols dont je ne connais pas les origines, non merci. Ensuite, les maladies qu'il pourrait refiler. En dernier, c'est moi qui décide quand je mets le bouc pour avoir des mises-bas groupées. J'ai deux mois dans l'année où les chèvres sont taries...

— Taries ?

— Plus de lait. C'est quand elles sont gestantes. On ne peut pas faire du lait et des chevreaux en même temps, ça demande trop d'énergie. Donc, pendant les deux derniers mois, elles se reposent et moi aussi. Si j'ai des naissances à ce moment-là parce que l'autre couillon a sailli mes chèvres, ça désorganise tout et ça ruine mes vacances.

— Ah ouais ! Ça fait beaucoup de longues phrases pour un résumé. Je n'ai pas tout compris, sauf que ça t'a bien énervée, s'amuse-t-il.

— Maintenant, tu peux aller te laver, s'il te plaît ? Je voudrais pouvoir respirer sans m'évanouir.

— J'y vais, je fais vite ! dit-il en se levant d'un bond.

— Les fringues, tu les mets direct dans la machine. Pour l'odeur sur les mains, tu en as au moins pour deux jours, même si tu les savonnes dix fois. Le mieux, c'est de les frotter sur de l'inox.

— De l'inox ? Tu te moques encore ?

— Non, mais c'est toi qui vois. Surtout, prends ton temps.

— Surtout pas. Ce n'est pas poli de faire attendre une dame. Je parle d'Hélène, bien sûr, ajoute-t-il avant de s'éloigner en riant.

Je m'affale sur ma chaise en le regardant partir. L'odeur du bouc en rut est prégnante, c'est dingue. Le pick-up sort de la cour et je la sens encore. D'ailleurs... Prise d'un doute, je me renifle et je comprends vite. J'ai beau le charrier, à raison parce qu'il pue vraiment, je ne sens pas la rose non plus. Malgré tout, je ne vais pas filer sous la douche tout de suite, mais plutôt m'occuper de mes chèvres. Il ne faudrait pas les oublier et j'ai encore du boulot.

17

Mes filles sont vautrées sur la paille fraîche pour la nuit, je peux enfin filer chez moi. J'en ressors propre et les jambes qui respirent sous une jupe longue. Lorsque je traverse la cour, je me sens légère et je souris, du moins jusqu'à ce que je repère Gabin. Assis devant un saladier de haricots verts, il les équeute en continuant de charmer ma mère qui sourit bêtement. Je n'en reviens pas qu'elle se laisse avoir !

Il est en jean et chemisette, on dirait qu'il prend goût à délaisser sa tenue de garde-forestier. Il est arrivé chez nous depuis plus d'un an et je crois réellement qu'il vient tout juste de retrouver le carton qui contenait ses vêtements de ville. Je m'installe face à lui, attrape une grosse poignée de légumes et me mets au travail. Il me sourit, je lui réponds en fronçant les sourcils. Il insiste, moi aussi :

— Quoi ?

Ma mère claque de la langue pour condamner mon agressivité, je ne me formalise pas.

— Je trouvais sympa qu'on ait pu passer une demi-journée ensemble sans s'engueuler, répond Gabin en riant.

— Ne t'emballe pas, la journée n'est pas terminée. Sinon, tu n'as pas une maison ?

— Tu le sais très bien puisqu'elle est à côté. Le truc bien, c'est que j'y vis seul, mais le truc moins bien, c'est que j'y vis seul.

— Oui, et ?

— J'apprécie de voir un peu de monde le soir. Ça m'évite de me sentir comme le vieux garçon du village.

— Tu es le vieux garçon du village.

— Et toi la vieille fille. On se complète bien, alors on peut se tenir compagnie.

— Adopte un chien.

Il éclate de rire, aucune de mes piques ne l'atteint.

— C'est une idée, je vais y songer. Au fait, il fallait m'appeler pour vous aider à ramasser votre culture spéciale.

— Si tu espères nous en piquer, n'y compte pas.

— N'importe quoi ! Je ne fume même pas de tabac, alors tu penses bien.

— Pourtant, quelques gouttes d'huile sur ta tartine du matin te feraient grand bien. Tu hurlerais un peu moins sur les gens.

— As-tu remarqué que je ne crie que sur les propriétaires de chèvres ? Il faudrait peut-être vous remettre en question, les éleveurs.

— Tu iras les promener un jour et on reparlera de leur discipline.

— Chiche, je suis sûr que ça filerait droit. Au fait, Benji n'est pas là ?

— Il passe quelques jours chez lui avec des cousins.

— Alors raison de plus, tu aurais dû m'appeler pour la récolte. Je vous aurais aidées avec plaisir.

— On doit la faire fin septembre, on t'appellera, déclare ma mère qui sort de la maison avec un plat supplémentaire. On peut se tutoyer, si ça ne t'embête pas ?

Gabin reste interdit, la dévisageant pendant qu'elle pose les haricots devant nous. Il hésite, puis la questionne :

— Vous me charriez, c'est ça ?

Embarrassée, ma mère se rattrape en bafouillant :

— Euh... non. Je suis désolée... je pensais que ça ne vous dérangerait pas.

— Non, bien sûr, pas de souci pour le « tu ». Je parlais de la récolte.

— Ah, pardon. On accepte le coup de main, on t'appellera la veille, c'est promis.

— Mais...

Il semble perdu, nous observe l'une après l'autre sans en dire plus. Qu'il soit embarrassé m'interpelle, je le pousse un peu :

— Mais quoi ? Pourquoi es-tu tout bizarre ?

— Parce que tout est déjà coupé ! Je l'ai vu en cueillant les tomates tout à l'heure.

— Pfff. C'est toi qui nous fais marcher.

— Mais non ! Va voir !

Il plaisante, c'est obligé. Je repose ma poignée de haricots et je le scrute. Mince, il a vraiment l'air sérieux. Après un instant d'ahurissement, la panique s'invite. Je m'éjecte de la chaise et me rue en direction du jardin.

L'affolement me fait sauter par-dessus le portillon au lieu de l'ouvrir, ma jupe relevée jusqu'à la taille. Je traverse le potager à fond de train, pour stopper net devant l'ampleur du désastre. Ce n'est pas vrai ?! Tous les pieds de chanvre ont été arrachés ! Il n'y a plus rien, juste de la terre retournée et des bouts de tige sans intérêt.

Je reste ahurie en contemplant les dégâts. C'est Gabin qui me sort de mon état de sidération lorsqu'il pose une main sur mon épaule.

— Vu ta tête, j'en déduis que ce n'est pas toi qui as récolté, murmure-t-il tristement.

Un couinement retentit derrière moi. Je serre les dents en me tournant vers ma mère, figée, les deux mains plaquées sur ses joues. Je me précipite pour l'enlacer.

— Maman, je suis vraiment désolée.

— C'est… Je ne comprends pas.

— On saura. Appelle la gendarmerie tout de suite.

Ma mère a toujours eu la tristesse pudique. Elle hoche la tête, essuie ses yeux d'un geste rapide, puis repart vers la maison, le pas rapide et la tête haute.

— C'est si grave que ça pour vous ? demande Gabin qui l'observe s'éloigner, visiblement ému par sa réaction.

— Financièrement, oui. On ne cultive pas le CBD pour le plaisir. Sa retraite agricole est misérable alors ça lui permet de vivre un peu mieux. Mais pas cette année, puisqu'on lui a tout volé.

— Je suis désolé, sincèrement.

— Merci, mais tu n'y es pour rien. C'est dans la droite ligne de ce qu'on vit depuis le début de l'année, dis-je en soupirant.

— Alors c'est vrai que tu as des soucis avec tes fromages ?

Misère ! Il ne manquait plus que mes déboires commerciaux s'étalent sur la place publique.

— Qui t'a raconté ça ? Je ne veux surtout pas que ma mère soit au courant de tout. Elle a eu sa part de problèmes, plus le dernier qui lui tombe dessus aujourd'hui.

— C'est Maria.

— Ah bon ? Pourtant, c'est justement dans sa boutique que mes ventes n'ont pas chuté. Au contraire, elles ont doublé. C'est surtout au marché que ça craint. Les Tournesols ont réussi à nous bouffer en étant très agressifs sur les prix. Forcément, puisqu'ils ne déclarent rien et ne payent pas les cotisations, j'en mettrais ma main à couper.

— Peut-être que si, tu ne sais pas.

— Tu parles ! Leurs animaux ne sont pas bouclés aux oreilles, c'est déjà une infraction. Rien qu'avec ce détail, ça m'étonnerait qu'ils aient une fromagerie aux normes et déclarée.

— J'en doute aussi. Et tu ne t'es pas demandé pourquoi tu vends autant chez Maria ?

Question pertinente, qui me fait sentir demeurée face à lui. Mon silence parle pour moi, Gabin lève les bras en l'air dans un geste d'exaspération.

— Mais enfin ! Elle a dit à Paulin que vous vous faisiez bouffer par les envahisseurs et le message a vite circulé. Depuis, on va tous à l'épicerie pour acheter les produits des agriculteurs du village. Sauf les tomates pour moi puisque je profite des tiennes. Je mange de ton fromage tous les jours ! Heureusement qu'il est super bon.

Je reste coite. Je pensais qu'il me détestait, toujours à me chercher des poux, et voilà que j'apprends brutalement qu'il me soutient en cachette. Il fait voler mes repères si soudainement que je me sens perdue, comme extérieure au monde qui m'entoure.

— Hey, remets-toi. J'achète juste tes fromages, je ne t'ai pas demandé de coucher avec moi.

Il sait y faire pour me remettre les idées en place. C'est la première fois que je le trouvais sympathique et ça n'aura duré que trente secondes.

— J'ai failli...

— Quoi ? Accepter ? Tu serais d'accord ? Même à jeun ? continue-t-il en souriant.

— Il me faudrait plus qu'une bouteille d'alcool pour que je tombe dans tes bras. Garde tes mauvaises plaisanteries, merci. Et... pour les fromages... merci aussi.

— Un remerciement de toi... ça valait bien les kilos de crottins que j'engloutis. Dis, tes courges au fond, c'est normal qu'elles soient comme ça ?

Je fais volte-face pour vérifier mes plants de légumes d'automne. Le constat est sans appel. Non, que leurs racines soient en l'air et non pas sous la terre, ce n'est ni normal ni de mon fait.

— Les saligauds ! Ils ont tout arraché ! je m'exclame en me précipitant dessus.

Dépitée et en colère, je reste pétrifiée devant ce gâchis en serrant les poings. Tout notre travail fichu en l'air par des imbéciles !

Sans un mot, Gabin s'approche des dégâts, se baisse et attrape un pied avec précaution. De son autre main, il creuse un trou dans la terre meuble. Puis, le plus délicatement possible, il remet les racines dans le sol, qu'il tasse ensuite doucement du plat de la main. Et il passe au pied suivant. Je ne saurais l'expliquer, mais son geste me touche. Même s'il est désespéré.

— Gabin… ça ne sert à…

— Si ! Regarde, les racines n'ont pas eu le temps de sécher et les feuilles ne sont pas flétries. Je ne suis pas paysan, mais je sais un peu comment ça fonctionne. On va les sauver, tu vas voir.

Il faut qu'il arrête ça ou je vais me désespérer de le trouver si mignon. Presque sexy quand il caresse le pied qu'il a replanté, comme pour l'encourager. Le pire, c'est qu'il a raison, il est plus lucide que moi. Je m'accroupis sur le rang en face de lui et je m'y mets à mon tour.

— La première courge, on la dégustera ensemble, déclare-t-il fièrement.

— Chez toi ?

— Ça dépend. Dans combien de temps est-elle prête ?

— Début octobre, si tout va bien.

— Alors ce sera chez toi parce que ça ne suffira pas pour que je rende ma maison présentable à des dames. Quand je reçois, je feinte en mettant la table dehors, mais là, il fera trop frais.

Eh bien ! Je note de ne pas venir chez lui à l'improviste parce que ça doit être une porcherie.

— Est-ce que même mes chèvres refuseraient d'y passer une nuit ?

— Mais non, ce n'est pas crade à ce point quand même, se vexe-t-il. C'est surtout que je n'aime pas ranger. Je trouve pratique d'avoir tout à portée de vue, au moins, je ne cherche pas dans les placards.

Mouais. Je préfère ne pas insister, car nous ne donnons sûrement pas le même sens au terme « propreté », mais j'ai ma petite idée de l'état du logis de mon voisin.

Une fois tout replanté, nous nous lavons les mains au tuyau et retournons voir ma mère, que nous retrouvons bien entourée dans la cour. Paulin est là, très remonté, face à deux gendarmes à qui il passe une avoinée. Des bons à rien qui ne font rien, c'est à peu près ce qu'il leur dit de différentes manières, mais toutes aussi peu polies. Les représentants de la maréchaussée, bien qu'indignés, connaissent le personnage et tentent de se défendre, sans succès. Ce qui est plutôt normal puisque, c'est un fait, ils sont inutiles dans cette affaire.

Bien énervée par cette journée pourrie, je rentre dans la mêlée parce que j'en ai marre aussi et ils doivent bouger. À ma grande surprise, Gabin s'y met également. Les hommes en bleu répètent en boucle la même réponse à nos attaques :

— Il nous faut des preuves pour pouvoir agir !

— Mais venez voir mon potager ! je m'insurge.

— J'ai vu. Ça pourrait être un animal, il n'y a aucune trace probante pour incriminer des personnes, rétorque un gendarme qui en revient avec ma mère.

Nous avons beau nous énerver sur eux, à part nous enjoindre à venir porter plainte et voir avec notre assureur, ils ne peuvent rien pour nous. C'est exactement ce que nous ne voulons pas entendre, alors ils reprennent une salve de « Vous n'êtes bons à rien ! » pendant qu'ils remontent dans leur véhicule.

Paulin ne décolère pas. Les sourcils froncés, il donne un coup de pied dans les graviers avant de se tourner vers nous, les mains calées sur les hanches.

— Bien ! Comme depuis le début, nous sommes seuls. Nous allons donc nous débrouiller pour obtenir des preuves. Réunion de crise ce soir chez moi, on bat le rappel !

— On ne pourrait pas attendre la fin de la fête des tripous ? J'ai plein de choses à préparer, proteste ma mère.

— Tu as raison, notre fête est plus urgente. On s'organisera juste après, convient-il.

Pensive, je le regarde monter dans sa voiture puis lui fais un geste de la main quand il démarre.

— Un truc te turlupine ? demande Gabin toujours à côté de moi.

— Oui. Avec tout ce qui arrive, je ne la sens pas la fête.

— Le maire l'a officiellement maintenue, donc tout ira bien, tu verras.

Son optimisme parvient à m'insuffler un peu de confiance. Quant à son sourire sincère, je le vois de plus en plus souvent et il me surprend à chaque fois. C'est qu'il va réussir à passer pour un gars sympathique à force ! Non, pas encore car il faudrait qu'il cesse de me crier dessus le reste du temps.

En attendant, il a raison et avec un peu de chance, nous passerons encore un super moment cette année.

18

Ce matin, les chèvres sont perturbées et ne me remercient pas de les avoir réveillées une heure plus tôt. C'est qu'elles sont réglées comme des horloges et ces dames aiment bien qu'on ne bouscule pas leurs petites habitudes.

Lorsque je sors du bâtiment après la traite, je découvre qu'il fait encore nuit. Les jours raccourcissent et même s'il fait toujours chaud en journée, tout annonce l'arrivée de l'automne. J'ai encore quelques mois avant d'enfiler le bonnet et l'écharpe, mais ça me plombe un peu le moral quand même.

La cuisine est éclairée chez ma mère qui doit turbiner pour cuire ses dernières tartes. J'hésite à la rejoindre avec une folle envie de traînasser devant un café. Pendant que je pèse le pour et le contre, un bâillement irrésistible me décroche la mâchoire. C'est bien la preuve que j'en ai besoin, d'un café. J'écarte la main de ma bouche, pour lâcher aussitôt un cri de souris. Mes ongles sont dégoutants ! Je baisse les yeux sur mes pieds. Je suis en cotte et bottes ! Adieu la pause, j'ai encore beaucoup trop de boulot pour être présentable.

Je file chez moi sans perdre une minute. Une douche, une jupe, un chemisier à fleurs, une queue de cheval et un maquillage léger, me voilà prête !

Deux heures plus tard, le soleil darde enfin ses rayons sur la vallée, nous offrant le temps idéal pour cette journée tant attendue. Les stands sont installés sur la place dans une joyeuse agitation et recouverts de belles nappes à carreaux rouges et blancs, où s'amoncellent déjà des plats appétissants qui ne demandent qu'à être dégustés. Paulin et Gabin – qui tenait absolument à participer au folklore local – s'activent derrière la buvette, aidés de Lola et Damien qui a pris un congé. Alors qu'il est encore l'heure de petit déjeuner, je les vois trinquer au vin blanc devant une grande assiette de charcuterie. Ils n'arriveront pas à assurer le service à quatre s'ils commencent déjà à s'hydrater de la sorte, mais les renforts se tiennent prêts. Bon… pour l'instant, les renforts goûtent la bière, attablés autour d'une assiette de jambon de pays.

Je m'accoude au comptoir devant Damien :

— Sers-moi un café et un croissant, s'il te plaît, je n'ai pas encore déjeuné.

Avant qu'il n'ait esquissé le moindre geste, Gabin pose un verre ballon devant moi et le remplit de vin blanc, puis aussitôt, il pousse une assiette de jarrets en gelée sous mon nez.

— Voilà ton café et ton croissant, ironise-t-il. C'est pour moi, je t'invite.

— Tu cherches à me faire vomir de bon matin ou quoi ?

Antoine, le boucher, qui apporte des plats de viande à griller, s'offusque aussi sec :

— Dis donc, Jeanne ! C'est moi qui les ai préparés alors tu n'en dis pas du mal.

— Mais non, c'est juste que je ne suis pas alcoolique comme vous. Je rêve seulement d'un café.

Je me tourne vers Denis qui nettoie les tables sur sa terrasse :

— Denis, pitié ! Sauve-moi avec un expresso !

— Tu files du mauvais coton, jeune fille ! répond-il en riant. J'ai débranché la machine. Aujourd'hui, tu bois et tu manges local.

— Jeanne ! s'exclame ma mère plus loin. Ne fais pas honte à notre famille !

J'abandonne et m'empare du verre. Avant que je ne l'ai porté à mes lèvres, Gabin toque le sien dessus.

— À cette journée prometteuse ! dit-il en m'offrant un sourire éblouissant.

Il faut qu'il arrête ça, c'est franchement déstabilisant de voir Shrek agréable. Et charmant, parce qu'en plus le sourire lui va bien. Gabin charmant ? Je raconte n'importe quoi, il faut que je m'hydrate, et sans alcool pour ne pas aggraver le délire.

Pendant que je picore avec plus d'appétit que je ne le pensais, l'animation prend forme autour de moi. Tout le monde est prêt à accueillir les visiteurs, l'agitation s'amplifie et les voix se font gouailleuses.

Nos sourires sont grands et sincères. Nous aimons cette fête par-dessus tout et l'attendons comme les enfants le dernier jour d'école. Nous sommes d'autant plus sereins que les Tournesols ont déserté le terrain. Pas une tâche de jaune autre qu'un Pastis trop dosé à l'horizon, leurs magasins ou guérisseurs en tout genre sont fermés. Ils sont de toute évidence moins bornés que certains ne le craignaient, dont je fais partie.

— Tu as pensé à prendre les serviettes en papier ? s'inquiète ma mère.

Je soupire en la regardant lisser la nappe pour la dixième fois. Au temps pour moi, il y en a une qui ne sourit pas tant que ça, c'est elle. Elle mise sa réputation de cuisinière, ce qui la stresse autant que si elle jouait sa vie. Je m'approche d'elle et l'enlace avant de l'embrasser sur la joue.

— Oui, maman. Elles sont sur la glacière, juste derrière toi. Il faut que tu te détendes, tu vas encore être dans les meilleures.

— J'aimerais bien gagner cette année, bougonne-t-elle.

C'est la guerre depuis toujours avec Bernadette. Celle qui perd se venge l'année suivante. Aucun suspense, chacune son tour. C'est une entente dans le village, ce qu'elles n'ont jamais compris. Comme elles sont impossibles à départager, tout le monde s'accorde à dire que les faire gagner une année sur deux est un bon compromis, sauf elles. Donc, en toute logique, le jury composé des six plus anciens habitants remettra tout à l'heure le panier gourmand de la gagnante à ma mère.

— Puisque c'est encore calme, je vais boire un verre avec Lola en attendant que la foule arrive.

Ma mère hoche la tête, je l'embrasse et file rejoindre ma copine. Elle est en train d'essuyer la planche qui fait office de bar, sur laquelle je m'accoude.

— Sers-nous une bière puisque tu n'es pas encore débordée.

— Tu as raison, profitons pendant qu'on peut avoir une minute de libre. En revanche, ce sera coca, jus de fruits ou vin blanc. La pompe à bière ne fonctionne plus, Gabin est parti en ville en chercher une autre.

Une heure passe. Nos verres sont vidés et remplis plusieurs fois, et il n'y a que des habitants, les anciens, qui déambulent sur la place. C'est désert et ce n'est pas normal. Ça commence à m'inquiéter et comme personne autour de la table n'ose en parler, je me lance, prenant soin d'adopter un ton innocent :

— C'est quand même étrange qu'ils arrivent si tard, non ?

— À vrai dire, ils ne sont pas arrivés du tout, rétorque Lola.

— Ouais, ça sent l'embrouille, bougonne Paulin.

— Le maire est là ! s'exclame Lola en le pointant du doigt.

Tout sourire, il avance sur la place. Comme à son habitude, il est chapeauté pour protéger son crâne des coups de soleil – ou cacher sa calvitie, c'est pareil – et en costume impeccable malgré la chaleur. Paulin se lève vivement et lui fonce dessus :

— Tu as fait quoi ?!

— Mais rien ! Enfin si, nous avons passé l'annonce dans le journal local et mis des affiches en ville, comme d'habitude, se défend-il.

— Et les autres, qu'ont-ils fait, alors ? Tu fricotes avec eux, tu dois le savoir !

— Mais non ! Je ne fais que mon travail de maire, calme-toi !

— Tu parles ! Toutes ces ventes rapportent tellement d'argent au notaire que le maire est en train de leur lâcher le village. C'est entièrement de ta faute si tout part en couille. Tu verras quand...

Paulin ne termine pas sa phrase car, comme nous, il tourne la tête en direction de la route après la rivière. Ce qui nous intrigue, c'est le son d'une sirène de police qui se rapproche. Ce n'est pas habituel, je crois même ne jamais l'avoir entendue par ici. Nous sommes soudainement silencieux, à l'affût de ce que nous allons découvrir. Lorsque la fourgonnette bleue apparaît derrière les arbres, nous la suivons des yeux. Elle file à toute allure, passant devant le pont pour continuer son chemin hors de notre vue.

— Je le sentais ! s'exclame tout à coup Paulin. Il se trame quelque chose de pas clair du tout. Jeanne, va voir ce qu'il se passe.

Je me renfrogne. Pourquoi ça tombe toujours sur moi ce genre de plan ?

— Aurais-je été désignée comme l'éclaireuse du groupe sans qu'on me le dise ?

— Tu es la seule qui ne tient pas de stand, donc tu as le temps.

— Paulin veut dire qu'à part soutenir ta mère, tu ne sers à rien, se moque Lola qui éclate de rire.

— J'avais compris, je bougonne. Vous n'êtes pas bien débordés non plus vu qu'il n'y a presque personne. En fait, peut-être que je suis juste la plus sobre pour me déplacer, pas vrai ?

J'obéis malgré tout puisqu'ils attendent après moi et l'impatience que je lis sur les visages m'ôte l'envie de les provoquer un peu plus. J'attrape mon vélo posé contre le muret qui longe la rive, je l'enfourche et me lance sur le pont. C'est à grands coups de pédale que je parcours l'unique route qui mène à notre village, sans même savoir jusqu'où je vais ni ce que je dois trouver. À bien y réfléchir, ils m'envoient sans complexe au casse-pipe. Au pire, je vais jusqu'au croisement qui se situe à cinq kilomètres et s'il n'y a rien, je fais demi-tour, car cela voudra dire que l'urgence des gendarmes ne nous concerne en rien.

Une centaine de mètres avant mon but, me parvient un son étouffé de remue-ménage. Finalement, il se passe bien quelque chose, mais il doit juste s'agir d'un accident de la circulation. Et à entendre les vociférations, les protagonistes ne sont pas d'accord sur la manière de remplir le constat. Surtout l'un d'eux, qui a une grosse voix qui porte et à qui je n'aimerais pas faire face. Oh ! Mais c'est qu'il est sacrément vulgaire en plus, j'en ai les oreilles qui bourdonnent. Autant, c'est celui qui braie le plus qui est en tort. Je comprends pourquoi les gendarmes ont été appelés, ce type est un fou furieux.

J'arrive enfin sur la scène, qui m'est dévoilée lorsque je sors du dernier virage. Stupeur ! Je manque me renverser tant c'est surréaliste. Gabin ! C'est lui qui tient un Tournesol par le col et lui beugle dessus. Les pieds du pauvre gars touchent à peine le sol et il gesticule misérablement pour s'extirper de la poigne en fer de mon Shrek. Les deux gendarmes sur place tentent, en vain, de lui faire lâcher prise.

Je freine d'un coup sec devant des barrières posées en travers de la route — que font-elles là, d'ailleurs ? —, je jette mon vélo sur le bas-côté et je me précipite sur Gabin. Non pas que j'aie peur pour le casse-pied en jaune, mais plus pour les conséquences sur Gabin s'il lui refait le portrait devant les gendarmes.

— Gabin, lâche-le !

— Dès que je lui aurai enfoncé la tête dans les épaules ! Tu as vu ce qu'ils ont fait ?

— Euh… non.

— Mais regarde sur la route ! Ils ont monté des barrages des deux côtés du village pour bloquer la circulation.

— On ne veut pas de votre fête de la mort ! On ne veut pas de ça dans notre village ! hurle le second Tournesol, qui prend soin de rester loin des mains de Gabin.

Je me tourne vivement vers lui, remontée à mon tour.

— Mais barrez-vous de notre village ! Nous, on ne veut pas de vous. On vivait bien tranquille avant que vous décrétiez qu'il était parfait pour y poser votre campement. Vous êtes des coucous ! Vous piquez le nid que les autres ont construit avec soin !

— Tu parles ! Rien que des bouseux qui ne connaissent rien à la vie ! Une bande de consanguins ! s'exclame celui que Gabin a lâché grâce aux deux gendarmes.

Trop, c'est trop. Je lui saute dessus à mon tour et l'empoigne par le tee-shirt avec l'envie de le pousser dans le fossé.

— Tu vas voir ce qu'elle va te mettre, la bouseuse !

À peine ai-je posé les mains sur l'abruti qu'un gendarme me ceinture et me tire contre lui en arrière.

— Ça suffit les excités ! On se calme !

Il se débarrasse de moi en me jetant sur le côté, pile dans les bras de Gabin qui me rattrape. Il me pousse à son tour pour me coller dans son dos, puis se met à invectiver les Tournesols, les gendarmes, les passants qui se marrent... en fait, la terre entière. Sauf moi. Ouf.

S'en suit un dialogue de sourds, ou qui rend sourd tant ils hurlent tous pour justifier leurs actes. Les gendarmes, pris en sandwich, décident de se diviser pour se concentrer chacun sur les propos de l'une des parties. Pour ma part, ceux de Gabin me paraissent les plus fiables, alors c'est lui que j'écoute.

— Je reviens de la ville et je tombe sur ces deux abrutis qui barrent la route. Je leur dis de virer leurs barrières et ils osent me répondre que la route est fermée pour la journée. Rien que le temps de descendre de mon 4x4, ils ont fait faire demi-tour à au moins six voitures qui voulaient se rendre à la fête. En plus, ils m'ordonnent de faire pareil. Ils m'interdisent de rentrer chez moi ! On se fout de qui ?!

Il beugle si fort que les fautifs font silence, puis, subitement plus en confiance grâce à la présence des autorités, ils se mettent à le toiser en ricanant. Gabin ne tient plus, même moi je n'ai pas été aussi loin pour le faire sortir de ses gonds. Il leur bondit dessus, bousculant au passage le gendarme qui faisait barrage. Cette histoire va mal se terminer. Furieux comme il l'est, c'est lui qui va finir au poste. Je l'attrape par l'arrière de son pantalon et je tire de toutes mes forces cet immense bloc de granit, mais c'est lui qui m'embarque. La nature a parlé, elle a réduit mes muscles au silence, alors j'ajoute le son :

— Gabin, stop ! Ne perds pas ton temps pour ces imbéciles !

— Il leur faut une bonne tarte dans la gueule, ça recalerait leur cerveau de débile !

— Laisse les gendarmes s'en charger. Les cinglés ont bloqué une voie publique alors ils ont de quoi les calmer pour un moment. Viens, on rentre et on se boit une bière. Tout le monde attend ton retour avec impatience, ils en ont marre d'ingurgiter des jus de fruits.

— Écoutez donc la demoiselle, renchérit le gendarme qu'il a bousculé et qui réajuste sa tenue. Plutôt que de finir au trou vous aussi, continuez votre route pendant qu'on s'occupe de ces messieurs.

— Allez, écoute un peu les gens sensés, j'insiste en le tirant une nouvelle fois.

— C'est bon, je reste avec les sensés, cède-t-il. Purée ! Pour que je te range désormais dans cette catégorie, c'est dire comme eux sont complètement tarés !

— Ferme-la et monte dans ta grosse poubelle. Ce qui est sûr pour ma part, c'est que je ne te range toujours pas dans celle des gars agréables.

Il envoie une ultime volée d'insultes à ses vis-à-vis, accompagnée d'un regard mauvais, puis lâche enfin l'affaire en faisant volte-face. Sauf qu'au lieu de rejoindre son pick-up, il attrape une barrière et la soulève au-dessus de sa tête. Les Tournesols, effrayés, se précipitent derrière les gendarmes pour se protéger. Ces derniers écarquillent les yeux et lui crient de ne pas faire de bêtise qu'il regretterait. Mais non, Gabin se contente de la jeter avec force dans le fossé, et, dans un bruit de ferraille épouvantable, lui expédie ensuite sa petite sœur dessus.

— La voie est dégagée ! Et elle a intérêt à le rester ! crie-t-il en pointant un doigt menaçant sur les saboteurs de fête.

Il ouvre sa portière comme un enragé, puis, comme si le vent venait tout à coup de tourner, il pivote la tête et s'adresse à moi d'un ton doux :

— Tu veux que je porte ton vélo dans la caisse ?

Déstabilisée par un tel revirement, je bafouille que j'accepte avec plaisir. Sont-ils plusieurs dans sa tête ? Je commence à le penser.

Celui qui a le dessus pour l'instant, le calme et le poli, s'exécute aussitôt. Mon vélo est soulevé et chargé en quelques secondes, contrairement au quart d'heure qu'il m'aurait fallu à sa place. Je suis tout juste attachée qu'il démarre en trombe, à nouveau énervé. Le Gabin maléfique est revenu et semble décidé à finir sur le toit et dans la rivière, en ma compagnie tant qu'à faire.

C'est bien la fête aujourd'hui, mais pas tout à fait celle que nous avions prévue.

19

De retour au village, un attroupement se forme autour de nous alors que nous traversons la place en silence. Gabin affiche une telle colère que personne n'ose lui parler. Quand des jeunes, plus téméraires, s'apprêtent à tenter l'aventure, je leur fais signe de lui laisser un peu de temps pour se calmer. Gabin va tout droit à la buvette et s'affaire sur la pompe à bière qu'il remplace, toujours sans un mot et sous les regards anxieux. Une fois mise en route, il se sert une large pinte qu'il s'envoie presque cul sec, la mine sombre et les yeux chargés de nuages noirs. Il s'essuie la bouche avec son avant-bras et soupire un grand coup avant de raconter enfin ses déboires à la foule impatiente. Vingt personnes tout au plus, qui l'écoutent sagement et, au fur à mesure du récit, hoquètent de surprise, rouspètent, tempêtent un moment. Puis, impuissants, nous noyons notre peine dans une mousse bien fraîche. C'est fichu pour cette année, notre fête est un ratage complet sans les visiteurs.

Cette journée, pourtant préparée avec enthousiasme, ne ressemble ni plus ni moins qu'à un dimanche après-midi. Alors, sous le poids de la déception, nous replions tout. Pour le concours des tripous, faute d'ambiance et de challenge, il n'y aura pas de gagnante cette année. Autant dire que ma mère prend un deuxième coup sur le crâne. Comme je ne suis pas emballée à l'idée de l'entendre râler toute la soirée, j'invite Lola à dîner et à dormir chez moi.

— Je ne peux pas. Damien est justement de repos et je ne l'ai pas beaucoup vu cette semaine. Je t'aime beaucoup, mais je préfère passer la nuit avec lui, si tu vois ce que je veux dire.

— Je vois bien, oui, et j'admets qu'il sera sûrement plus intéressant que moi au lit.

— Moi, je peux la remplacer ! s'exclame Gabin derrière moi.

Je me fige, sidérée qu'il ose une blague si lourde. Quant à Lola, elle éclate de rire avant de le charrier :

— Dans son lit ? Tu es sûr ?

— Je pensais plutôt au repas, mais faut voir. Il est large ton lit ? Et le matelas ? C'est que j'ai vite mal au dos, alors j'espère qu'il n'est pas trop mou, déclare-t-il avec le plus grand sérieux.

Cet humour ne me plaît pas du tout, j'y mets le holà sur un ton sec :

— Tu n'as pas besoin de le savoir, laisse mon lit tranquille.

— Je me contenterai de manger. Alors, je peux ?

Un « dans tes rêves » me vient instinctivement, mais après tout, il empêchera ma mère de ronchonner puisqu'elle est tout miel avec lui. Mieux, il lui changera les idées plus facilement que je ne pourrais le faire. Et puis, il s'est montré courageux face aux troubles fête tout à l'heure, ça vaut bien un peu de bienveillance.

— Tu peux. Je préviens maman.

— Mais je pensais à chez toi. Ta cuisine à toi.

— On t'offre le couvert, pas la cuisinière, alors n'abuse pas.

Sur ce, nous nous activons pour finir de ranger les stands et faire une distribution de la nourriture qui n'a pas pu être vendue. Ce sera la première fois que le comité des fêtes perd de l'argent. L'ambiance est morose, nous ne parlons même pas. J'imagine que chacun fait comme moi en ce moment : ruminer des idées de vengeance.

Paulin passe dans les rangs pour nous annoncer qu'une réunion aura lieu demain.

— C'est reparti, soupire Lola, aussi enchantée que moi à l'idée de passer une nouvelle soirée dans une cave.

Nous acceptons le rendez-vous puis rentrons tous chez nous, la tête basse. Paulin va avoir du boulot pour motiver sa troupe, parce qu'il est clair que chaque membre en a ras le bol, moi la première. Gabin aussi à voir comme il est pressé de décamper. Il attrape mon vélo, gentiment descendu par lui une heure avant, et le charge dans son pick-up alors que j'ai à peine eu le temps de dire au revoir à Lola.

Il ne s'attarde pas plus après le repas, qu'il a préparé avec ma mère alors que je faisais la traite. Il l'aide juste à faire la vaisselle pendant que je nettoie la terrasse. Il ne faut rien laisser traîner, pas une seule miette qui pourrait attirer les mouches qui deviennent rapidement envahissantes dès l'arrivée des premiers rayons du soleil. Il range la dernière assiette et pose son torchon sur le dossier d'une chaise.

— Je viens vous chercher demain après manger pour la réunion.

— Tu peux...

— Ça marche ! Nous serons prêtes ! j'interromps ma mère qui allait encore l'inviter à dîner.

Elle me fait les gros yeux d'adulte ayant honte de sa progéniture, je m'en fiche. À le voir l'amadouer de la sorte, il finirait par s'installer chez elle.

Il n'insiste pas, ne relève même pas mon empressement à sortir derrière lui après avoir embrassé ma mère. Finalement, si, il se tourne vers moi une fois que nous sommes dehors.

— Tu me raccompagnes jusqu'à ma voiture ? Tu t'adoucis, fais attention, se moque-t-il.

— Dans tes rêves ! Je rentre juste chez moi et il se trouve que tu es garé entre les deux maisons. Bonne nuit !

Ça l'amuse de se faire rembarrer, il ouvre sa portière en riant. Moi, je file sans demander mon reste, j'en ai ma claque de cette journée de crotte.

Le lendemain soir, je ferme la chèvrerie en soupirant. Je suis rincée. Trois de mes chèvres ont décidé de me rendre folle. Ces pestes sont bien plus rapides et souples que moi. Quand l'une d'entre elles s'échappe, court, saute par-dessus les barrières pour aller retrouver le bouc, il faut faire preuve d'une certaine agilité et de beaucoup de force pour ramener tout le monde au bercail. Heureusement que les miennes ont des cornes, ça me sert de poignées. La chèvre est facétieuse et je trouve ça souvent rigolo, mais pas tout le temps. Ce soir, aucun doute que j'en ai plein les pattes ! Pourquoi ai-je la sensation de me répéter ces derniers temps ?

Sûrement parce que beaucoup de mes journées sont pourries et ça en devient désespérant.

J'abaisse le loquet de la grande porte en vérifiant qu'il est bien enclenché. Il ne manquerait plus qu'elles s'échappent cette nuit et qu'elles fassent encore un mauvais sort à nos magnifiques rosiers. Il suffit d'une fois, d'un seul oubli, et c'est ce jour-là que la catastrophe arrive. Elles ont un sixième sens pour détecter nos défaillances et l'exploitent aussitôt.

— Tu finis tard ! s'exclame Gabin derrière moi.

Je soupire et pivote pour lui faire face.

— Et toi, tu finis tôt. Je n'ai pas encore mangé et je ne partirai pas avec le ventre vide. Vas-y avec ma mère, je vous rejoindrai à vélo.

— Non, je t'attends. Hélène ne vient pas, elle est fatiguée.

— Ah oui, elle m'avait prévenue. Je me dépêche.

— Tu veux que je te fasse un truc pendant que tu te douches ?

Je reste interdite. Comment peut-il imaginer que ce genre d'allusion graveleuse est possible entre nous ? D'abord, à quel moment a-t-il décidé que nous étions devenus potes ?

— Ben quoi ? Je peux te préparer des œufs sur le plat par exemple, je sais faire.

Ah ! Il faut croire que je suis la seule à avoir des pensées déplacées, lui, il est juste serviable. C'est de sa faute, il me force toujours à être sur la défensive. Après tout, s'il veut me préparer le repas, je ne vais pas l'envoyer paître, ça me change trop des fois où il me crie dessus.

— Ça marche ! Trois œufs avec le blanc bien croustillant, mais le jaune coulant. Ma cuisine est petite, tu devrais trouver ce qu'il te faut.

— Les œufs aussi ?

— Dans le poulailler. À l'entrée du potager ! je précise en m'éloignant.

C'est un grand garçon, il devrait reconnaître des poules et trouver où sont les œufs.

Après une douche revigorante et des vêtements propres enfilés, c'est le pas léger que je descends. Dans quel état vais-je retrouver ma cuisine ? Les hommes sont capables de ruiner tout un plan de travail et salir une demi-douzaine d'ustensiles juste pour faire cuire des pâtes. En tout cas, tous ceux que j'ai connus, mon père compris.

En bas, Gabin m'accueille avec un immense sourire, tout fier, un tablier à fleurs noué autour de la taille, cadeau de ma mère, et une spatule en bois à la main. Il est ridicule, mais trop mignon aussi. Je l'ai trouvé charmant hier, mignon aujourd'hui... ça y est, je perds la boule.

— Assieds-toi ! ordonne-t-il.

Ah ! Il est tout à fait normal, c'était juste un effet d'optique.

— Gabin, je suis chez moi, je fais ce que je veux.

— C'est moi qui officie, alors tu arrêtes de râler et tu t'assieds pour manger la meilleure omelette du monde.

— Mais je voulais des œufs au plat, je ronchonne. Ceux que tu m'avais promis.

— Je sais les faire cuire, mais je suis nettement moins doué pour les casser et tes poules fabriquent des coquilles en titane. Tu devrais baisser leur dose de minéraux.

Il dépose l'assiette devant moi comme l'aurait fait un serveur un peu trop pompeux, et, tout fier, attend debout en m'observant. C'est agaçant mais je suis affamée, alors je découpe un gros morceau avec ma fourchette et l'enfourne. Je n'ai pas commencé à mâcher qu'il s'impatiente déjà :

— Alors ? C'est bon, hein ?

Je déteste qu'on me regarde manger, mais si en plus on me fiche la pression, c'est le pompon. Je déglutis en lui faisant signe de s'asseoir.

— Non, je nettoie pour qu'on parte plus vite. C'est laquelle l'éponge à vaisselle ?

— Quelle question ! Il y en a une neuve et une vieille toute grise, alors creuse-toi la cervelle pour trouver laquelle est la bonne, je me moque.

— Vu que tu les ranges dans le même pot, j'espère que l'autre ne sert pas pour les chiottes.

— Bien sûr que si. Et quand elle est trop sale, je l'utilise pour la fromagerie. Les temps sont durs, alors tu penses bien...

— Ton humour fiche les jetons.

— Tu cherches, aussi. C'est vraiment toi qui me parles d'hygiène ? On croit rêver.

Je lève les yeux au ciel et me concentre sur mon assiette, pendant qu'il se met à récurer la poêle. Que lui est-il arrivé ces derniers temps ? On est passé de l'homme négligé qui se déplace dans une benne à ordures à un semblant de fée du logis. Et chez moi en plus ! Il a sans doute ajouté des champignons hallucinogènes dans mon omelette, je ne vois que ça pour que je le laisse faire, et pour qu'elle soit aussi bonne.

Une caresse à Plouf quand je lui pose sa gamelle pleine et, zou, c'est reparti pour une soirée dans la cave, qui n'a rien à voir avec la discothèque en ville du même nom.

Nous y voici, un peu trop serrés avec les nouveaux qui nous ont rejoints, des commerçants pour la plupart. Il faut dire que lorsqu'on est personnellement concerné, on s'intéresse beaucoup plus aux problèmes. Ils font moins les malins, aucun n'ose la ramener de trop, bien contents que nous les acceptions dans nos rangs de contestataires.

Paulin fait le point et, atterrés, nous apprenons que tous les potagers du village ont subi le passage des arracheurs de plants.

— Heureusement qu'ils ont laissé nos tomates, déclare Gabin juste derrière moi. Pas eu le temps de les arracher, peut-être ?

Nos tomates ? Je le remets à sa place en lui adressant un regard de travers et il me répond avec un grand sourire et les yeux pétillants. Depuis peu, ils sont réellement bleus. C'est troublant. Ça l'adoucit encore plus. Décidément, ce type est en pleine mutation.

Lola se penche vers moi en murmurant :

— Ils sont demeurés les Tournesols ? Ils pensent vraiment que nous priver de nos légumes va nous faire dégager de chez nous ?

— C'est sûr que ça ne marchera pas sur toi puisque tu n'as pas de potager.

— Bien sûr que si ! C'est juste qu'il est chez toi, rétorque-t-elle en se bidonnant.

Mon potager ne m'appartient plus, c'est acté. Je lui assène un coup de coude pour qu'elle cesse de rire quand Paulin nous fait les gros yeux en reprenant son laïus :

— Nous devons garder le dessus. Si nous y avons mis du nôtre pour vivre en harmonie, ce n'est pas du tout leur cas. Ils n'ont désormais qu'un objectif : nous pourrir la vie pour s'emparer du village et le transformer à leur manière. Je vous le dis sans détour, soit vous cédez et vous pouvez leur vendre tout de suite votre maison, soit vous faites de la résistance pour qu'on préserve notre village.

Nous opinons tous, bien incapables de lui donner tort sur les intentions des envahisseurs. Le constat est amer. La plupart de nos familles sont ici depuis des générations alors nous ressentons cela comme un vol, rien de moins. Face au sentiment d'impuissance et à nos mines abattues, Paulin tente de nous motiver. Il nous annonce qu'il faut nous préparer à lutter, que l'heure du combat est arrivée et... Il faudrait quand même qu'il se calme, ce n'est finalement qu'un problème de voisinage qui dégénère, pas la troisième guerre mondiale. Surtout qu'elle se passe dans un coin reculé de l'Aveyron, pas sûr que l'OTAN intervienne.

— Il ne manque plus qu'on nous distribue des fourches pour aller bouter du jaune hors de Boussolins, chuchote Lola en s'esclaffant.

— À part toi, nous en possédons déjà tous une.

— Pfff. Ça m'étonnerait que les autres femmes de gendarmes aient ça dans leur sac à main.

— Nous devons créer des équipes de deux pour multiplier nos actions, reprend Paulin.

— Je fais équipe avec Jeanne ! tonne une grosse voix derrière moi qui me fait sursauter.

Remise de la trouille qu'il m'a fichue, je suis stupéfaite. Je fais volte-face et épingle Gabin d'un regard peu amène.

— Moi, je veux être avec Lola. Tu pourrais me demander mon avis avant de décider.

— Pas deux filles ensemble ! rétorque-t-il, sûr de lui. On ne sait jamais, ils pourraient devenir violents en face.

— Nous n'en sommes quand même pas là, je le tempère. Il faut tous vous détendre, on ne part pas au front.

— Je suis juste prévoyant. Et logique. Après tout, nous formons une bonne équipe tous les deux.

— Pardon ? Nous deux, une équipe ? Mais depuis quand ?

— Depuis le bouc obsédé. Ce n'est pas Lola qui l'aurait écarté de tes chèvres même si c'est ta meilleure amie.

— Alors ça, sûr que non. Je l'aurais laissée se débrouiller tellement ça pue cette bestiole, confirme-t-elle en s'éventant pour ceux qui n'auraient pas compris sa grimace de dégoût.

— Gabin et Jeanne pour la première équipe ! Lola et Laurent pour la seconde, acte Paulin d'une voix ferme, ce qui fait moins rigoler mon amie.

Et il enchaîne les duos les uns après les autres, tous mixtes ou masculins pour les derniers puisque les femmes sont moins nombreuses.

— Je suis avec Laurent ! ronchonne Lola. Tu crois que Paulin a fait exprès d'associer des gens qui ne s'aiment pas ?

— Pas impossible, c'est bien son genre de forcer les choses. Tu vas bien t'amuser avec le maraîcher. Depuis qu'ils ont saccagé ses cultures, son rêve le plus cher est de faire du compost de Tournesol.

— Je vais piquer le taser de Damien, juste pour l'étourdir avant qu'il n'en trucide un, ironise-t-elle.

— Au moins, il aura une utilité ton Damien. Parce que pour l'instant, c'est vraiment le gendarme qui ne sert à rien, se moque Gabin.

Lola le tue du regard en réponse, puis moi parce que je pouffe comme une écolière. Ce type dit tout ce qu'il pense, c'est hallucinant. Ouais, nous ferons peut-être une bonne équipe, finalement. Au moins, je ne risque pas de m'ennuyer.

Alors que Paulin semble avoir terminé les binômes, je l'interpelle car il manque une personne dont l'affectation m'intéresse au plus haut point :

— Et ma mère ?

— Avec moi, bien évidemment.

— Pas deux femmes ensemble, mais deux vieux, c'est possible ? je raille.

— Reste polie, jeune fille, gronde-t-il. Nous nous chargerons plus de l'organisation que de l'action, c'est tout.

Les équipes étant formées, nous remontons à la surface avant de finir étouffés dans ce lieu exigu. C'est sous l'appentis que nous concluons par notre rituel, le petit verre suivi de ses frères. Je garde un œil sur Gabin, pas pour le reluquer bien qu'il soit de plus en plus agréable à regarder, mais pour surveiller sa consommation. L'idée de terminer ma nuit encastrée dans un arbre ne m'emballe pas des masses. Rien à craindre, il est sage, passant au jus de pomme après son premier verre.

Alors qu'il porte son verre à sa bouche, il me surprend en train de le fixer. Il est étonné, je suis gênée. Il se reprend vite, ses lèvres s'étirent en un sourire coquin. C'est déjà trop pour moi, mais il conclut cette embarrassante scène en m'adressant un clin d'œil. Mais au secours !

Je tourne vivement la tête vers Lola et je termine mon verre cul sec. Gabin a cru que je le reluquais et, plein d'espoir, il tente sa chance ? Que l'on me vienne en aide ! Il ne manquerait plus qu'il me drague, ce serait un cauchemar.

20

Encore un dimanche après-midi sur la place, dans un calme relatif car certains ressassent la fête ratée de la semaine précédente. Le soleil écrasant nous aide à contenir les plus ronchons, mais les choses se dégradent subitement. Une mère en colère se met à invectiver les Tournesols non loin d'elle :

— Je vous préviens, espèces de dégénérés ! Vous dites à vos gamins de ficher la paix aux nôtres ou ça va très mal finir !

Dans un même mouvement, nous reposons nos verres sur les tables, dans les starting-blocks pour voler à la rescousse de la courageuse.

— Sûrement pas ! Nous ne lâcherons pas tant qu'ils mangeront de la viande à l'école ! s'exclame le Tournesol visé.

— On ne veut pas de sauvages chez nous ! hurle un autre.

— Des sauvages ? Mais ça ne va pas bien dans votre tête ? Vous vous rendez compte des absurdités que vous débitez ?

Assise une table plus loin, madame Dubusc, la maîtresse, baisse le nez dans son verre. Denis s'approche d'elle en jetant son torchon sur l'épaule :

— Vous n'intervenez pas ? Ce sont vos parents d'élèves.

— Ah non ! On est dimanche ! s'exclame-t-elle. J'en ai déjà bien assez toute la semaine de leurs querelles. Là, il fait beau, je bois un excellent muscat avec ma sœur que je ne vois pas souvent, alors Madame Dubusc, vous lui lâchez la grappe !

Nous cillons tous. Elle a raison, mais elle ne nous a pas habitués à ce genre de réaction. Aucun de nous n'ose ouvrir la bouche, on craint encore la maîtresse quel que soit notre âge. Voyant notre trouble, madame Dubusc soupire avant de grincer :

— Pardonnez-moi, mais je vis un calvaire. Je n'en peux plus des enfants qui me répètent les inepties de leurs parents et des parents qui me disent ce que je dois apprendre à leurs enfants. À la dernière réunion, ils nous ont transmis une liste de sujets qu'ils nous interdisaient d'aborder devant leur progéniture.

— Pardon ? Ils refont le programme scolaire ? s'offusque ma mère.

— Ils voudraient, oui. Je vous rassure, nous ne cèderons pas et suivrons strictement l'officiel. Pour nous en débarrasser, nous les avons dirigés vers le rectorat. Vu la lenteur du système, leur courrier devrait être lu d'ici l'année prochaine.

— En attendant, je vais aider la mère de Baptiste, dis-je en me levant.

Lola en fait autant, ce qui ne me surprend pas. En revanche, que Gabin s'éjecte de sa chaise pour m'accompagner m'étonne bien plus. Et m'agace, alors je le recadre :

— Je peux me débrouiller sans toi, ils ne sont pas armés.

— Paulin a dit : tout en équipe. Je suis ton équipier, pas Lola.

— Parfait ! Tu viendras mardi à quatorze heures chez moi, il faut curer la chèvrerie.

— Ça aurait été avec plaisir, vraiment, mais mardi, j'ai spa, répond-il en soufflant sur ses ongles.

— Tu aurais pu trouver mieux comme excuse.

— C'est clair. Spa crédible du tout, se moque Lola.

— Le temps que vous débitiez vos âneries, l'affrontement s'est terminé, râle Gabin. J'étais chaud pour remettre une douille au couillon des barrières puisqu'il est là.

Nous scrutons la place redevenue calme. Chacun est retourné à ses occupations, qui comprennent des coups d'œil mauvais au camp d'en face. La paix n'est pas établie, donc oui, tout est normal.

Alors que nous partons nous rasseoir, frustrés de ne pas avoir au moins crié une fois, nous repérons Benji qui traverse le pont avec un de ses copains. Vêtu d'un short aux motifs hawaïens et sa serviette fichée sur l'épaule, il tire une tête d'enterrement loin d'être habituelle chez ce gamin joyeux. Intriguée, je m'avance vers lui.

— Que t'arrive-t-il ? Un souci chez toi ?

— Non, c'est qu'on est allé au lac, mais on n'a pas pu se baigner, râle-t-il en donnant un coup de pied sur une pierre imaginaire.

— Et pourquoi ? Ne me dis pas que tu trouves l'eau trop froide. Tu es un p'tit gars d'ici, tu as le cuir épais.

— Peuh ! Je suis un dur, moi. Je plonge jusqu'en novembre !

— C'est à cause des fadas ! s'exclame son copain. On venait d'arriver et on a juste eu le temps de retirer nos chaussures qu'ils nous sont tombés dessus à une dizaine.

— Ils nous ont ordonné de décamper ! Tu te rends compte ?!

Je n'avais jamais vu Benji en colère, ils n'ont pas dû y aller doucement pour le virer. D'ailleurs, de quel droit ?

— Pardon ? Et pour quelle raison ? je questionne.

— Parce qu'ils organisent des bains ou je ne sais pas quoi dans l'eau sacrée. J'ai rien pigé si ce n'est qu'ils se sont énervés quand on les a envoyés ch... euh... promener, pardon.

— Ouais ! Ils nous ont menacés avec des bâtons en nous criant de dégager, peste son copain.

Le temps s'arrête. Les verres restent suspendus devant les lèvres. Voilà qu'ils nous interdisent même d'aller au lac, c'est surréaliste ! Paulin est le premier à exploser :

— Mais qu'est-ce que c'est que ces âneries ?! De l'eau sacrée... n'importe quoi ! Je vais aller rencontrer ce gourou que personne n'a jamais vu parce que ça suffit les conneries !

— Reste calme, il faut déjà voir ce qu'il en est sur place, je le tempère.

Je me lève en m'adressant à Benji :

— Ce n'est pas que je ne te crois pas, mais tu as peut-être mal compris, on ne sait jamais.

— Tu parles ! Et le coup de bâton sur mon tibia, je l'ai mal compris ?! tempête-t-il en exhibant sa jambe marbrée d'une jolie marque bien droite.

Ils ont tapé Benji ! Mon sang ne fait qu'un tour, avec une envie subite de sortir mon tracteur, fourches en avant pour défoncer leur centre devenu un nid à problèmes.

Je salue tout le monde et embrasse Lola, puis je me tourne vers Gabin :

— Viens, on va promener les chèvres.

Il cille et me fixe quelques secondes avant de se reprendre :

— Pardon ? Depuis quand suis-je un ouvrier agricole à ton service ?

— Depuis qu'on est une équipe ! Faudrait savoir ! La prochaine fois, tu me demanderas mon avis avant de la former officiellement. En attendant, tu assumes et tu viens.

— Jeanne, ne va pas faire de bêtise, s'inquiète ma mère.

— Si ! Défonce-les ! s'exclame Benji.

— Du calme, petit, modère Paulin. On ne va pas laisser passer, mais pas non plus envoyer Jeanne dans la fourmilière toute seule.

Il se tourne vers moi, le regard dur :

— Tu vas juste voir, n'est-ce pas ?

— Mais oui, ne t'inquiète pas. Je n'ai plus les explosifs de papa, Damien est tombé dessus un jour et me les a confisqués.

— Il a eu raison ! le défend Lola. C'était des vieux trucs de la guerre devenus instables, qui pouvaient péter n'importe quand.

C'est exact et même si je fais la fière, ça me fichait la frousse et j'avais l'intention de m'en débarrasser. C'est pour cette raison que je n'ai pas protesté lorsque Damien a fait venir les démineurs.

— Pourquoi vous stockiez des explosifs ? se renseigne Gabin, suspicieux.

— C'était pour le pont, répond ma mère. Mais le grand-père de Jeanne n'a jamais eu le cœur à le faire sauter. Après la libération, il a oublié la caisse dans un coin de la grange.

Maintenant qu'ils sont tous rassurés sur mes intentions, ils me pressent d'aller observer pour leur faire un compte-rendu. Ma mère décide de rentrer pour retrouver un peu de calme. Je la comprends.

Gabin nous suit en ronchonnant jusqu'à sa voiture et grimpe dedans en même temps que moi, tout en m'adressant un regard noir. Le revoilà, adieu le joli bleu. Au moins, c'en est aussi fini de ses œillades troublantes, il ne me veut plus pour faire je ne sais quoi de cochon avec lui. Pour le reste, il m'a voulue comme équipière, il m'a eue et il devrait rapidement le regretter.

21

Avant d'aller espionner dans la colline, je fais le tour de mon troupeau dans la pâture et le plein d'eau dans la grande baignoire transformée en abreuvoir, épaulée par Gabin et sans que je le lui demande. La faute à ma tenue qui ne va pas, a-t-il précisé.

Tout juste revenus dans la cour de la ferme, ma mère sort de chez elle et se précipite sur nous de façon désordonnée, ses charentaises n'aidant pas à la course. Plouf arrive derrière à fond, la dépasse et finit sa course en posant deux pattes sur ma jupe toute propre. C'est une manie que je n'ai jamais pu lui enlever. On peut même dire que je l'ai encouragée, plus jeune, car je trouvais ça trop mignon. Après une palanquée de vêtements salis prématurément, je regrette amèrement, mais je ne peux m'empêcher de le caresser quand même, pendant que ma mère se plante devant nous :

— Paulin m'a appelée ! Il est allé rencontrer le chef des Tournesols, mais il s'est fait rudoyer par une bande d'excités. Il a juste compris que leur chef ne recevait pas, qu'il ne parlait même pas, parce qu'il est en retraite ou a fait vœu de silence, je n'ai pas bien entendu.

— C'est bien pratique. Je devrais dire ça à mes chèvres le jour où je n'ai pas envie de traire.

— Cet homme invisible reste cloîtré et refuse de parler. Est-ce qu'il existe au moins ? relève Gabin, suspicieux à raison.

— Question pertinente qu'il faudra poser au maire, répond ma mère.

— Sûr, parce que ça commence à être bizarre cette affaire, bougonne Gabin.

Je me tourne brusquement vers lui, piquée au vif.

— Ça commence ? Tu ironises j'espère ! Ça fait maintenant plus d'un an que ça pue au point d'allumer toutes les alarmes chez Paulin.

— C'est vrai qu'il l'a senti venir tout ce bazar, approuve ma mère.

— On le canonisera plus tard, nous avons notre première mission à remplir, dis-je en tapant dans les mains. Gabin, je fais vite et on y va !

Je file me changer, puisque la jupe n'est toujours pas adaptée pour batifoler dans les collines, même recouverte de traces de pattes de chien. Ensuite, j'ouvre le parc des filles et Gabin et moi partons sur le chemin qui mène au point de vue face aux Tournesols. Notre progression est rapide parce que j'ai hâte de voir ce qu'ils fichent dans notre lac, mais les chèvres n'apprécient pas notre empressement.

— Mais pourquoi elles traînent comme ça ? râle Gabin en poussant Pamela qui a osé s'arrêter pour avaler une touffe d'herbe.

— Parce que je ne les promène pas pour qu'elles fassent leurs besoins, mais pour qu'elles mangent. Alors évidemment, elles ne comprennent pas bien le concept de la balade en marche nordique.

Nous longeons le sentier qui serpente sur la colline environ à mi-hauteur, perdus dans les genêts qui ralentissent notre approche, quand une vision surréaliste nous fige. Juste Gabin et moi car ni les chèvres ni Plouf ne sourcillent un seul instant, continuant leur progression en nous dépassant. Pourtant, ce que nous avons sous les yeux est très intrigant, au point que je tente d'analyser la scène pendant quelques secondes. Non, rien à faire, aucune explication sensée ne me vient.

— Que font-ils ? Ils embrassent les arbres ? murmure Gabin, aussi perplexe que moi.

Il parle des personnes, une dizaine environ, et pas vêtues de jaune, qui enlacent chacune un tronc. J'ai peut-être une autre idée qui mérite que je la partage avec lui :

— Soit ça, soit ils essaient de les déraciner à mains nues.

— Je ne sais pas laquelle des deux explications est plus idiote, on est ex aequo sur ce coup. En revanche, la tienne est impossible. Ces arbres sont parfaitement sains et aux racines profondes. Tu doutes de mon professionnalisme ?

— Du tout, je suis la première à te trouver un peu trop pointilleux. Bon, le mieux est d'aller leur demander à quoi ils jouent.

— Ils vont me rendre fou ces malades, grince-t-il en descendant la pente d'un pas furieux.

Il fonce droit sur eux, je hèle Plouf pour qu'il contienne les chèvres sur place et pars à la suite de mon homme des bois. C'est qu'il m'a l'air rudement remonté, même prêt à casser des gueules ! Jusqu'à maintenant, si l'on excepte l'épisode des barrières sur la route et celui du bouc, il ne s'était pas trop énervé. Il les regardait comme des joueurs de tambourins en pyjama pas bien méchants et d'un œil moqueur malgré leurs attaques répétées. Mais là, ils viennent de franchir la ligne rouge. Ils touchent à ses arbres ! Gabin fulmine comme s'ils étaient équipés de tronçonneuses, alors que pas du tout, ils font juste des bisous à la nature. Même moi qui commence à en avoir sérieusement marre de tout ce cirque, je suis plus amusée que fâchée devant ceux-là.

Ils sont dans leur bulle, le calme est total. Mon petit doigt me dit que ça ne va pas durer. Gabin arrive à quelques mètres derrière eux et se met à beugler :

— Hey ! Les tarés ! Vous faites quoi ?

Tout d'abord surpris par cette soudaine agressivité sortie de nulle part, les amoureux des bois lâchent leur tronc. Ils font face à Gabin et affichent un grand sourire pour l'accueillir, les inconscients.

— Bonjour, tu veux te joindre à nous ? propose une des femmes.

— Désolé, je ne baise pas les arbres, moi !

Ce type est un pit-bull, il attaque directement à la gorge. Je le sais, j'en fais les frais bien trop souvent et je ne peux pas dire que cela me chagrine de le voir s'en prendre à d'autres. Étonnamment, c'est vachement plus rigolo. Le groupe le pense aussi, ils rient de ce qu'ils jugent être une bonne blague. Gabin attend que ça leur passe, les poings toujours serrés, quand l'un d'eux ressent le besoin de le féliciter :

— Que vous êtes drôle !

Le clown du jour desserre à peine les dents pour le rembarrer :

— Pas du tout. Je pense exactement ce que je dis et ma petite copine pourra vous le confirmer.

Pardon ? Je cille et regarde autour de moi. Mais oui, il parle de moi puisqu'il me pointe du doigt. Elle est bonne celle-là ! Gabin vit la journée de l'homme incompris, il vient de faire deux bides coup sur coup.

— Houlà, du calme Gabin ! Faudrait voir à ne pas t'emballer à ce point. On fait équipe, c'est tout.

— C'est plus simple comme ça, ne chipote pas.

— Si, je vais chipoter et plutôt deux fois qu'une quand tu sors des inepties pareilles, compte sur moi !

Mon regard mauvais ne l'émeut pas, il reporte le sien sur les gens bizarres qui attendent bêtement, et toujours en souriant... bêtement aussi. Leur attitude ne calme pas Gabin, ça a même tendance à l'agacer encore plus. Il pose les mains sur les hanches et les toise.

— Je suis le responsable local de l'ONF. Vous pouvez m'expliquer à quoi vous jouez exactement ?

Sa fonction a le mérite d'être prise au sérieux, une femme avance d'un pas.

— Nous mettons en pratique ce que l'on vient de nous enseigner à la formidable formation « écouter les arbres ».

— Où on vous apprend à lécher du bois ?

Les gens du groupe échangent des regards interrogateurs. Enfin ! Ils saisissent qu'ils ont affaire à un réfractaire. Leurs traits se durcissent et leurs mâchoires se crispent. Le plus téméraire se lance avec agressivité :

— C'est beaucoup plus profond. C'est une formation sérieuse, monsieur !

— Comprendre la végétation, c'est important et ça ne s'improvise pas, renchérit une femme.

— À qui le dites-vous ! J'ai moi-même eu ce poste après un stage chez des castors et un an dans une famille de piverts.

— Ah oui, c'est vrai ? Donc vous savez écouter les arbres, vous aussi ?

— Bien sûr et me faire entendre, surtout. Dès qu'ils me parlent mal, je sors la tronçonneuse. Faut savoir se faire respecter, sinon ils vous marchent sur les pieds et finiront par prendre le pouvoir.

Ils le fixent, éberlués. Je parie qu'ils le jugent tout à coup moins drôle. Tout l'inverse de moi qui le trouve admirablement cynique. Et terriblement sexy, ce qui ne va pas du tout.

— Ce n'est pas bien d'ironiser sur la mort, lui reproche sèchement une femme.

— Même pas. C'est mon métier de choisir les arbres à abattre et je ne vais pas vous faire un cours sur pourquoi c'est nécessaire pour l'équilibre des forêts.

Avant que la conversation ne dérive sur l'âme des plantes ou leur souffrance, j'interviens :

— Pourrais-je vous demander de bien vouloir aller jouer avec les arbres sur votre terrain ? Ici, vous êtes sur ma parcelle et j'aimerais y promener mon troupeau sans visiteurs à surveiller.

— En fait... les arbres dans le complexe sont payants et attribués pour trois heures, répond timidement l'un d'eux.

— Vous payez pour câliner des arbres ?! je m'étonne. Et ils vous mettent dehors ensuite ? La baignade dans le lac, c'est pareil ? Plouf et cassez-vous ?

— Oui, sans doute, mais l'immersion dans l'eau sacrée était au-dessus de nos moyens, avoue piteusement le plus ancien.

Gabin me lance un regard désespéré. Comme lui, je m'interroge sur leur niveau de jugeote. Le pire, c'est que ces gens semblent s'en vouloir de n'avoir pas pu débourser je ne sais combien pour un truc gratuit s'ils changent de rive. D'ailleurs, j'aimerais bien connaître le prix de cette farce, alors j'ose poser la question :

— Ah ouais ? Genre combien ?

— La communion avec les arbres, c'est mille deux cents euros pour trois heures. Le bain sacré, c'est trois mille euros.

— Hein ?! je m'exclame, effarée. Mais je vais changer de métier dès demain parce que des troncs, j'en ai plein mon terrain !

— Et ça te coûtera moins cher parce que ça bouffe moins que des chèvres, ironise Gabin. T'auras même pas besoin de les promener. Par contre, tu vas te coltiner un paquet de dingos.

— Dites donc ! s'offusquent les concernés.

— Quoi ? Excusez-moi, mais une crédulité pareille, ça fait de vous des dingos. Des neuneus si vous préférez. Et non contents de croire à des conneries, vous les payez à prix d'or, ce qui vous transforme en pigeons. Alors merci de ne pas trop la ramener. D'ailleurs, on va vous laisser avec vos troncs, nous on a du boulot, conclut Gabin en me faisant signe de le suivre.

Ce que je fais à grande vitesse quand j'entends mon chien aboyer, c'est le signal que les chèvres s'éparpillent un peu trop et qu'il est dépassé pour les rassembler.

Une fois le troupeau remis en ordre, nous continuons notre route, moi en riant d'entendre Gabin bougonner tout le long après les neuneus. Arrivés à notre point de vue, mes voraces s'attaquent à la verdure, Plouf se couche à côté de moi, le souffle court, pendant que nous observons la rive d'en face où un groupe de Tournesols barbote dans le lac.

Nos têtes se frôlent pendant que nos yeux écarquillés fixent droit devant. C'est un véritable spectacle qu'ils nous offrent, une chorégraphie digne d'un opéra. Beaucoup de monde et de couleurs. Des couronnes de fleurs et de pétales qui flottent à la surface de l'eau et une file de prétendants à se faire détrousser, en vêtements blancs et encadrés de fidèles en tenues flamboyantes. De la musique exotique résonne ainsi que des chants.

— Regarde ! C'est sûrement lui le gourou responsable de tout ce cirque, déclare Gabin en pointant le seul individu qui dénote dans le paysage.

Une tâche impossible à louper dans tous ce jaune. Dans le lac jusqu'à la taille et en toge bleue, il est encerclé par des adeptes qui ploient la nuque devant lui. À chaque personne qui se présente à lui, il pose la main sur son crâne et l'enfonce lentement sous l'eau. Alors le gong retentit et l'heureux noyé volontaire rejoint la rive sous les acclamations, puis ça recommence avec le suivant.

— C'est tellement bien huilé leur truc que j'y croirais presque, murmure Gabin avec écœurement.

— S'il y a quelque chose de sacré dans ce lac, ce sont les cons qui payent pour s'y baigner.

— Trois mille euros par tête et j'en compte une bonne cinquantaine. Ils se font des couilles en or avec notre lac.

— Et nos arbres.

— Et ce qu'on ne sait pas encore. Va savoir, ils vendent peut-être de la mousse magique ramassée à la pleine lune à se fourrer dans le derrière, ou des conneries du genre.

Je pouffe, mais la mousse, ça ne me paraît pas commode. J'ai mieux :

— Le suppositoire végétal, ce serait plutôt des glands alors, non ?

Nous voilà partis dans un grand fou rire en énumérant des bêtises du même genre. Puis, à l'idée qu'ils pourraient réellement mettre tout ça en pratique, nous soupirons de lassitude.

— Maintenant, on sait d'où viennent leurs finances.

— Plouf m'appelle. J'en ai assez vu, je remonte, dis-je en me levant.

— On remonte, dit-il en appuyant bien sur le « on ». Tu ne te promènes pas seule avec tous ces fous qui déambulent.

— Fous, mais pas méchants. Du calme, tu ne vas pas venir tous les jours avec moi pour sortir les chèvres.

— J'ai un boulot, moi aussi, mais on verra.

Il ne manquait plus que ça ! Voilà que je vais l'avoir collé aux basques en permanence. Même si on vient de rire ensemble, nos griefs respectifs referont surface très vite.

Pourtant, au cours de la montée, j'essaie de me remémorer la dernière fois que nous nous sommes réellement pris le bec. Ça fait longtemps et depuis quelques semaines, je m'amuse plutôt bien avec lui. Oui, je ne l'ai pas vu venir, mais je commence à le trouver sympa, parfois. Il a plus de répartie et d'humour que Plouf, c'est certain, et ça n'est pas pour me déplaire.

Je retrouve mon troupeau qui se croit en vacances, tout dispatché, alors nous aidons Plouf à remettre un peu d'ordre, puis nous montons encore pour les mener sur un terrain non pâturé. La pente est raide et une fois en haut, je suis essoufflée et j'ai le front perlé de sueur au point que je dois éponger mon visage. Avec les kilomètres que je parcours dans les collines, je n'ai pas besoin de m'inscrire à une salle de gym !

À peine sommes-nous assis sur un rocher pour récupérer, qu'une dizaine de types en jaune viennent vers nous d'un pas rapide.

— Ho ho. Ça ne ressemble pas à une visite de courtoisie, déclare Gabin qui se redresse et plaque un bras protecteur devant moi.

Cette manie qu'il a de faire ça ! Pour cette fois, je laisse passer parce qu'ils sont nombreux en face.

— C'est leur air mauvais qui te fait dire ça ? je me moque.

Je fais la maligne, mais je n'en mène pas large car ces types semblent vraiment agressifs. À quelques mètres de nous, ils commencent à nous crier dessus :

— Vous n'avez pas à parler à nos clients ni à les insulter ! Ce qu'on fait ne vous concerne pas !

Loin de se démonter, Gabin carre les épaules et les écrase d'un regard mauvais :

— Tout ce qu'il se passe sur les parcelles dont j'ai la responsabilité me concerne. Si vous ne voulez pas qu'on intervienne, vous restez chez vous pour pigeonner ces pauvres gens !

— Il ne fallait pas vous mêler de nos affaires, vous allez le regretter ! crache un autre.

Définitivement pas du genre à se laisser dominer, Gabin serre les poings, bien décidé à faire du pâté de tête si l'un d'eux s'approche.

— Ce sont des menaces ? beugle-t-il.

— Vous verrez bien ! lance l'un d'eux.

Alors que Gabin fait un pas en avant, les apprentis intrépides se dispersent et détalent en courant, les pétochards.

Je reste interdite. J'ai mal compris ou ils déclarent réellement la guerre ? Encore confuse, je sursaute en dévisageant Gabin. C'est qu'il fiche la frousse avec son regard de psychopathe ! Je frémis lorsqu'il le pose sur moi en pinçant les lèvres, puis se met à marmonner des jurons. Aucun doute, la guerre est déclarée des deux côtés.

— Je sens qu'on va avoir des rapports un peu plus rugueux à l'avenir ! lâche-t-il tout à coup.

— C'est-à-dire ? Ça va piquer pour eux ou pour nous ?

— Je crains que les deux camps prennent des coups, mais je n'ai pas l'intention de recevoir les plus gros. On remonte, on fait la traite et on va voir Paulin ! déclare-t-il sur un ton péremptoire.

— Dis donc ! Tu ne voulais pas être un ouvrier agricole, mais tu ne seras pas non plus mon chef. C'est bien clair ?

— Tu chipotes encore. Allez, on y va.

Comme si me diriger ne suffisait pas, il ose siffler Plouf.

— Non, mais oh ! C'est mon chien et mon troupeau, il ne faudrait pas l'oublier !

— Sauf que tu ne sais pas siffler, moi, si. Plouf, pousse !

Histoire de reprendre les commandes, parce que Plouf lui obéit en plus, je me hâte derrière lui en appelant les filles.

Nous rentrons à pleine vitesse à cause de l'excité qui presse mes chèvres à renfort de grands cris, et je ne parle pas de Plouf. Je hausse le ton aussi, mais sur lui :

— Mais arrête ! Tu leur fais peur et c'est mauvais pour le lait !

— Pourquoi ? Il va tourner ? rétorque-t-il en se bidonnant.

— N'importe quoi ! Tu vas les tarir avec tes conneries. La chèvre accuse mal le stress.

Une fois les filles rentrées dans les stabulations, Benji, qui est revenu au bercail, distribue le foin pendant que je prépare le grain. Je surveille Gabin du coin de l'œil parce qu'il trépigne en suivant Benji. Il est insupportable aujourd'hui ! Comme enquiquineur, il est déjà d'un bon niveau en temps normal, mais alors là ! Un champion du monde !

Comme je le pressentais, il ne tient pas plus de deux minutes. Exaspéré que ça n'aille pas assez vite, il finit par arracher la fourche des mains de Benji pour distribuer le fourrage à sa place. Après tout, ça le calmera peut-être. Ou pas !

— Gabin ! Tu arrêtes tout de suite !

— Quoi ? Je mets le foin, c'est quoi le problème ?

— Non, tu ne l'étales pas, tu le jettes en l'air et tu fais plein de poussière ! Juste avant la traite, tu pollues l'ambiance et tu vas pourrir mon lait. Ça suffit les bêtises, tu t'assieds sur la botte de paille et tu ne bouges plus !

— Laisse faire les pros ! s'énerve Benji qui récupère sa fourche d'un geste brusque, sans oublier de lui jeter un regard noir.

Ce garçon est un bosseur, encore plus ici puisqu'il rêve de devenir agriculteur, c'est donc logique qu'il se défende, surtout quand l'intrus n'y connaît rien du tout. Je n'en reviens pas, il a réussi à stresser Benji, qui est pourtant une crème. Après, qu'on ne vienne pas me dire que c'est moi qui ai un sale caractère.

Dans la foulée, nous attaquons la traite. Gabin, qui n'ose plus bouger, demande à m'aider. Soit, j'accepte. Grave erreur ! Après quelques minutes, je suis obligée de lui râler dessus.

— Gabin, ça suffit ! Dégage de ma salle de traite, tu énerves mes chèvres.

— Mais ça coule pas assez vite ton truc !

— C'est réglé exactement comme il le faut pour ne pas les blesser. Tu as cru qu'on ouvrait une vanne sur la mamelle et, paf, dans le seau ? Leur taper sur les fesses ne fera pas descendre le lait plus vite, alors va donc jouer avec Plouf dehors ou tenir compagnie à ma mère !

Il lâche avec dépit les trayons de Brenda, qui lui colle un dernier coup de patte au passage. Elle aussi, il a réussi à l'énerver alors que c'est la bonne pâte du troupeau. J'aurais dû le mettre sur Britney, elle l'aurait encorné contre le cornadis et ça lui aurait fait les pieds.

Une heure plus tard, je tire la porte de la chèvrerie en saluant les filles :

— Bonne nuit, mes grosses !

Aucune ne daigne me répondre, trop occupées à ruminer, vautrées dans la paille fraîche gentiment étalée par Gabin pour se faire pardonner. D'ailleurs, on voit que ce n'est pas lui qui la paye vu la quantité qu'il a déversée.

— Profitez bien les filles, vous n'aurez pas un tel matelas tous les jours !

Je lâche le loquet en ricanant puis sursaute quand je me cogne à un corps. J'enguirlande aussitôt le fautif, Gabin, bien sûr :

— Mais ça ne va pas de me coller comme ça ?

— Benji est prêt, mais toi, tu traînasses alors je viens te secouer. C'est bon, on peut y aller ?

— Non. Je prends une douche et je me change. Toi, tu attends sagement. Encore.

Je le plante là sans lui laisser le temps de rouspéter. Malgré tout, j'ai beau m'éloigner rapidement, je l'entends marmonner des trucs sur les filles en général. Pour la peine, je vais même me laver les cheveux et bien les sécher !

22

Non, mais il va arrêter de klaxonner comme ça, cette andouille ? Je sors de chez moi en courant, sans cacher mon agacement à l'impatient qui m'attend dehors. Je le retrouve au volant de son pick-up dont les gaz d'échappement empestent la cour. Benji est déjà bien sagement assis à côté de lui.

— Faut pas jouer de la trompette comme ça, les filles se reposent ! je le rabroue en m'installant à mon tour.

— Purée ! Mais elles sont en sucre tes bestioles ou quoi ?

— Les ruminants, c'est fragile. Et je te rappelle que ce sont elles qui me font vivre, alors j'en prends soin et les respecte. Et ne lève pas les yeux au ciel, toi qui piques une crise pour une fleur quand elles l'avalent !

— C'est bon, tu peux t'arrêter là, je ne me moquerai plus de tes biquettes.

Et c'est tout ? Oui, il se renfrogne, ce qui est visiblement sa façon de se contenir. Le fait qu'il fasse des efforts avec moi depuis quelque temps ne cesse de me surprendre. Trop étrange. Attention, je ne m'en plains pas, je ne suis pas maso non plus, mais je me demande surtout ce qui a bien pu le faire soudainement changer d'attitude.

Lorsque nous déboulons chez Paulin, il nous attend dans la cour au milieu d'une vingtaine d'autres personnes. Ils s'agglutinent autour du pick-up, se pressent devant les portières en nous empêchant de descendre, tout en râlant parce que nous ne sortons pas.

— Mais dégagez ! s'agace Gabin en faisant de grands gestes.

— Poussez-vous ! je les houspille de mon côté en tapant sur la vitre.

Enfin, ils comprennent l'absurdité de leur comportement et reculent. Une fois extraits de l'habitable, ils nous assomment de questions, impatients de savoir ce qu'il se passe avec leur lac. Nous ne pouvons même pas en placer une, alors Gabin calme la foule hystérique en levant les bras et résume les faits d'une voix forte. Ses derniers mots sont ceux des menaces proférées par les Tournesols en colère, qui laissent tout le monde stupéfait. Après un moment de silence, ils s'observent, s'interrogent en murmurant. Leur sidération me fait décoller :

— Mais enfin ! Vous pensiez que ça pouvait se passer comment après leurs attaques ? Vous êtes si naïfs ?

— Jeanne a raison, rebondit Laurent. Nous ne devrions pas être surpris puisqu'ils ont lâché ses chèvres dans la colline, ainsi que les vaches de Marcel. Ils ont saccagé mes cultures et vos potagers et même fait foirer notre fête.

— Sans oublier qu'ils sont en train de bouffer mon commerce, ajoute Maria.

— Et ceux des autres ! renchérit Antoine.

Tous cogitent pour assembler les morceaux, Paulin se frotte la barbe en soupirant.

— Je crois qu'on tient le nœud du problème. Ils veulent qu'on dégage. Une fois qu'ils auront fait place nette, ils auront les coudées franches pour transformer le village à leur sauce. Ouvrir toutes les boutiques de bonimenteurs possibles et vendre des fioles à mille euros avec l'eau du lac.

— Ils ont trop à gagner, continue Antoine. En attendant que les plus coriaces cèdent, ils vont nous faire vivre l'enfer. Chaque matin, je stresserai de découvrir ce qu'ils ont fait à ma boucherie dans la nuit. Je vais finir avec un ulcère à force !

— On est sûr que ce sont des escrocs ? questionne Lola.

— C'est évident, je réponds. On a bien vu qu'ils se font du fric sur le dos des gens en utilisant leur crédulité.

— C'est mal, mais ce n'est pas illégal, rétorque-t-elle.

Son gendarme déteint sur elle, elle pinaille de plus en plus, ce qui est une bonne chose pour resituer le débat. C'est Gabin qui s'y colle :

— Tu oublies que le gus a justement des antécédents d'escroqueries.

— Il serait temps que les gendarmes ouvrent une enquête, une vraie, et je vais aller les secouer, décide Paulin.

— Je pourrais aider en mettant un peu la pression à mon mari, propose Marcelle.

— Bonne idée, parce qu'on ne peut pas compter sur Lola pour remuer Damien, dis-je en lui adressant un sourire narquois.

— Il est simple gendarme, il ne peut rien faire tout seul, le défend-elle piteusement.

— Toujours est-il que nous ne devons pas tout miser sur eux. Nous devons réagir, ne plus nous laisser faire, déclare Paulin.

— On est tous d'accord, mais comment ? Quelqu'un a une idée ? demande Laurent.

Je me creuse la tête, comme tous autour, mais aucune lumière ne m'éclaire. Aucune de légale, en tout cas. Tout à coup, une voix grave rompt notre vaine réflexion, celle de Gabin :

— Moi, j'en ai une pour au moins débarrasser le lac.

Je lève les yeux et le sourire machiavélique qu'il affiche ne me dit rien qui vaille. Plutôt méfiante, je m'approche de lui :

— Tu veux bien m'expliquer ?

— Tu vas vite savoir. C'est notre duo qui va s'en charger.

Oui, c'est justement la raison de mon inquiétude. Où il va, je vais, ce qu'il fait, je le fais également, c'est plus ou moins le contrat. Or, s'il décide dans son coin en pensant que je vais le suivre comme un chien bien dressé... Il se fourre le doigt dans l'œil !

Pourtant, c'est exactement le comportement que j'adopte deux jours plus tard. Bien malgré moi, évidemment. Cet entêté refuse de céder la moindre information, me répétant que je saurai au moment de passer à l'action. Lorsque je lui demande dans combien de temps, sa réponse est « quand je l'aurai décidé. »

Puis vient enfin ce jour béni et c'est la raison pour laquelle je me retrouve allongée à ses côtés, transpirante au beau milieu de la nuit. Je suis en nage et respire de façon saccadée après cette séance de sport. Cet homme tient une forme olympique ! Il va m'épuiser en très peu de temps.

— Tu veux bien faire moins de bruit ? râle-t-il.

— J'inspire comme je peux. Tu vas me dire ce qu'on fait là ? je grogne, la joue écrasée dans l'herbe.

Ah oui ! J'ai oublié de préciser que nous ne sommes pas chez moi, encore moins dans un lit. Nous nous trouvons dans la forêt, planqués dans des buissons et si je suis aussi épuisée, c'est parce qu'il m'a forcée à courir entre les arbres. J'en ai même embrassé deux à cause de la lune en grève pour ne surtout pas me faciliter la vie. Il ne manquerait plus qu'il pleuve et c'est la totale.

— Maintenant, oui. Puisque les Tournesols veulent faire croire que l'eau du lac est sacrée, on va leur donner un coup de main pour que ce soit plus crédible, dévoile-t-il en ricanant.

— Ce n'est pas contreproductif ton truc ? Au cas où les choses ne seraient pas claires, je me permets de te rappeler qu'on ne doit pas les aider.

— C'était du second degré. On va colorer l'eau si tu veux tout savoir.

Mais qu'est-ce qu'il raconte ? Il compte jeter de la peinture dedans ? Et quand bien même, c'est un lac, pas une mare, il en faudrait des milliers de litres qui, en plus de teinter l'eau, la rendrait toxique et tuerait toutes la faune et la flore. Bravo le garde-forestier !

— C'est ça ton idée de génie ? Buter tous les poissons ? Et après, tu me pourris la vie pour trois plantes que mes chèvres avalent ?

— N'importe quoi ! Jamais je n'utiliserais de produit polluant. On va juste mettre du bleu de méthylène. Ça ne craint rien, on s'en servait dans le temps pour suivre le trajet des sources.

— Et l'eau sera bleue ?

— Ben non, rose.

Quelle est cette magie ? Je suis confuse, Gabin souffle d'agacement.

— Mais oui, elle sera bleue ! Ta question était tellement con aussi.

— Oh, mais excusez-moi monsieur le chimiste ! Je n'ai pas l'habitude d'empoisonner la flotte, moi !

— Je viens de te dire que c'est sans danger, tu le fais exprès ?

— Pardon de vouloir me renseigner, espèce de grognon. Et tu peux m'expliquer comment nous allons déverser des milliers de litres de colorant, que je ne crois pas que ta gourde puisse contenir, dans ce lac pour qu'il change de couleur ?

— C'est la magie du bleu de méthylène, justement, répond-il en tapotant son sac à dos. La poudre que j'ai avec moi devrait suffire.

C'est une bonne nouvelle mais son idée ne m'emballe pas quand même. Il va nous bousiller notre lac !

— J'espère que ce n'est pas permanent ton truc. J'aimerais bien pouvoir m'y baigner à nouveau un jour.

— Tu pourras puisqu'il est alimenté par une source, l'eau ne stagne pas indéfiniment. Bon, faut y aller. On rampe jusqu'en bas.

— Pardon ? C'est une pente raide et il y a une cinquantaine de mètres !

— Tu n'as qu'à rouler, mais doucement pour qu'on ne se fasse pas repérer.

— Dans les ronces et les orties, quelle bonne idée ! Il y a un petit sentier sur la droite, on pourrait...

Trop tard, il est déjà parti et loin devant. Je ne peux pas le rappeler puisqu'il ne faut pas parler. D'ailleurs, je suis sûre qu'il l'a fait exprès de mettre de la distance entre nous, pour que je le suive sans broncher. Je soupire puis me lance en rampant, et en ronchonnant.

Après une dizaine de mètres, mes coudes et mes genoux commencent à sérieusement chauffer. Au fait, quelle est l'utilité de ramper ? Après tout, il fait nuit et il n'y a que les chouettes pour rire de nous ici. Mais rien à faire, Gabin file plus vite qu'un serpent qui fond sur sa proie. Je m'active pour ne pas le perdre de vue, ce qui est déjà le cas à vrai dire, mais fort heureusement, je discerne encore l'ombre des feuilles qui remuent sur son passage.

Avancer sans les pieds, c'est pénible et j'ai l'impression de ne pas progresser. Un peu de logique ne nuit pas, alors je mets fin à cette ânerie en me mettant à quatre pattes. Je suis tout autant ridicule, voire plus, mais ma vitesse s'en trouve grandement accélérée. Rendez-vous compte, je passe au moins au cinquante mètres à l'heure.

Tout à coup, le sol se dérobe sous mes mains et je bascule en avant la tête la première. Quelle bête idiote a bien pu creuser un trou ici ? Je peste silencieusement en me redressant et je repars. Non, je suis stoppée net. On m'enserre une cheville, c'est la catastrophe.

Évidemment, j'ai fait plus de bruit qu'un sanglier qui cherche des glands donc les Tournesols m'ont attrapée !

Je dois leur échapper et la nuit noire m'aidera. Au pire, je peux me cacher dans un fourré et attendre le retour de Gabin, je serai aux premières loges pour le voir leur coller une dérouillée. J'irai même lui filer un coup de main. Hop, à l'action ! Je me débats en donnant des coups de pied, mais ils resserrent leur prise et me griffent. Pardon ? Ils me griffent ? C'est si incongru que je me ressaisis aussitôt.

Une fois immobile, ça me pique mais ne me serre plus. Pour comprendre ce qu'il se passe, je descends une main le long de ma jambe et je tâtonne du bout des doigts. Aïe, c'est pointu ! Je retire vivement ma main et souffle de lassitude. Je me suis empêtrée dans des ronces ! Me voilà bien, je n'y vois rien et si je tire, je me déchire les chevilles. Je ne peux pas appeler Gabin, il est trop loin, peut-être même remonté et déjà dans son lit. Oui, il va me laisser crever ici, prise au piège !

— Mais qu'est-ce que tu fous ?!

Je sursaute de peur, puis une seconde fois de douleur quand des épines s'enfoncent dans ma chair. Je gémis en me tapant le front contre la terre. Lui, il ose me râler dessus :

— Mais comment as-tu fait ça ? Je ne te pensais pas si empotée.

— Encore une réflexion et je te fais avaler tout le roncier, des feuilles aux racines.

— Alors il vaut mieux que je me taise parce que je ne peux pas compatir. Mais je vais te sortir de là, puisque nous sommes une équipe.

— Parce que tu me laisserais croupir ici, sinon ? Mais où as-tu été élevé ?

— Au milieu des humains, c'est pour cette raison que je préfère les arbres, et de loin.

Je m'apprête à le rembarrer lorsqu'un éclat lumineux attire mon attention, juste au-dessus de mes jambes. C'est le reflet de la lune qui est reparue sur une lame en métal. Il est cinglé !

— Hé ! Tu ne vas pas te servir d'un couteau alors qu'on n'y voit rien ?

— J'y vois suffisamment. Tu choisis entre le risque d'une coupure ou passer la nuit ici.

— Mon choix est fait, amène-moi un oreiller et un plaid.

Il ricane, ne me prenant pas du tout au sérieux alors que je le suis totalement. Malgré mes protestations, il se met au travail, tranchant les ronces les unes après les autres, pendant que je serre autant les dents que les fesses. Pourtant, petit à petit, je sens la prise se relâcher sur mon jean. Enfin, je retrouve ma liberté et lui se redresse.

— Allez, suis-moi, parce que j'aimerais bien aller me coucher maintenant.

Et moi donc ! Bien que si je me fie aux picotements désagréables que je ressens, je ne vais pas pouvoir retrouver mon lit avant d'avoir passé une heure à désinfecter mes plaies.

La remontée devient vite éprouvante avec la douleur qui ne fait qu'augmenter. Ça me brûle, ce ne sont pas juste quelques éraflures comme je le pensais. Aussi pressé soit-il, Gabin remarque que je n'arrive pas à suivre. Je m'attends à ce qu'il continue son chemin, mais il se retourne. La distance entre nous l'inquiète, il redescend à grandes enjambées sur moi.

— Tu es fatiguée ? Tu as mal ?

— Mal, ça me lance.

— Je vais te porter.

— Mais non, aide-moi et ça ira. Je n'ai pas envie qu'on finisse en roulé-boulé jusqu'en bas. Les bains de minuit et moi… Au fait, j'imagine que tu as mis ton produit ?

— J'ai largement eu le temps pendant que tu roupillais dans l'herbe.

Sa pique ne m'atteint pas, et pas uniquement à cause de la douleur qui accapare toute mon attention. C'est surtout le ton employé qui ne colle pas, trop soucieux pour être masqué par son sarcasme. Son jeu d'homme blasé prend l'eau. Parfait, autant en profiter ! Je m'appuie à son bras plus que nécessaire et je le laisse me tirer dans la montée. Après tout, c'est de sa faute si je me retrouve éclopée dans la colline au milieu de la nuit.

23

Clopin-clopant, nous arrivons chez moi. Il me dépose sur une chaise de la cuisine et, sans un mot, il délace mes baskets qu'il pose sur le côté. Il remonte mes bas de pantalon et fixe mes pieds en grimaçant. Oh ? C'est à ce point ?! Un brin paniquée, je baisse la tête. Ça y est, je suis catastrophée pour de bon en découvrant l'étendue des dégâts. Mes chevilles et tibias sont lacérés !

— Faut nettoyer. Retire ton jean, ordonne-t-il en se redressant.

— Faut couper, tu veux dire !

— N'exagère pas. On va commencer par désinfecter.

Il le fait exprès ? Je n'en suis pas vraiment sûre, mieux vaut préciser ma pensée.

— Je parlais du jean.

— Moi aussi, enlève-le.

Je cille et nous nous observons. Je cherche une trace d'humour sur son visage, lui attend que je m'exécute.

— Je ne vais pas me mettre en culotte devant toi ! Je peux très bien me soigner toute seule.

— Non. Je m'en fous de ta culotte. Va enfiler un short si tu veux, je ne partirai pas sans avoir soigné tes blessures.

J'ai tout d'abord envie de lui rappeler sèchement que je fais encore ce que je veux et surtout chez moi, mais trop lasse, je clopine jusque dans la buanderie. J'y déniche un jogging dans le bac à linge sale, que j'échange rapidement avec le jean avant de retrouver Gabin dans la cuisine. Il est face à l'évier en train de se laver les mains et le contenu de ma pharmacie est étalé sur la table.

— On dirait que tu te prépares à m'opérer. Tu m'inquiètes.

— Non. Je vais juste nettoyer toutes tes éraflures, tu dois encore avoir des bouts d'épines plantés, répond-il avant d'attraper un torchon et de se tourner.

Il s'essuie les mains en me regardant m'asseoir, puis, sans un mot, il déchire un sachet de compresses. Une, puis d'autres, un tas se forme à mes pieds pendant qu'il s'active. Le silence règne pendant que Gabin tamponne et scrute ma peau griffée, chacune de mes entailles, plus profondes qu'on ne le pensait et qui montent jusqu'aux genoux. La pince à épiler se révèle être un outil redoutable entre ses mains pour ôter les épines plantées dans ma chair. Un dernier tour pour contrôler qu'il n'en a pas oublié, avant de se lever et de refermer la bouteille de désinfectant.

— Je suis désolé. Je m'en veux terriblement de t'avoir menée dans cette galère, souffle-t-il en ramassant les compresses sales.

— Ne te flagelle pas, ce n'est pas toi qui as creusé un trou devant moi ni fait pousser des ronces par-dessus. Le souci, c'est que je ne suis pas un chat, ni par l'agilité ni par la vision nocturne.

Il ne répond pas. L'air grave, il s'agenouille devant moi et, avec délicatesse, s'empare de l'un de mes pieds qu'il serre entre ses mains chaudes. Il effleure ma peau du bout de l'index, remontant lentement entre les éraflures. Comme lui, je suis du regard le trajet de son doigt, déstabilisée par la sensation que ce geste pas si anodin me procure. Deux effets contraires à vrai dire, de la douceur apaisante au milieu des picotements douloureux. Je frissonne.

— Je te fais mal ? demande-t-il d'une voix basse sans lever les yeux.

— Non, c'est plutôt agréable.

Il sourit et se met à me masser la plante du pied. Des mouvements circulaires du bout du pouce, c'est si bon que je m'enfonce dans ma chaise et bascule la tête en arrière. Un long soupir d'aise m'échappe lorsque je ferme les paupières.

— Au moins, tu finiras cette journée sur quelque chose d'agréable.

— Il en faudra encore un peu plus, tu ne peux pas t'arrêter là.

— Si tu le dis, murmure-t-il en lâchant mon pied.

Mais non, continue enfin ! Pourquoi comprend-il tout de travers ? Je veux qu'il s'attaque à mon autre pied, pas qu'il cesse ! Dépitée, je n'ouvre pas les yeux quand je l'entends se lever. Nous ne serons jamais en phase, je ne saisis toujours pas pourquoi il a tenu à ce que nous fassions équipe. Puisque mon second pied n'aura pas le droit de se faire papouiller, autant aller me...

Une nouvelle sensation me prend de court. Tout d'abord un souffle tiède sur mon visage, ensuite un effleurement sur mes lèvres, puis un contact moelleux, une pression très agréable. Mais... il m'embrasse !

Comme j'ai la tête contre le dossier, je ne peux pas reculer, alors je le repousse d'une main sur le torse. Inutile de forcer, il analyse aussitôt et bondit en arrière.

— J'ai mal compris, c'est ça ? Ce n'est pas ce que tu entendais par « plus que ça », déclare-t-il avec gêne.

— Bien sûr que non ! Je pensais à mon autre pied, c'est pourtant évident. Qu'est-ce qu'il t'a pris ?

— Je viens de te le dire, j'ai mal interprété et...

— Ça, j'ai vu. Je parlais du fait que tu m'embrasses. Tu ne m'apprécies pas, alors il y a de quoi se poser des questions.

Embarrassé, il gigote, se frotte la tête, soupire, deux fois, pour finalement se livrer sans enthousiasme :

— C'est de moins en moins vrai. J'ai appris à te connaître et je t'aime bien. Au début, tu me faisais grincer des dents à chaque fois que je te voyais, puis ça m'a très vite amusé de t'asticoter. Mais depuis quelque temps, j'ai plus souvent envie de t'embrasser.

Voilà autre chose ! Un jour blanc, le lendemain noir, et encore blanc plus tard. La girouette sur mon toit est plus stable que lui. Pour ma part, je dois reconnaître que je le supporte mieux, mais pas au point de faire naître des pensées osées. Déjà, il ne m'attire pas physiquement, je n'aime pas les barbus aux cheveux longs.

Pour briser ce moment de gêne, il se met à ramasser tous les produits sur la table et je l'observe bêtement. Tiens ? Au fait, il ne l'est plus, barbu. J'avais oublié qu'il avait tout taillé, y compris sur sa tête. Pourquoi ça ne m'a pas plus marquée ? Je ne l'avais pas assez regardé, il serait temps d'installer la mise à jour. Oui, il est bien mieux ainsi. À vrai dire, carrément plaisant. Il a les traits doux et des lèvres charnues qui doivent être parfaites pour embra... Je peux confirmer qu'elles le sont, même si le test n'a pas duré bien longtemps.

De toute évidence, je ne ressens plus autant d'animosité non plus. Même plus du tout. Est-ce que... Ma réflexion est soudainement interrompue par une sensation désagréable, comme de petites aiguilles qui me picotent les jambes. La douleur se réveille et renvoie au diable les pensées troublantes qui se faisaient jour dans mon frêle cerveau. Sans y prêter attention, je grimace.

— Ça va, ne prends pas cet air dégoûté. C'est bon, j'ai compris le message.

— Mais non, imbécile ! C'est juste que ça me fait à nouveau mal, rien à voir avec toi !

— Ah bon ? Alors, tu as apprécié ?

Mais comment peut-il penser à ça alors que je viens de lui dire que j'avais mal ? Parfois, les hommes me fascinent par leur capacité à évacuer d'un geste ce qui constitue pourtant un obstacle majeur.

— Écoute, là, je n'ai vraiment pas la tête à ça, j'ai plutôt envie de hurler. Alors si tu tiens à m'être agréable, je veux bien que tu me prépares une tisane. Ça m'aidera à m'endormir.

— Les remèdes de grand-mère, ça ne marche pas.

— Remède de grand-mère façon Jeanne. Attends de voir la recette ! Dans la cuisine, tu as une boîte en fer, c'est marqué « Thé » dessus. Dedans c'est du CBD de l'an dernier, ça devrait m'apaiser.

— Pourquoi c'est marqué « Thé », alors ?

— Est-ce vraiment l'information cruciale dont tu as besoin si tu veux me faire plaisir ? Concentre-toi, Gabin. C'est la théière que tu dois me demander.

— Elle est où la...

— Placard, au-dessus du four.

Il hoche la tête, penaud. C'est la première fois que j'ai le dessus sur lui. La douleur me donne accès à des ressources insoupçonnées. Malheureusement, l'idée de devoir me taillader l'avant-bras ou me casser un os pour pouvoir le rembarrer m'effraye un peu. Et dans le temps, ça peut finir par poser problème. À mon corps, surtout.

Cinq minutes plus tard, le voilà qui revient face à moi, la théière fumante en main. La pièce est envahie d'une forte odeur, âcre, qui laisse peu de doute sur sa provenance. Un bon point, il n'a pas confondu avec la verveine.

— J'ai mis deux tasses, je vais goûter aussi. C'est la première fois que j'en prends.

— Si tu veux, mais il te faudra repartir assez vite parce que les effets sont assez puissants sur cette récolte. C'était une année exceptionnelle, tu vas dormir comme un bébé.

Délicatement, il remplit les tasses, puis m'en présente une.

— Je me suis permis de mettre du miel dedans, parce que l'odeur n'était vraiment pas engageante.

— Excellente idée, le goût est pire que l'odeur, tu vas voir !

En silence, nous attendons que nos infusions refroidissent un peu, en nous observant de biais. Le bruit de l'horloge vient rajouter de la gêne entre nous, mais une gêne presque agréable, pas du tout hostile.

Je scrute avec intérêt Gabin qui approche le mug de ses lèvres, souffle une dernière fois dessus et avale de petites gorgées encore très chaudes. Je ris de bon cœur quand il se passe exactement ce que j'attendais. Les fortes saveurs florales et résineuses provoquent des mimiques incontrôlées sur son visage. Je me souviens que ça m'avait aussi fait ça la première fois. Immonde, c'est le mot qui m'était naturellement venu pendant que je m'étouffais presque.

À mon tour, je bois cul sec toute ma tasse, car je n'aime toujours pas le goût. Là, c'est horrible, je la repose brusquement sur la table en claquant la langue.

— Ah ! Mais c'est pire que d'habitude ! Tu en as mis combien de têtes ?

— De têtes ?

— Oui, les fleurs. Tu as bien vu que c'étaient des fleurs séchées ?

— Ah oui, ça ! Ben je sais plus, j'ai mis une poignée, quelque chose comme ça.

— Mais tu es dingue ?! Une poignée ? Normalement, c'est deux fleurs par personne, pas plus.

— Il aurait peut-être fallu me le dire avant.

— Peut-être que tu aurais pu le demander.

Le ton monte entre nous, laissant présager une fin de soirée plus rapide que prévu. Exit les bienfaits du massage et le baiser volé sur un malentendu. J'ai à nouveau envie de le tuer parce que je ne vais jamais réussir à décoller de mon lit demain matin.

24

— Jeanne ! Jeaaaaaaanne ! Mais qu'est-ce que tu fais encore au lit.

Dans la brume qui m'envahit, j'entends une porte s'ouvrir.

— Maman ? Mais qu'est-ce que...

— Oh, pardon !!!

La porte se referme sur un claquement précipité. Quelle mouche l'a piquée ?

Houlà ! J'ai dû laisser passer l'heure de la traite. Il faut dire que je tiens une sacrée flemme ce matin. Ça doit être le CBD que j'ai pris hier. Ah oui, ça me revient ! Il avait franchement forcé la dose, l'animal. Mais quel bourrin, ce type ! Je ne me souviens même plus quand il est parti ni comment j'ai pu atteindre mon lit.

Allongée, les yeux fixés sur le plafond, je m'étire rapidement en levant haut les mains, que ma langueur matinale fait retomber brutalement. Mais, chose bizarre, mon bras atterrit sur quelque chose de dur. Encore plus troublant, quelque chose qui réagit à l'impact :

— Aïe ! Mais quelle brute !

Tiens, mon oreiller parle ! À moins que.... Non, ce n'est pas vrai, pas possible ! Pas concevable ! Encore moins imaginable ! Je tourne la tête vers la droite et le désastre apparaît, sous les traits de Gabin se massant l'œil sur lequel a tapé mon coude.

Voilà qui explique la réaction de maman lorsqu'elle a ouvert la porte, avant de la refermer brusquement. Mais ça n'explique toujours pas ce qu'il fait là. C'est l'horreur, je crains le pire. Ce qui est certain, c'est que je n'ai pas le temps de cogiter, même pas de déjeuner, les filles m'attendent à la chèvrerie, leurs bêlements d'impatience résonnent jusqu'ici. Et puis, ça m'évitera de demander des éclaircissements que je n'ai pas envie d'entendre, là, tout de suite. Hop, je saute du lit et me sauve en courant. Mon courage reviendra peut-être après.

Je suis encore tellement dans le brouillard que j'arrive dans la stabulation chaussée de bottes, mais toujours en pyjama. Allez, pas grave, j'enfile ma cotte par-dessus et ce n'est pas le pire dans cette journée mondiale de la honte. Un petit tour d'horizon du troupeau, tout le monde est debout, personne n'est coincé dans un cornadis. Les filles sont bien réveillées, elles me brisent les oreilles pour me signifier qu'elles ont faim. Plus efficaces qu'une pointeuse ou un chef irascible, elles sanctionnent chaque retard vertement.

Benji ne m'aurait pas attendue pour commencer le travail, il serait même capable de faire la traite tout seul. Sauf qu'il est chez lui puisque les vacances d'été se terminent, c'est la rentrée demain. Retourner au lycée ne l'a pas enchanté et je devrais le voir débarquer ce week-end.

J'empoigne la fourche et enlève les refus, avant d'étaler sur le quai du foin tout neuf, que les biques se dépêchent d'engloutir. Mais le vrai régal pour elles, c'est juste après, du bon foin de luzerne. Elles en sont folles, littéralement. Tout va bien, le calme est revenu, seul un bruit de masticage acharné résonne dans le bâtiment. Je souris en les regardant manger.

— C'est d'avoir passé la nuit avec moi qui te rend si gaie ?

Cette voix qui m'arrive de côté... Il n'a pas pu s'empêcher de venir me rejoindre, alors que je voulais oublier la situation, et que j'y parvenais. Mais oublier quoi d'abord ? Le fait est que je ne me souviens de rien et c'est affreusement gênant. Tant pis, il faut crever l'abcès.

— Tu peux m'expliquer ce que tu faisais dans mon lit ?

— Hé, hé ! Comme si tu ne le savais pas, élude-t-il avec un air narquois.

Qu'est-ce que je fais ? Je lui rentre dedans jusqu'à ce qu'il m'ait tout avoué ? Je choisis cette option puisque je suis armée. Je lui fais face et brandis ma fourche vers son ventre.

— Je ne suis pas d'humeur à plaisanter. J'ai des trous dans mon agenda et c'est horriblement contrariant !

Voyant que je ne rigole pas, Gabin lève les mains en signe d'apaisement et me fait son plus beau sourire. Ouais, pas mal. Mais ça ne va pas suffire.

— On ne devrait pas faire la traite d'abord ? Je t'expliquerai ça pendant.

— Parce que tu sais traire une chèvre, toi ? Tu ne distinguerais pas la tête des mamelles.

— Je l'ai fait avec toi l'autre jour.

— Ah oui, c'est vrai. Même que tu as réussi à énerver les filles.

— Je vais faire attention, tu vas m'apprendre.

— Alors, la tête, c'est...

— À traire. Tu vas m'apprendre à traire. La tête, je connais, c'est où il y a le trou qui avale tout.

Et il me sourit à nouveau. Un beau sourire, doux, sincère. Je crois que j'en esquisse un aussi, beaucoup moins assuré. Dans d'autres circonstances, j'aurais certainement beaucoup ri, mais je ne me détendrai pas tant que je ne saurai pas quelle connerie j'ai fait cette nuit.

— OK, c'est parti. Tu remplis les auges aux cornadis. Une dosette d'aliment pleine à ras bord, pas plus, pas moins. Douze de chaque côté.

Je laisse Gabin accomplir sa tâche pendant que je vais préparer la machine. Vu qu'il n'est pas rapide, on termine en même temps et je fais rentrer les chèvres en salle de traite dans la foulée.

Nous descendons dans la fosse et je montre mieux que la dernière fois le fonctionnement à Gabin. Je reste avec lui sur les six premières chèvres et quand je me rends compte qu'il a compris, c'est le bon moment :

— Alors ? Ces explications !

— Eh bien... hier soir, tu m'as demandé de faire une infusion de...

— Oui, ça, c'est bon, passe la marche avant. Je me souviens jusqu'au moment où le ton monte parce que tu en as mis beaucoup trop.

— Alors, c'est vrai, le ton est un peu monté. Il est redescendu assez vite, jusqu'au moment où tu t'es arrêtée de parler et que tu as commencé à regarder dans le vide avec la mâchoire pendante. Je me suis dit qu'il fallait que je parte, mais en voulant me lever, je n'y suis pas arrivé. Pas du premier coup.

— Mais tu m'étonnes ! Une poignée ! Une poignée entière de ta grosse paluche ! On pouvait endormir tout le village avec ça ! Continue, c'est après que ça m'intéresse.

— Alors, comme j'étais quand même moins atteint que toi, je t'ai portée jusque dans ta chambre, où je t'ai demandé de mettre ton pyjama. Tu l'as fait, comme quoi, tu n'étais pas complètement inconsciente.

— Quoi ? Je me suis déshabillée devant toi et tu dis que je n'étais pas inconsciente ?

— Pas devant moi, non. J'ai fermé la porte et t'ai laissé le temps pour le faire. D'ailleurs, c'est toi qui es venue me chercher. Je n'avais jamais vu quelqu'un d'aussi détendu. Et pourtant, on parle de toi, hein ?

— Sa mamelle est vide. Débranche-la et passe à Paloma.

— Paloma ? Ah oui, c'est vrai que tu donnes des noms à tes chèvres. J'avais une copine qui s'appelait Paloma au lycée. Je me demande comment elle réagirait si elle apprenait que....

— On s'en fout ! La suite !

— Donc, tu étais détendue, bien plus qu'à l'heure actuelle. Tu as ouvert la porte, tu étais en pyjama et tu me regardais alors que je tanguais un peu. Comme tu ne maîtrisais toujours pas bien tes mâchoires ni tes lèvres, tu m'as dit dans un langage incompréhensible que vu mon état, je pouvais rester dormir.

— N'importe quoi ! Comment as-tu pu comprendre puisque j'étais justement incompréhensible ?

— J'avoue, ça n'a pas été simple. J'ai peut-être mal interprété.

— Bref, tu as abusé de moi après m'avoir droguée. C'est bien ça ?

Je vois Gabin se décomposer, passer du blanc au bleu, ouvrir la bouche, la refermer, manquer d'air, puis tousser. Il se raidit brutalement.

— Mais ça ne va pas bien ?! Je n'ai rien fait du tout, ni abusé, ni touché quoi que ce soit, ni rien regardé. Je te rappelle que j'étais dans le même état que toi, à peine un peu mieux parce que je suis charpenté, mais pas de beaucoup. Il ne s'est rien passé, rien !

La pression retombe d'un coup, celle que je m'étais mise depuis le réveil en imaginant que nous avions peut-être commis une grave erreur durant la nuit. Je le crois. Il a vraiment l'air sincère. D'ailleurs, malgré nos accrochages fréquents, je n'ai jamais pensé ou senti qu'il pouvait être quelqu'un de malsain, au contraire. J'ai presque envie de lui demander pardon ou de le remercier pour ce qu'il a fait, ou pas fait, je ne sais plus comment je dois le tourner. Un sourire suffira. Au moins, c'est sans ambiguïté, sans tournure maladroite. Je vois qu'il l'accueille comme tel, car il m'adresse le même, avant de se concentrer sur sa tâche et débrancher délicatement la mamelle de Jessica.

C'est en toute sérénité et en silence que nous finissons le travail. En plaçant les manchons sur les supports de lavage, je lui propose d'aller déjeuner juste après et sans attendre sa réponse, je lance le lavage de la machine à traire et actionne le tank à lait, pour qu'il soit à bonne température à mon arrivée à la fromagerie.

Une fois dehors, suivie par Gabin, je me sens légère à l'idée qu'il n'y a rien eu entre nous. Lui se dirige vers son pick-up pour y poser sa polaire, moi, je file chez ma mère qui surveille notre arrivée. La table est déjà mise, le café fume dans les bols, pains, beurre et confitures n'attendent plus que nous pour être dévorés.

— Alors les tourtereaux ! On a eu du mal à se réveiller ? lance ma mère d'un air entendu.

Pas loin de m'étrangler, je m'empresse d'accrocher ma cotte et de lui faire face, un peu paniquée.

— Quoi ? Mais non, maman, ce n'est pas du tout ce que tu crois.

— Bonjour, belle-maman ! embraye Gabin qui arrive derrière moi.

— Mais tu vas te taire enfin ! Tu ne trouves pas que c'est assez embrouillé comme ça ?

— Non, c'est rigolo. C'est dommage qu'on ne puisse pas prendre la belle-mère sans prendre la fille.

— Dis donc, d'habitude, les belles-mères, c'est ce qu'on redoute le plus dans les couples, le tance-t-elle gentiment.

— Oui, d'habitude. Et dans les couples. Désolé de te décevoir, belle-maman, mais je crains qu'il faille renoncer à cette appellation. Du moins provisoirement, ajoute-t-il avec un sourire en coin.

— Comment ça, provisoirement ? je grince en lui adressant un regard qui le défie de continuer sur cette voie.

Pour confirmer qu'il arrête, il lève la main et s'assied. Je m'apprête à en faire autant quand mon téléphone se met à sonner. Je ne le sors même pas de ma poche. J'ai faim, fichez-moi tous la paix. Malheureusement, la personne insiste, alors je m'en empare en soufflant. C'est

Paulin. Pas le choix, je décroche sinon il déboule dans la cour d'ici quelques minutes.

— Qu'est-ce que tu fais ? On t'attend au bord du lac, ils vont commencer la cérémonie. Si tu sais où est Gabin, ramène-le avec toi.

Et il raccroche sans que j'aie pu répondre. Cette journée a décidé de ne pas me laisser un instant de répit et il n'est que neuf heures.

J'empoigne Gabin en train de beurrer une tartine et le tire hors de sa chaise avant qu'il ait pu l'enfourner. Il râle, j'y mets le son :

— On déjeunera plus tard, la cérémonie commence.

Il résiste encore, juste le temps d'attraper un morceau de pain qu'il fourre dans sa poche, puis me suit dans la cour en ronchonnant :

— Tu me gâches le meilleur moment de la journée, sache-le.

— Qu'est-ce que je devrais dire ? Allez, tu as envie de voir le résultat de ton idée, non ?

Ah ! Il est tout à coup plus joyeux, il y croit fort à son bleu de machin. Moi, ce qui me ferait marrer, c'est que le lac soit devenu tout rose. Ça lui apprendrait à s'être moqué de moi hier.

25

Arrivés aux abords du lac, nous cheminons en silence vers le point de rendez-vous, loin des regards adverses.

Nous y découvrons un alignement de curieux allongés derrière un bosquet de noisetiers. Des cinq têtes, celle de Paulin émerge, il nous fait signe de nous accroupir et nous tend une paire de jumelles en chuchotant :

— Ça a commencé il y a dix minutes.

Sur l'autre rive, le grand prêtre détonne toujours aux côtés de ses adeptes en jaune, ce qui doit être le but de sa toge bleue. Assis sur une énorme souche de chêne sculptée en forme de siège, il fixe un point devant lui, l'air concentré, comme s'il était seul. Il est mat de peau et une longue barbe broussailleuse poivre et sel couvre la moitié de son visage. Il ferme les yeux longuement, les rouvre, puis se lève et s'avance lentement jusqu'au bord de l'eau. Il adresse un signe à deux disciples, qui viennent ôter sa toge dans une chorégraphie bien préparée et des gestes aussi gracieux qu'exagérés. Il apparaît nu comme un ver. Je reste interdite, Gabin tousse avant de s'exclamer :

— Mon Dieu, mais qu'est-ce que c'est que ce dingo ?! Au moins, on sait qu'il arrêtera son manège à l'arrivée des premières gelées.

— Nous sommes tout juste à la fin de l'été, il a encore un peu de temps devant lui pour pigeonner du monde, rétorque Paulin.

Marchant avec autant de précautions que s'il était sur un fil au-dessus du vide, l'escroc s'enfonce dans les eaux jusqu'à la taille. Je le remercie d'épargner ma vue d'images non désirées. Il fait signe aux appelés, aux élus, bref, les gogos qui ont payé trois mille euros, de s'avancer. Ils sont huit qui le rejoignent les uns après les autres et je blêmis en calculant qu'il va faire en dix minutes mon bénéfice annuel, ou presque. À chacun, il pose sa main sur la tête pour l'enfoncer sous l'eau et se met à marmonner. Sûrement quelques incantations que nous n'entendons pas d'ici. Il se tait, puis frappe des paumes la surface du lac.

Le moment que nous attendons est imminent, nous nous tendons d'excitation. Enfin, ça y est, mon sourire s'étire, je jubile. Chez les Tournesols, c'est la stupeur lorsque les noyés volontaires reviennent à l'air libre, entièrement bleu délavé, comme des Schtroumpfs passés au lave-linge. Nous plongeons le nez dans notre col pour étouffer nos rires.

— Excellent ! Ça a marché, plastronne Gabin.

— J'avoue que sur ce coup-là, tu m'épates. Prends-le pour un super compliment, j'ajoute en lui donnant un coup d'épaule amical.

— Attention, je pourrais aussi le prendre pour des avances.

Tout à ma joie, je laisse échapper ces funestes paroles :

— Je le dis solennellement ici, devant témoins. Si tu parviens à nous débarrasser définitivement des Tournesols, je t'épouse.

Je n'ai pas pu dire ça ! Mais qu'est-ce qu'il m'a pris ? Même pour rire, c'est complètement stupide ! C'est le CBD qui agit toujours, je ne vois pas d'autre possibilité, sauf à me déclarer demeurée.

— Ça ne sera pas pour cette fois. Regarde-les, dit Paulin en gardant ses jumelles fixées devant ses yeux.

À notre grand désarroi, nous constatons l'effet inverse de ce que nous attendions. Au lieu d'être apeuré, ou au moins de se sentir ridicule, l'ensemble de la communauté exprime bruyamment sa joie. À genoux autour du gourou et les mains vers le ciel, les voilà qui crient au miracle. Le chef des escrocs ressort encore plus grandi de l'épreuve. Ils sont si naïfs qu'on aurait pu s'en douter. Pour eux, des types qui sortent de l'eau d'une autre couleur, c'est forcément de nature divine. Ils ont séché les cours de chimie quand ils étaient jeunes, ce n'est pas possible.

Nous repartons la tête basse, dépités. Une fois arrivés sur la route, nous nous séparons sans un mot. Tous ? Non, j'ai mon saint-bernard qui me suit, et je ne parle pas de Plouf, puisque c'est un border collie. Quand j'arrive devant mon portail, je m'étonne qu'il reste dans mes pas.

— Gabin, c'est chez moi par là. Toi, c'est à droite.

— Je voudrais récupérer mon pick-up, si ça ne te dérange pas.

Son pick-up ? C'est vrai, j'avais oublié qu'il avait dormi chez moi. Avec moi. D'ailleurs, je ne sais pas comment aurait été le réveil si maman ne nous avait pas surpris au lit. J'aurais été très choquée de le trouver à mes côtés, c'est évident. Peut-être que c'est lui qui m'aurait réveillée. Sur un malentendu, encore, il m'aurait embrassée et j'aurais aimé ça. Et puis, peut-être qu'il aurait repris le massage de mes pieds, qu'il serait remonté lentement, doucement vers le haut de mes cuisses, et alors...

— Je ne sais pas à quoi tu es en train de penser, mais tu as un air étrange.

— N'importe quoi !

Mais pourquoi je lui parle si mal alors que dans mes pensées, il me fait des trucs trop bien ? Il faudrait qu'on revoie un peu nos rapports, qu'on recommence à zéro. Je m'apprête à m'excuser, mais il me prend de vitesse.

— OK, je te laisse. À bientôt, dit-il sans insister.

Je reste un instant comme une cruche. Des fois, qu'est-ce que je peux être nulle !

C'est comme un électrochoc en le regardant. Je ne sais pas ce qui me prend à cet instant, je m'approche de lui et, encore sans réfléchir, je l'embrasse furtivement sur les lèvres. Je murmure un « merci pour hier soir » en lui pressant doucement l'épaule et file sans me retourner vers la fromagerie où le travail m'attend.

Gabin reste sur place, quasi tétanisé, mais je ne suis déjà plus là. On ne sait jamais, il serait capable de me rabrouer, ce que j'aurais bien mérité à lui souffler le chaud et froid à ce point. Je ne me reconnais pas.

Dans le sas d'entrée, je quitte mes grosses godasses et chausse les bottes blanches règlementaires, me lave les mains, puis enfile ma blouse, pose une charlotte sur ma tête et rentre dans la salle de caillage. Là m'attend le lait de ce matin que maman est venue transférer pendant que nous étions en train d'espionner les Tournesols. Allez, j'ajoute la présure, je remue et c'est parti pour vingt-quatre heures sans que plus personne n'y touche. Je saisis la poignée du bac identique juste à côté et le fais rouler jusqu'à la salle de fabrication. Ça, c'est le caillé de la veille, que je m'apprête à mouler.

En alignant les moules sur la table d'égouttage, je reprends mes pensées où je les avais laissées, c'est-à-dire dans ma chambre, avec Gabin. Tiens ? Est-ce que maman aurait remis les radiateurs en route ? Non, ils sont bien débranchés, preuve que je me chauffe toute seule.

Mes rêves continuent, rythmés par les mouvements de la louche qui déverse délicatement le caillé dans les moules. C'est marrant comme Gabin s'est transformé hier soir. Le lactosérum s'écoule par la multitude de petits trous, formant de minces ruisseaux sinueux et blanchâtres tout le long de la table d'égouttage. Une telle douceur lorsqu'il m'a massé le pied, je ne m'y attendais pas du tout. Le liquide poursuit sa course avant de disparaître dans l'évacuation. J'ai bien aimé ce Gabin-là, celui qui est tendre et ne râle pas.

Lorsque ma louche tape contre le fond du bac, je constate avec étonnement qu'il est vide. J'ai déjà tout moulé ? J'étais tellement perdue dans mes pensées que j'ai l'impression qu'une autre personne a travaillé à ma place.

Allez zou, je lave, je range, puis me rends dans la cave d'affinage pour retourner les fromages. Je me renfrogne devant le nombre de grilles. Force est de constater que les stocks continuent d'augmenter. Ce n'est pas du tout normal en cette saison, je ne comprends pas. En manipulant mes fromages, je fais le point de mes ventes et une évidence me frappe. Oui, ça fait longtemps que certains clients ne m'ont rien commandé.

Occupée que j'étais avec ces Tournesols, j'ai un peu tendance à délaisser mon métier en ce moment et les effets négatifs sont désormais importants. Entre les ventes qui baissent et les plants de CBD qui ont été arrachés, le chiffre d'affaires ne sera pas fameux cette année. Nous devrons compter sur la récolte de patates pour remplir nos assiettes.

À peine sortie de la fromagerie, j'entends la voix de maman qui m'appelle pour déjeuner.

— Eh bien, tu en as mis du temps ! J'ai failli manger sans vous.

— Pardon, mais, qui est « vous » ?

— Gabin, évidemment. Il n'est pas avec toi ?

— Non, pourquoi ? Il devrait ? Il n'est pas employé de la ferme à ce que je sache. Allez, j'ai faim ! Et sois gentille de ne pas aborder un sujet où tu nous places dans la même phrase.

— Moi je le trouve agréable comme garçon. Si j'avais ton âge...

Mais c'est un véritable complot ! Je ne m'appartiens même plus.

— Maman, tu veux te débarrasser de moi, c'est ça ?

— Mais pas du tout, ma chérie.

— Alors, cesse tes allusions et dis-moi plutôt pourquoi les trois restaurants de Millau et le crémier n'ont pas passé commande depuis au moins quinze jours. D'habitude, en cette saison, je les livre une fois par semaine. Tu as une idée ?

En guise de réponse, elle m'adresse une moue désolée en haussant les épaules.

— Il faut que je tire ça au clair, ce n'est pas normal. Les fromages s'entassent dans le hâloir et l'argent ne rentre plus. Je vais faire mon enquête. Tu peux me remplacer pour la traite ce soir si je ne suis pas revenue à l'heure ?

— Évidemment, prends ton temps.

26

J'arpente ces routes sinueuses depuis ma plus tendre enfance, je les connais donc toutes par cœur, au point d'en oublier la beauté de la nature par ici. De collines en plateaux, de forêts humides en prairies brûlées par le soleil, ce paysage est mon terrain de jeu, printemps comme automne, été comme hiver.

Mais là, aujourd'hui, je ne suis pas d'humeur à apprécier la vue. Arrivée à ma première étape, un hôtel-restaurant situé sur un parcours touristique, je descends du véhicule avec la boule au ventre. La peur d'avoir perdu un client, d'avoir mal servi, peut être un mauvais lot, trop salé ou pas assez. Ça peut arriver. Ça arrive. Le client ne vous l'avoue pas toujours, c'est pour ça que je préfère me déplacer plutôt qu'appeler. Le téléphone, ça ne dit pas tout, il manque le regard, la mimique, le contact. Bref, je pousse la porte du restaurant en ayant laissé ma confiance sur le siège passager et me prépare au pire.

— Oh ! Jeanne, quel plaisir ! lance Marc, le patron de l'établissement.

— Salut, Marc. Je passais dire bonjour. Comment ça va ?

— Mais c'est à toi que je devrais poser la question. Je suis désolé, j'aurais dû t'appeler quand j'ai appris la nouvelle, mais tu sais comment c'est, avec le travail, on remet tout au lendemain.

Là, je suis intriguée. Je sens bien qu'un truc s'est passé sans que j'en sois informée.

— La nouvelle ? Quelle nouvelle ?

— Eh bien ! Tes problèmes de listéria sur les fromages. Vous avez pu trouver la source ?

— La listéria ? je répète, effarée, en détachant chaque syllabe. Mais je n'ai jamais eu de listéria ! Je te montre mes dernières analyses si tu veux.

— Ah bon ? Mais alors...

Un instant, il bloque sa respiration et prend un air consterné.

— Mais alors, ils m'ont menti !

— Mais qui ?

— Les gens de la communauté établie dans ton village. Des types habillés tout en jaune. Tu les connais ?

Ma mâchoire se contracte violemment. Ils me font désormais cet effet, comme une envie de les mordre et de déchiqueter leur pyjama. La couleur jaune me sort par les trous de nez. J'inspire pour me calmer avant de répondre sur un ton détaché :

— Un peu, oui, mais quel rapport ?

— Ils sont venus me voir il y a quinze jours pour présenter leurs fromages. Quand je leur ai dit que j'avais déjà un fournisseur dont j'étais très satisfait, ils m'ont appris que tu étais empêtrée dans des problèmes sanitaires et que tu n'avais plus le droit de vendre pour l'instant. Ce sont de bons comédiens, ils avaient vraiment l'air désolés pour toi. Je ne t'ai pas appelée parce que je sais combien c'est dur ce genre d'épreuve et qu'on n'a pas du tout envie d'en parler. J'ai connu ça avec mon précédent restaurant. Salmonelle. J'en ai fait une dépression.

Je me retiens de rugir et en même temps, je suis prise de vertiges tellement cette histoire me paraît délirante. Ces gens sont prêts à mentir pour piquer mes clients. Ils sont fous ! Ils ne respectent que leurs règles dont la première est de détruire ceux qui les gênent. Ce sont de très grands malades !

Je vais les tuer, tous, un par un, et les démembrer, mais avant ça, je vais les faire souffrir énormément. Je vois défiler dans mes pensées un tisonnier chauffé à blanc, des charbons ardents, de l'huile bouillante, du plomb fondu et moult accessoires qu'il ne faudrait pas me laisser entre les mains à ce moment précis.

Je dois sortir prendre l'air pour me calmer. Je quitte Marc, qui me passe une commande immédiatement, trop content de nous retrouver, mes fromages et moi.

De retour dans la voiture, je cogite cinq bonnes minutes avant de démarrer, surtout pour m'apaiser. Ensuite, je décide de continuer ma tournée des clients perdus parce que je sens l'entourloupe générale.

Bien vu ! C'est sans surprise le même son de cloche chez chacun et tous sont abasourdis par l'énormité du mensonge que ces abrutis leur ont servie. Mais heureusement, ils sont également ravis de pouvoir retravailler avec moi. Je redescends en pression très vite parce que le stock de commandes que je ramène va me permettre de sauver les meubles.

De retour à la maison, je coupe le contact et reste le regard fixe sur le mur en pierre. J'accuse le coup face à l'ampleur de cette affaire, la méchanceté mise en œuvre, le mépris pour mon travail, ma réputation... Malgré les derniers évènements, je n'arrivais pas à croire qu'ils étaient là pour détruire. Désormais, ce sont des ennemis à abattre, c'est très clair pour moi.

Le problème, c'est que je peux être taquine, espiègle, avoir mauvais caractère parfois, mais je ne suis absolument pas méchante et encore moins ignoble, alors que la situation l'exigerait. Il va me falloir de l'aide.

Lorsque je descends de la voiture, maman apparaît avec un seau de grains à la main, sortant du potager où elle a nourri les poules. Un trop-plein à évacuer me fait courir vers elle, pour me jeter dans ses bras où j'éclate en sanglots. Toute la pression de cette journée, je ne pouvais pas la garder une seconde de plus.

Pour l'instant, ma mère ne dit rien, elle accueille mon désarroi avec bienveillance en me frottant le dos.

— Ils sont pourris, maman. Ils sont allés raconter qu'on avait une fermeture administrative, qu'on avait des listérias, et ils sont allés vendre leurs fromages à la place.

Cette phrase, je l'ai prononcée avec douze hoquets, trois litres de larmes et de sécrétions nasales.

Ma mère comprend tout de suite de quoi il s'agit. La méchanceté, elle connaît. Elle a vécu plus que moi et m'en a toujours protégée, alors elle me serre un peu plus dans ses bras. Tout à coup, une voix d'homme résonne derrière moi :

— J'arrive peut-être au mauvais moment ?

Lui ! Avant, je lui aurais dit de déguerpir, de me foutre la paix, d'aller voir sur la colline d'en face si je m'y trouvais. J'aurais ordonné à Plouf de l'attaquer, même s'il ne sait pas ce que ça veut dire. Pourtant, là, tout de suite et sans que je sache pourquoi, je suis heureuse de l'entendre, cette voix. Elle m'apaise.

— J'ai invité Gabin à dîner, mais si tu préfères, je peux reporter.

— Non, maman. C'est très bien, tu as bien fait.

Je renifle, sèche mes larmes avec les mains et lui fais face pour le saluer. Je dois être immonde à regarder, mais il ne commente pas. Pour une fois, il ne prononcera pas la petite phrase assassine, celle qu'il dit à chaque fois pour « rigoler », se donner une contenance, mettre un paravent entre lui et les gens. Mon état ne l'amuse pas, ça le peine, je le sais lorsqu'il continue d'une voix douce :

— J'ai amené une bouteille de Saint-Chinian. C'est un copain qui fait ça. Tu vas voir, ça rend heureux, même quand on part de loin.

Je souris en réponse, la gorge encore nouée. Ma mère est plus polie :

— Merci, Gabin. Ça se mariera très bien avec les côtes d'agneau et l'humeur de Jeanne.

— Je ne suis pas sûr qu'elle ait envie d'être mariée ce soir, même avec un très bon vin.

Cette andouille réussit à m'arracher un rire, ce qui n'était pas gagné. Il sait être fin quand il le veut. Oui, c'est tout à fait sincère, je suis heureuse qu'il soit là ce soir.

Durant le repas que nous prenons sous la tonnelle, je raconte mes déboires d'une voix lasse. Le vin aidant, nous dissertons un moment sur les meilleures méthodes de torture à appliquer aux membres de la communauté.

Le dépeçage à vif rencontre un grand succès, ainsi que la cuisson à sec dans un immense chaudron de cuivre.

Ayant épuisé toutes les façons de faire du mal, ce que nous ne ferons pas mais qui nous aura bien détendus, nous envisageons des possibilités plus pragmatiques, car malgré tout, les faits sont là : nous avons désormais affaire à des gens malfaisants, plus du tout à la petite communauté hippie-gentille.

À la fin du repas, tout le monde est guilleret grâce au bon vin, surtout Gabin qui est d'humeur à se confier. J'imagine que son but est de me faire penser à autre chose, et ça fonctionne.

27

Gabin

Au moment où j'arrive chez Jeanne, je la découvre pleurant à chaudes larmes sur l'épaule de sa mère.

Je m'attends à me faire renvoyer fissa, et d'ailleurs je l'aurais bien compris, mais non, Jeanne a l'air de tenir à ce que je reste. Dans l'état où elle se trouve, c'est soit une marque de grand désespoir, soit un début de confiance. Si je me fie à l'apaisement de nos relations, je penche pour la seconde option. Elle m'accepte enfin dans son environnement proche.

Il est vrai que nos rapports s'adoucissent depuis que nous formons ce binôme, même s'ils sont encore pleins d'aspérités. Pour la première fois, j'entrevois que quelque chose est possible avec elle. Parce que cette envie ne fait que grandir dans ma tête. Cette fille me plaît chaque jour davantage. Son énergie, son fort caractère, sa ténacité, sa répartie et son humour mordant, son joli visage avec ses joues rosies par l'effort, son petit derrière tout mignon même dans sa cotte de travail… Tout m'attire chez elle.

C'est d'ailleurs ce qui m'amène à en dire un peu plus sur moi en fin de repas. Rien de bien extraordinaire, mon enfance dans les Landes, partagée entre le surf et le rugby, les fêtes de Dax et de Mont-de-Marsan. On ne peut pas faire plus cliché sur la région, mais c'est la vie des gamins de chez nous. Je passais le reste de mon temps dans les forêts de pins et de chênes. Le rugby et le surf ne m'offrant guère de débouchés, pas plus que les beuveries entre copains, je me suis rabattu sur une formation de garde forestier.

— Mais pourquoi as-tu atterri ici ? Ça ne manque pas les arbres chez toi, commente Jeanne.

— Je voulais voir un peu de pays avant de rentrer chez les miens. Je pourrais être muté d'ici quelque temps.

— On fera en sorte que ça n'arrive pas, déclare joyeusement Hélène.

Avec Jeanne, nous nous regardons, étonnés, avant d'éclater de rire. Elle n'est pas du genre à cacher son jeu, la mère.

— Un peu plus de tarte, Gabin ?

— Non merci, Hélène, c'était vraiment excellent.

— Tu n'as pas menti pour le vin, il met de bonne humeur et calme les douleurs. Jeanne, pas de CBD pour moi ce soir. Mais tu pourrais en proposer une tasse à Gabin, peut-être ?

Après un instant d'étonnement, nous repartons dans un long fou rire qu'Hélène ne comprend pas. Elle nous accompagne tout de même, car nous voir si gais la fait rire aussi. Une fois la table débarrassée, elle se retire, le sourire aux lèvres et sûrement des idées en tête sur ma fin de soirée avec Jeanne. Idées que, je crois, j'apprécierais assez.

Nous nous retrouvons soudain seuls et un peu gênés, le regard tourné vers les étoiles pour ne pas fixer nos mains. Pour rompre ce silence, il faut soit que je trouve un sujet de conversation, soit que je l'embrasse. Comme je ne suis pas doué pour faire le premier pas, afin d'éviter de me planter encore une fois, ce sera l'option discussion.

— Tu sais, je pense que...

Je m'interromps lorsqu'elle se lève. Intrigué, je l'observe qui s'approche de moi, puis s'assied à califourchon sur mes jambes. Pris au dépourvu, je n'ose pas bouger alors qu'elle me regarde tendrement.

— Tu sais, je pense que maintenant on va se taire, chuchote-t-elle.

Sur ce, elle recouvre mes lèvres des siennes. Nous nous embrassons en douceur. Ce premier contact, non volé, produit un électrochoc en moi. La fraîcheur de la nuit, le chant des grillons et une légère brise qui caresse nos peaux, tout me paraît délicieux dans cette soirée, et il va être temps de se laisser aller.

Nos joues l'une contre l'autre, nos torses plaqués. Mes mains naviguent sur ses reins, ses épaules et son dos, comme un navire sur des flots pleins d'écume, alors que les siennes m'étreignent la nuque. Haletants, moites de sueur et déjà l'envie, le besoin, l'urgence se font sentir. Pas ici, dans la cour. Je me lève et me dirige vers la maison tout en gardant Jeanne agrippée à moi. Posture sexy mais pas pratique. Je ne vois pas le chemin puisque l'on continue de s'embrasser, et que la cour est dans l'obscurité pour ne pas m'aider. Jeanne glousse lorsque je me débats avec sa porte d'entrée.

— Elle est fermée, je ne suis pas rentrée depuis ce matin. La clé est sous le paillasson. Pas le droit de me poser au sol, sinon tu repars chez toi.

— Mais c'est de la torture, tu veux me ruiner les reins juste avant qu'on...

— Juste avant qu'on quoi, mon beau poète ?

Embarras de ma part, avant qu'elle ne reprenne avec un air mutin :

— Tu sais, cette clef ouvre toutes les autres serrures, tu pourrais faire un effort.

Explosion dans ma tête. Le vide total, plus aucune réflexion, je m'accroupis sans ménagement à la recherche du sésame, labourant au passage le dos de Jeanne contre la poignée de la porte. Aïe ! Quel lourdaud je suis parfois. La voilà qui grimace, mais elle aussi n'a plus beaucoup de pensées rationnelles puisqu'elle reprend ses étreintes passionnées. Ce soir, les cerveaux sont de sortie et laissent quartier libre à nos sens. Enfin, la porte s'ouvre. Un peu trop violemment. Je chute en trébuchant sur une paire de bottes qui traînait dans l'entrée, emmenant Jeanne toujours dans mes bras.

Qu'importe, ce sera ici ! Le contrat était de passer la porte : mission accomplie. Avant de sauter sur ma récompense, j'enlève mon tee-shirt avec précipitation.

— Dis donc, on ne va quand même pas faire ça sur le carrelage de l'entrée avec Plouf qui nous regarde ? J'ai une chambre et elle est au premier. Hardi, vaillant guerrier ! Encore un peu de nerf pour gagner ta belle.

Elle va me rendre dingue ! Allez, elle l'aura voulu, je la charge sur mon épaule façon « Néandertal », tête en bas. Elle me frappe le bas du dos en riant pendant que je grimpe l'escalier en bois avec entrain.

Nous voilà parvenus entiers dans la chambre, je la jette sur le lit et commence à enlever mes chaussures.

— Hé ! Calme-toi. Je t'ai dit que je n'étais pas rentrée de la journée. Ça veut dire que je ne suis pas lavée non plus. Un peu de patience, mon preux chevalier ! À moins que tu ne veuilles prendre une douche avec ta belle ?

Elle a décidé de me rendre dingo. Elle l'aura voulu ! Tout en souplesse, je la recharge sur mon dos et file vers la salle de bain. Là, c'est la grande surprise. La douche est immense ! Elle danse en se lavant ? On doit pouvoir y rentrer à quatre, c'est juste parfait pour ce que nous avons prévu de faire.

Revenue à la position verticale et sur ses deux pieds, Jeanne s'attaque avec frénésie au reste de mes vêtements pendant que j'en fais de même avec les siens. Une épaule, un sein... Elle m'apparaît petit à petit, jusqu'à être nue devant moi. Je recule un peu, ému, un soupir m'échappe. Je la découvre magnifique, superbement femme. Exactement comme je l'imaginais. Des rondeurs subtiles et sous mes doigts curieux, un grain de peau doux à souhait. Ses yeux tout en brillance me détaillent avec envie, tout comme je l'observe avec appétit. Après l'épisode sauvage, la sensualité reprend ses droits et nous retrouvons un semblant de calme au moment d'entrer sous la douche. Bien qu'une partie de moi affiche une certaine tension.

Le large pommeau diffuse une pluie chaude qui nous ferait croire sous les tropiques. Je me penche sur elle, recouvre ses lèvres des miennes pour un baiser passionné. Nos langues et nos souffles se mêlent, explorant des endroits merveilleux de saveur. Nos peaux enduites de gel moussant sont devenues glissantes et offrent un terrain de jeu infini à nos doigts, qui s'aventurent longuement au hasard des envies. La courbe de sa hanche et la rondeur de ses seins m'attirent à m'en faire perdre toute notion du temps. Si moelleux sous ma paume et si doux sous mes lèvres.

Je me contrôle tant bien que mal, mais ce délicieux jeu tourne à la torture pour moi. Serre les dents Gabin, tu ne peux pas la plaquer contre le mur tout de suite, ça ne se fait pas pour une première fois.

Résolu à souffrir pour rester un bon gars aux yeux de Jeanne, mes intentions louables volent en éclat lorsqu'elle pose la main sur mon sexe. Douce caresse, horriblement enivrante, c'est divin et signe ma fin.

— Hé ! Reviens ici ! râle-t-elle lorsque je m'écarte vivement.

— Cinq secondes et je suis entièrement à toi.

J'attrape mon jean en vrac par terre, récupère le carré d'aluminium dans la poche, que je déchire aussitôt. Je m'active en lui tournant le dos parce que je ne voudrais pas ruiner son excitation avec de la logistique.

Fin prêt pour de bon, je reviens sur Jeanne en deux pas et l'écrase contre le mur. Elle me sourit quand je saisis d'une main sa cuisse et la remonte délicatement, avant de m'introduire lentement en elle. Elle ne sourit plus, elle soupire.

C'est le paradis sur terre. Nos joues qui se frôlent, nos lèvres entrouvertes d'où s'échappe un souffle tiède qui caresse notre visage, ne font qu'exacerber notre désir. N'y tenant plus, je m'empare de son autre jambe, plaquant Jeanne contre la paroi et toujours sous le jet brûlant, j'entreprends des va-et-vient langoureux de plus en plus puissants. Nos respirations se font rapides, des gémissements retentissent, au fur et à mesure plus sonores. Jeanne, ne contient pas les siens, c'est diablement excitant. Elle s'abandonne complètement, vit l'instant sans retenue. Elle est sublime et me bouleverse.

Un râle lui échappe et elle enfonce ses ongles dans mes épaules. Son plaisir signe ma perte, je plonge le visage contre son cou au moment où une décharge de plaisir envahit tout mon être.

Longtemps, nous restons liés ainsi l'un à l'autre, à nous repaître de ces instants voluptueux. Nos torses se caressent au gré de nos respirations hachées. J'aime cette sensation. Je suis bien, comme je ne l'ai pas été depuis longtemps. Je redresse la tête et l'embrasse encore une fois.

Je la dépose au sol lentement, me débarrasse vite fait du bout de latex, puis je la soulève dans mes bras. Direction son lit où je l'allonge avant de m'installer contre elle en la prenant dans mes bras. Nous nous regardons comme si nous nous découvrions pour la première fois. C'est presque le cas à vrai dire et il semblerait que nous nous plaisions, car nous nous sourions tendrement.

— Alors ? Tu vas me dire pourquoi tu me criais toujours dessus ? murmure-t-elle. C'est ta manière de faire craquer les filles ?

— Oui et tu as vu, ça fonctionne au poil.

Elle me pince le bras en me faisant les gros yeux. Allez, un peu de sérieux, Gabin.

— Au début, je te criais dessus parce que tu le méritais. Tu vas n'importe où avec tes désherbeuses. Très vite, j'ai trouvé ça rigolo plus qu'énervant.

— De me crier dessus ? s'offusque-t-elle.

— Oui. Je te rappelle que c'est la seule manière que j'avais de communiquer avec toi.

— Pas faux et c'est de ma faute, je ne voulais pas te parler parce que tu me criais dessus.

— Ça aurait pu durer longtemps. Heureusement que les Tournesols sont arrivés pour nous mettre d'accord.

— Je leur accorde ce point, c'est pour l'instant tout ce qu'ils auront fait de bien. Et ton côté homme des bois ? C'était pour me terrifier ?

— Non, pour te séduire, bien sûr ! je réponds en riant.

Jeanne se tape le front, désespérée par mon humour. Allez, je lui dois bien une explication.

— C'est juste qu'à être dans la forêt tous les jours et ne voir presque personne, j'ai fini par ne plus faire attention. Je me suis laissé aller sans m'en rendre compte. C'est ton comportement dans ma voiture qui m'a interpellé. Une fois chez moi, je me suis observé dans le miroir et... j'ai vu réellement à quoi je ressemblais. Voilà.

— Quand tu t'es remis du choc, tu as tout coupé. Et c'était ta meilleure idée depuis longtemps parce que tu es agréable à regarder, maintenant.

Je la remercie en l'embrassant. Pendant que nous nous endormons, Jeanne serrée contre moi, je me demande comment j'aurais réussi à aplanir nos relations si nous n'avions pas fait équipe. Après quelques minutes de cogitation, pas de réponse. Sûr que j'aurais galéré un moment pour attraper la flamboyante chevrière dans mon filet.

28

Jeanne

— Jeanne ! Jeaaanne !!! Ça devient une habitude !

La porte de ma chambre s'ouvre.

— Oh, pardon !

Clac ! Porte qui se referme. Ça aussi ça va devenir une habitude. Ma mère poursuit derrière :

— Dis, je veux bien que ce ne soit pas ce que je crois, mais ça y ressemble un peu quand même, hein ?

Gabin se marre sans ouvrir les yeux. Autant mettre les choses au clair avec elle puisque je pourrai difficilement lui cacher Gabin, la preuve.

— C'est bon, maman, tu peux le croire maintenant ! Mais ne t'emballe pas pour autant, les temps ont changé depuis ton époque !

— À quel siècle penses-tu exactement ? Non, ne réponds pas ! Et ne t'inquiète pas pour moi, j'arrive à suivre l'évolution des mœurs grâce à la télé. Bref, je suis ravie pour vous, mais tu expliqueras ça à tes chèvres. Pas sûr qu'elles soient réceptives à la nouvelle.

— Je vais les rassurer. On ne fera pas ça tous les jours, dis-je en riant.

— Et pourquoi pas ? marmonne Gabin, le visage enfoncé dans l'oreiller. Ça me va comme effort quotidien. J'aime les sports de contact et ça me change du rugby.

— Du calme, Apollon des bois. Ne range pas tes boxers dans ma commode tout de suite, on va y aller doucement.

Je sors du lit, attrape des vêtements et file dans la salle de bains. Avant de descendre travailler, je dépose un baiser sur la joue de Gabin qui n'a toujours pas bougé. Il ouvre enfin un œil.

— Tu veux que je vienne t'aider ?

— Tu es nettement moins vigoureux qu'hier soir, tu me retarderais plus qu'autre chose. Mais merci d'avoir proposé.

— Seulement parce que je savais que tu dirais non, répond-il en s'esclaffant.

Je l'observe, l'espace d'un instant, et souris lorsqu'il replonge la tête dans l'oreiller. Ça me fait quand même drôle de le voir là. Je m'étais résolue à vivre une longue période seule après ma déconvenue avec mon ex-futur-mari le pétochard. Je trouve ça chouette, pour l'instant, mais ce n'est pas ce matin que j'en profiterai. Dommage, car personne ne m'a paru aussi beau depuis bien longtemps. Et ce spécimen partait vraiment de loin.

Une fois mon travail terminé, je retrouve Gabin et maman attablés autour d'un café. Après avoir fait le point sur les évènements de la veille – ceux concernant les Tournesols, pas ma nuit torride – nous décidons du programme de la journée. Nous tombons d'accord pour porter plainte à la gendarmerie, pour diffamation ou allégations mensongères, au choix, ce qui leur coûtera le plus cher tant qu'à faire.

En fin de matinée, alors que Gabin est parti travailler, je m'apprête à me rendre en ville, quand un véhicule de l'administration se gare dans la cour. Je la connais cette voiture avec ce logo sur la portière. Avant, on appelait ça la DSV ou l'Hygiène, comme la nomme encore ma mère, mais c'est maintenant la Direction départementale de la protection des populations. La DDPP, rien que le nom fait peur et si certains de mes confrères craignent le bonhomme, car sa fonction est quand même de nous contrôler et éventuellement de nous sanctionner, j'ai plutôt de bons rapports avec lui. C'est quelqu'un d'assez mesuré et compréhensif si on travaille correctement. Dans le cas contraire, ça devient un autre homme, tatillon à l'excès et intransigeant selon certains de mes collègues qui en ont fait les frais.

Le cinquantenaire, légèrement bedonnant et très dégarni, s'approche avec sa serviette de documents à la main. La première chose à faire quand il débarque, c'est de l'accueillir avec un grand sourire, parce que faire la tronche devant un contrôleur n'est jamais une bonne idée, ça le rend suspicieux. Surtout, c'est bien la première fois que je suis ravie de le voir, j'ai des choses à lui raconter.

— Bonjour, monsieur Darcourt ! Vous tombez bien, mais quelque chose me dit que vous ne passez pas ici par hasard.

— Non, en effet. J'ai eu des remontées d'informations assez surprenantes, alors je venais faire le point.

Évidemment, les nouvelles vont vite quand elles sont mauvaises et je ne suis même pas étonnée qu'il soit là ce matin. Après tout, c'est son métier.

— J'aurais dû vous appeler pour vous éviter de vous déplacer.

— Pas vraiment. Vous auriez dû déclarer votre problème sanitaire. C'est une obligation et cet oubli, volontaire ou non, me surprend de votre part.

— C'est un malentendu. Enfin… plus ou moins. J'imagine que vous voulez voir le résultat de mes analyses microbiologiques ?

— Oui, les deux dernières. Pourquoi un malentendu, expliquez-moi ?

— Parce que mes analyses sont parfaites, mais j'ai appris hier que des collègues voisins malveillants avaient décidé de me détruire en y mettant les moyens.

— Des collègues voisins ? Je ne connais personne d'autre dans les vingt kilomètres à la ronde qui fait du fromage de chèvre.

— Alors il va falloir revoir vos fiches. De nouveaux producteurs se sont installés au bord du lac depuis plusieurs mois. Ils vendent sur le même marché que moi.

Il ne répond pas, mais je sens bien que l'information le trouble. Il pince toujours les lèvres de travers quand un truc ne lui plaît pas. Pourtant, il ne cherche pas à en savoir plus auprès de moi, il s'en chargera lui-même. Ces inspecteurs sont habitués aux délations, aux mauvaises langues, aux commérages, mais leur travail est aussi de rester neutre. Je n'insiste donc pas, je reviens sur mon problème :

— Il reste du café et des tasses sur la table. Asseyez-vous, je vais vous chercher les documents.

Dix minutes après, devant une tasse fumante et des comptes-rendus de labo aux résultats impeccables, monsieur Darcourt se détend. Si je lui avais caché de mauvaises analyses, il aurait changé d'attitude et de ton avec moi, et accessoirement prononcé une fermeture administrative assortie d'une amende.

Maintenant, nous discutons de manière moins formelle et la conversation dérive inévitablement sur ces nouveaux « collègues ». Après ce qu'ils m'ont fait, ils peuvent compter sur moi pour les dénigrer tout en finesse :

— Je ne sais pas si c'est de votre ressort, mais leurs animaux ne sont même pas identifiés alors qu'ils les laissent en liberté. J'ai dû me battre contre un de leurs boucs qui voulait saillir mes chèvres !

Nul besoin de parler de leur fromagerie, s'ils en ont une, car un bon inspecteur est un inspecteur qui vérifie tout, de l'eau qui arrive dans les locaux à la gestion des liquides qui en ressortent. Avant de pouvoir vendre des produits alimentaires, il ne faut pas loin d'une ramette de documents tamponnés par l'administration. J'exagère un peu, mais quand même.

Un peu plus tard, j'observe son véhicule sortir de la cour et j'ai retrouvé le sourire, même s'il est un tantinet mauvais en pensant à mes voisins. Je sais que monsieur Darcourt va scrupuleusement dérouler le fil de la pelote que je viens de lui fournir. Il trouvera tous les nœuds et ne fera aucun cadeau. Cerise sur le gâteau : ça sera bien plus efficace que la plainte que j'allais déposer, qui aurait mis des plombes à être traitée. La DDPP, c'est l'équivalent d'une descente de police, mais pour l'alimentaire.

Je me dirige vers la chèvrerie le cœur léger. C'est fou comme j'ai la pêche ! Le foin vole dans les auges tant j'y mets de l'ardeur. Gabin a intérêt à être en forme ce soir, parce qu'il faut fêter ce début de victoire.

29

La nuit est tombée depuis un moment et nous voilà encore entassés dans la cave secrète de Paulin. Qui l'est de moins en moins, secrète, et ne le sera plus du tout si tout le village s'y donne rendez-vous. Gabin arrive le dernier et m'adresse un sourire en coin en se rangeant sagement au milieu du groupe. Il est dans sa tenue verte de l'ONF, qui lui fait un très joli derrière. Je déraille. Notre soirée d'enfer fait encore effet. Chez lui aussi si je me fie à ses coups d'œil furtifs et coquins. Ça me plaît. Je me sens privilégiée d'autant que nous sommes peu nombreux à l'avoir vu en vêtements de ville, mais je suis la seule à l'avoir vu nu. Mes joues chauffent, je dois vite penser à autre chose.

Après m'avoir adressé un ultime regard de braise, il profite que Paulin démarre son laïus pour jouer des coudes et se rapprocher. En deux minutes, il se poste à côté de moi, mine de rien. C'est étonnant comme sa présence me rend tout à coup joyeuse, je réprime même un sourire qui se forme instinctivement. Je ne l'ai pas vu depuis ce matin et force est de constater que le retrouver me fait plaisir. Pourtant, je n'avais pas trop pensé à lui... Il faut que j'arrête de mentir ! Non seulement ça ne me mènera à rien de me voiler la face, mais c'est en plus ridicule. Donc, si, il occupe mes pensées dès qu'elles se libèrent de mon travail, alors ça m'inquiète un peu. C'est trop neuf entre nous et surtout aussi instable que soudain. Il y a peu, on se rentrait dedans en criant, maintenant, on se rentre dedans tout court, et en gémissant. Oui, les choses peuvent virer très vite, en bon comme en mauvais, alors je dois rester sur mes gardes et réfréner mon enthousiasme.

Déjà, je pourrais cesser de lui lancer des coups d'œil en coin, auxquels il répond avec un rictus tout mignon sur les lèvres. Il me plaît trop, non mais quelle galère !

— À toi, Jeanne, on t'écoute, déclare tout à coup Paulin.

Moi ? Mais pourquoi ? Ah oui, nous sommes réunis pour ça ! Très bonne idée que de parler des Tournesols, mes pensées se remettront en place toutes seules.

Je raconte donc mes déboires jusqu'au départ du contrôleur et les murmures indignés accompagnent mon récit. Je trébuche deux fois sur mes mots, la faute à la grosse main aventureuse qui caresse la mienne furtivement et en toute discrétion. C'est horrible, j'adore ça.

Malgré tout, pendant que les autres devisent, j'attrape la main qui se promène sur ma cuisse et je lui tords un doigt. Un couinement retentit à côté de moi et la main disparaît.

— Tu vas me payer ça, murmure Gabin.

— Rien du tout et arrête tes bêtises.

Le maître des lieux me ramène sur terre en posant une question cruciale :

— Que pouvons-nous faire pour nous débarrasser des opportuns parce que ça commence à bien faire ces conneries !

Les réponses fusent sur le même ton :

— On y met le feu et puis on n'en parle plus, déclare Laurent qui en rêve jour et nuit depuis qu'ils ont massacré ses plants de légumes.

— Non, Laurent, on ne peut pas faire ça et tu le sais bien.

— Mais qui le saura ? Qui nous dénoncera ? insiste-t-il en claquant sa casquette sur sa cuisse.

— S'il y a des morts ou même des blessés, je l'aurai sur la conscience toute ma vie. Ce n'est pas négociable !

— Et puis si on pouvait éviter de bousiller cette forêt que je me tue à préserver, ce serait sympa, râle Gabin.

Mon regard se lève vers lui et y reste un peu plus longtemps que nécessaire sans que je ne le lui commande. C'est vraiment stupéfiant comme ma vision de lui a changé. Avant, je voulais le fuir, alors que maintenant, je voudrais m'enfuir avec lui dans un coin discret pour batifoler. Lola me bouscule pour prendre la parole, ce qui me recentre sur le débat :

— On y balance quelques termites. Leurs constructions sont en bois. Dans un an, elles seront toutes par terre.

— Et dans deux ans, ce sont nos charpentes qui seront attaquées. Excellente idée ! raille Paulin en secouant la tête.

— Ah oui, je n'avais pas pensé à ça. Désolée.

— Non, ce n'est pas grave. Allez, on continue ! Chacun donne au moins une idée, même farfelue, on fera le tri.

Marcelle se lance :

— Et si on organisait une grande fête sur l'autre rive du lac, juste en face ?

Quelle drôle d'idée. Je ne comprends pas bien où elle veut en venir. Si le concept m'échappe, à voir les visages empreints de perplexité autour de moi, je ne suis pas la seule. Laurent finit par répondre le premier :

— Pour faire la fête, on est toujours prêts, mais au lieu de partir, ils seraient capables de s'incruster.

— Ce serait pour leur montrer qu'ils ne nous impressionnent pas, argumente Marcelle. Qu'on ne se laissera pas faire et qu'ils cessent au moins leurs attaques. Je vous rappelle qu'ils ont ouvert le bal de cette façon, en organisant une grande fête pour officialiser leur installation. Nous, on la ferait pour leur rappeler qu'on est aussi chez nous.

Murmures d'étonnement. Nous sommes surpris de ne pas nous moquer de l'idée, cette fois. Au contraire, les moues d'approbation décident Paulin :

— Pourquoi pas, ça fait partie de la guerre psychologique, mais je ne suis vraiment pas convaincu que ça suffira à les calmer, ajoute-t-il, blasé.

Benji, qui a encore fait le mur pour venir surveiller la trappe et qui écoute tout, la soulève d'un coup et passe la tête.

— J'ai des potes qui ont une sono, je peux leur demander d'organiser ça si vous voulez.

Son enthousiasme me laisse penser qu'il a besoin de s'impliquer plus dans le groupe, alors je m'approche de Paulin.

— Accepte. Benji n'a jamais assumé d'autre tâche que celle du concierge de trappe. Il est futé et fiable, je lui confie mes chèvres.

Il hoche la tête avant de la lever vers Benji :

— OK, si ça te tente, fais-le. Mais encore une fois, l'objectif est qu'ils déguerpissent, pas juste les endormir avec un bal musette.

— Je pense qu'on n'a pas assez essayé la voie légale, intervient Babeth, qui croit en la puissance de son mari gendarme et de ses collègues. Pourtant, on sait qu'on a affaire à des escrocs.

— Bonne idée, rebondit Antoine. Il faut couper la tête de l'organisation, trouver leur point faible.

— Tu ne l'entends pas au sens littéral, j'espère ? je le taquine.

— C'est vrai que vu la façon dont tu manies les couteaux, il vaut mieux être clair, renchérit Gabin en riant.

— Pfff. Soyons sérieux, nous rembarre-t-il. On voit bien tous les gens qui viennent chez eux et connaissant le prix de leurs « prestations », on a une idée de ce que ça leur rapporte.

— C'est sûr qu'ils doivent amasser beaucoup de fric, j'approuve en grinçant.

— Cet argent, il va bien quelque part, reprend Antoine. C'est là-dessus qu'il faudrait enquêter. De toute évidence, la gendarmerie n'en a rien à faire de notre histoire, donc, je propose qu'on loue les services d'une agence de détectives pour voir ce qu'ils peuvent trouver sur les dirigeants. Quand on aura des éléments, on pourra porter plainte et ça ne pourra plus être ignoré.

— Des détectives ? Mais avec quel argent ? Aucun de nous ne roule sur l'or, répond Paulin.

— Celui de la fête organisée par Benji. On fait entrée gratuite, mais on tient la buvette. Ça pourrait peut-être suffire, non ?

Pas con. Nous hochons tous la tête, sauf Paulin qui n'est toujours pas convaincu, mais comme il est le seul, il cède :

— Ça se tente. Pourquoi pas après tout.

Je lève les yeux vers la star du jour qui affiche un immense sourire :

— Benji, l'avenir du village est entre tes mains.

— Vous me mettez bien la pression, là ! Je vais faire le max, vous ne serez pas déçus.

— On te fait confiance et si tu as besoin d'aide, on est là aussi. Quelqu'un a d'autres idées ? relance Paulin.

— Oui, moi ! s'exclame Gabin. Je pense qu'il faut les infiltrer, comprendre ce qu'ils disent, ce qu'ils préparent. Ils ont un coup d'avance à chaque fois et c'est franchement énervant.

Mais tout le monde est au taquet ce soir ! Nous allons enfin avancer et le sourire de Paulin refait surface.

— Mais bien sûr ! Tu as raison.

Ils s'excitent en oubliant un détail crucial, alors je les tempère :

— C'est vrai qu'une taupe chez eux serait un atout d'enfer, mais qui pour y aller ?

— Moi, je peux !

Toutes les têtes se tournent vers le plus improbable des candidats à ce poste, qui ne manque pourtant pas d'enthousiasme pour se jeter bravement dans la fosse aux lions. C'est d'ailleurs une candidate, que je questionne, encore ahurie :

— Lola ? Mais... Tu es sûre ? Tu as bien compris qu'il s'agissait de s'infiltrer chez les Tournesols ?

— Ben oui. Pourquoi ?

— Ton mec est gendarme, tu t'en souviens ? Il va peut-être s'alarmer si tu ne reviens pas pendant plusieurs jours.

— Ah, vous ne voulez pas le mettre dans la confidence ?

— Mais bien sûr que non ! Tu crois qu'il te laisserait faire ?

— Sûrement pas et il cafterait à mon mari, qui viendrait nous faire la morale illico ici, répond Marcelle. En plus, moi, j'aurais droit à un deuxième sermon à la maison, alors non merci.

— Je n'avais pas pensé à ça. Mais vu que Damien part en stage à Rochefort pour deux semaines, ça se goupille plutôt bien, non ? Et puis j'en ai assez qu'on se réunisse et qu'on ne fasse jamais rien. Des paroles et du vent, c'est tout ce qu'on a réussi à faire jusqu'à présent. On pourrait faire tourner une éolienne ! J'ai envie d'être utile, que ça bouge ! Alors, c'est moi qui y vais et personne d'autre.

Silence de l'assemblée. Personne n'aurait soupçonné une telle audace chez Lola. Moi la première. Oui, elle m'épate.

— Bon d'accord, décide Paulin. Lola, tu t'y colles. L'objectif est de collecter le maximum d'informations, tu nous appelles à chaque fois que tu entends un truc intéressant. Jeanne sera ton contact. Il faudra te créer une fausse identité et la vie qui va avec pour pouvoir répondre aux questions qu'ils vont te poser. Ce ne sont pas les services secrets, mais mieux vaut être prévoyant.

— Autre chose, intervient Laurent. Si tu peux semer la zizanie parmi eux, c'est toujours bon à prendre.

— Mais comment veux-tu que je fasse un truc pareil ? Je fabrique des bijoux, moi, je ne suis pas actrice.

— Tu parles ! Avec le bagout qu'elle a au marché, et les fariboles qu'elle raconte à ses clients, c'est un rôle taillé sur mesure, réplique Gabin en se tournant vers nous.

Il rit, pas elle.

— Qu'est-ce que tu insinues ?

— Rien, c'est Jeanne qui m'a dit que tu vendais des bijoux en toc en soutenant que c'était de l'or 18 carats, et que ça te permettait de vivre de façon très confortable.

Mais ? Il ment avec un tel aplomb que je suis sidérée. De quoi veut-il se venger ? Je n'ai pas le temps de lui demander des comptes puisque, évidemment, il a fait mouche et Lola braque ses lasers verts sur ma pomme.

— Quoi ? Tu as dit ça, Jeanne ?

— Mais jamais de la vie !

Je me tourne vivement vers l'imbécile et c'est maintenant moi qui l'assassine du regard.

— Gabin, ça ne va pas bien de raconter n'importe quoi ?!

— Pas du tout, je m'en rappelle très bien, ne se démonte-t-il pas. C'était dimanche dernier et Paulin était avec nous. Pas vrai, Paulin ?

Je donne un coup de poing rageur sur le torse de Gabin pour lui faire ravaler son rictus.

— Mais je vais t'assommer si tu ne te tais pas !

Il ricane en levant les mains, je vais le tuer ! Paulin ne tient pas à éponger du sang dans sa grange, il me tire en arrière :

— Du calme, Jeanne. Je crois que Gabin voulait juste montrer à Lola comment semer la zizanie.

Interloquée, j'observe le malin reculer, fier de sa prestation, et incliner le buste pour saluer comme au théâtre.

— C'est trop facile, vous êtes de vrais avions de chasse ! pérore-t-il. S'ils décollent aussi vite là-bas, Lola va les faire s'entretuer et nous n'aurons qu'à les regarder faire en buvant une bière.

L'ambiance qui s'était sérieusement tendue redevient d'un coup plus supportable. Le soulagement l'emporte, Lola met une tape sur l'épaule de Gabin, qui fait mine d'être blessé. On l'a échappé belle !

30

Lola

Voilà ! C'est ça d'ouvrir sa grande bouche, de vouloir jouer l'héroïne devant des gens qui croient en vous. Depuis que je me suis prise pour une espionne, je n'ai plus qu'une envie, qui se renforce chaque minute, c'est que cette histoire s'arrête là. Que le groupe vienne me supplier d'oublier cette idée insensée. Qu'ils me disent que je n'en suis pas capable. Je ne leur en voudrais pas puisque c'est la stricte vérité. Mais non, au lieu de me renvoyer dans mon atelier à bijoux, chacun y est allé de sa petite tape sur l'épaule pour m'encourager. Une bande d'inconscients, tous pires que moi.

C'est de la faute à Jeanne si je me suis portée volontaire. Enfin... pas tout à fait, c'est plutôt ma culpabilité face à tout ce qu'elle a dû endurer. Parcourir les bois de jour comme de nuit avec Gabin alors qu'ils se détestent, revenir avec les jambes lacérées pendant que, moi, je reste bien au chaud dans mon lit, dans les bras de mon gendarme favori. Mon amie prend tous les risques, elle a toujours été la plus courageuse et fonceuse. Il est temps que ça change et que je participe.

Pétrie de bonnes intentions et décidée à me rendre utile, au moment de quitter mon domicile, j'ai un trac formidable. C'est la première fois que je cache des choses à Damien. Et quelles choses ! Pas l'achat d'un nouveau sac à main alors que j'en ai déjà deux cent quarante dans mon placard, ou prétexter un mal de tête pour ne pas sortir un soir. Non, je vais m'absenter peut-être deux semaines et mon copain n'en saura rien, car il ne sera pas là. S'il l'apprend, je suis morte. Enfin… façon de parler puisque Damien n'est pas du genre à m'étrangler, c'est un chouette gars.

J'attrape mon sac et me redresse fièrement. Allez ! C'est pour la bonne cause et tout va bien se passer.

Ma confiance joue au yo-yo, car voilà mes jambes qui flageolent au moment de sortir de la maison. Je parcours les derniers mètres qui me séparent de la rue en réfléchissant. J'espère que j'ai bien pensé à tout. Je jette le sac poubelle dans le container et franchis le portail. Pendant que je le referme, une ombre se forme derrière la fenêtre du salon. Le rideau bouge et apparaît la bouille de Pompon, mon chat énorme, tout vieux et tout roux. Comment ai-je pu l'oublier ?! Sans rien à manger, j'allais retrouver la maison dévastée, parce qu'il n'est pas commode quand il a faim. Vite, je retourne à l'intérieur et remplis son distributeur de croquettes à ras bord, ainsi qu'une grosse gamelle d'eau. De toute façon, je m'en fais pour rien puisque je confie mes clés à Jeanne, pour qu'elle vienne aussi arroser les plantes et papouiller Pompon à ma place. S'il lui bouffe la main, elle comprendra qu'il faut recharger en croquettes.

Cette fois-ci, c'est la bonne, je quitte la maison, prends ma voiture et me rends chez Jeanne où je suis attendue par le groupe. Ils ont insisté pour me voir avant mon départ. Ils souhaitent certainement m'encourager, saluer leur brave volontaire et la remercier. Ils sont vraiment chouettes.

Pourtant, les sourires disparaissent lorsque j'arrive face à eux, installés sous la tonnelle. Ils me fixent et semblent consternés. Jeanne secoue la tête en s'approchant de moi.

— Mais c'est quoi cette tenue ?

— Ben, un tailleur ! J'ai mis le plus joli, vous le trouvez comment ?

— Mais Lola, tu vas chez des mangeurs de tofu et de graines de sésame, tu penses vraiment pouvoir te fondre dans la masse habillée ainsi ?

— Tu crois qu'ils ont ce genre de préjugés ?

— Sûre et certaine, au moins autant que nous sur eux. Tu vas te faire repérer à trois kilomètres. Allez, suis-moi, on va retravailler ton apparence.

Je baisse les yeux sur ma tenue qui est pourtant parfaite, comme elle l'était pour le mariage de mon cousin le mois dernier. Je viens de mettre le doigt sur le problème.

— Que je peux être truffe parfois !

— Oui, mais c'est ce qu'on aime chez toi, ta spontanéité, me taquine Jeanne.

— Ça devrait m'assurer un certain avantage avec les Tournesols.

Je la suis jusqu'au grenier chez sa mère pour fouiller dans des malles. Au bout de cinq minutes à découvrir leur contenu, je suis scotchée. Ce sont des malles magiques avec un passage temporel direct vers les années soixante-dix !

— Ma mère n'a jamais pu jeter ces vêtements. Tu verrais l'air niais qu'elle prend lorsqu'elle les sort pour les laver, je crois qu'elle a vécu trop de trucs fous avec. Qu'elle ne me raconte pas, heureusement.

J'attrape une chemise longue si bariolée de couleurs vives que mes yeux n'arrivent pas à faire la mise au point dessus et je la brandis.

— Si je me réfère aux motifs de cette chemise, je dirais qu'elle la mettait pour fumer des champignons.

Nous rions en découvrant au fur et à mesure les merveilles et je ressors métamorphosée. Un foulard sur mes cheveux longs défaits et mis en pétard, des lunettes de soleil énormes en plastique vert, ainsi qu'une robe qui ferait fuir tous les oiseaux du coin.

— On n'a pas fait un peu trop cliché ? Ça va être suspect, non ? je m'inquiète.

— Je ne pense pas, on verra ce qu'en disent les autres.

Jeanne a raison, tout le monde a l'air satisfait en me voyant reparaître. Soulagé, aussi. Moi, je l'aimais bien ce tailleur.

Paulin me passe les dernières consignes, tous me testent en m'interrogeant pour s'assurer que je maîtrise bien ma nouvelle identité. Je répète mon rôle, une ultime fois :

— Je m'appelle Nathalie, je suis esthéticienne et j'habite à Montpellier. J'en ai marre de cette société d'hyperconsommation. Je suis célibataire et j'ai besoin de me retrouver, de rééquilibrer mes chakras.

À leur hochement de tête, je suis validée.

— Tu as pensé à envoyer un message à Damien avant de partir ? demande Jeanne.

— Je ne connais pas de Damien, je réponds d'une voix assurée.

Elle rit et me félicite en levant le pouce.

Il est temps à présent. Jeanne m'accompagne jusqu'au début du chemin qui mène au lac et en profite pour me fournir ses ultimes recommandations :

— Au moindre problème ou si tu ne le sens pas, tu m'appelles. On se débrouillera, mais on viendra te chercher, moi avec mon tracteur s'il le faut.

— Promis. Tu sais, je ne crois pas qu'ils soient dangereux. Perchés, oui, mais pas méchants.

— Je le pense aussi, mais va dire ça à Gabin qui s'est frité deux fois avec eux, répond-elle en riant.

— C'est vrai, j'avais oublié les dégâts qu'ils ont faits chez toi. En parlant de ça, ça fait un moment que tu ne m'as pas raconté une engueulade avec lui. Ça va mieux entre vous ?

Jeanne tourne la tête pour tousser, puis me fait face avec un air blasé aussi faux que moi dans cette tenue. Elle ne m'aura pas, j'insiste :

— Mais encore ? Raconte.

— Rien de spécial. Disons qu'on a mieux à faire que s'écharper en ce moment et qu'il surveille moins mes chèvres.

— Finalement, cette histoire va peut-être vous rapprocher.

Elle tousse à nouveau et s'étouffe presque. Heureusement qu'elle venait de se garer, sinon je commençais mon infiltration en me jetant dans un fossé.

— Ça va ? je m'inquiète.

— Oui, juste une poussière qui m'a fait avaler de travers.

— Allez, je vais voir ce que ces gens trafiquent sous notre nez.

Avant de descendre du véhicule, je vérifie que personne ne soit dans les parages. Au pire, je dirai qu'elle m'a prise en stop. J'entame la marche d'approche vers ma cible, Jeanne me suit du regard tout en me faisant signe de la main. Elle est encore plus inquiète que moi.

Pour ma part, je ne ressens plus l'angoisse au fur et à mesure que je remonte l'allée boisée. Je suis désormais dans mon personnage, concentrée et toujours déterminée. Après tout, je ne fais que partir pour une dizaine de jours dans un camp de vacances, même s'il est un peu spécial.

31

Je sais que je suis tout proche du camp avant même de l'apercevoir. J'entends des gens chanter, des bruits d'outils et de la musique. Arrivée devant le complexe, je marque une pause face à l'impressionnante structure qui sert de portail. Immense et assez solide pour rendre envieuse celle d'une prison. Pourtant, ils ont réussi à faire cette entrée accueillante grâce au bois et aux décorations colorées. Il y a aussi beaucoup d'affichages et panneaux divers, vantant toutes leurs méthodes du bien-vivre. Ils sont à deux doigts de nous vendre le Paradis sur Terre.

Je suis bien entendu la seule à ne pas être en jaune, ce qui amène tout de suite deux Tournesols vers moi. À leur empressement, on dirait deux mouches qui foncent sur une tranche de melon. L'un est un quinquagénaire chauve et sec comme un coup de trique, le second est jeune et n'a pas l'air tout seul dans sa tête. Ses cheveux clairs qui mènent leur propre vie sur son crâne doivent y être pour beaucoup. Serait-il contre la violence d'un ciseau ou la torture d'un peigne ?

Ce qui est sûr, c'est que l'option de m'infiltrer en douce est à oublier. Ils m'encadrent aussitôt, me saluent très amicalement et s'informent des raisons de ma présence en ce lieu merveilleux.

Je me remémore rapidement comment j'embrouillais avec brio mes parents lorsque j'étais petite et je me lance :

— J'ai entendu parler de votre communauté et tellement en bien que j'ai eu envie de la rejoindre. Ça a l'air si formidable ce que vous faites.

— Et quelle est ta source de motivation ?

— À vrai dire, je me pose des tas de questions ces derniers temps, sans pouvoir en discuter avec des gens ouverts.

Leur sourire est toujours présent, mais un tantinet crispé. Mince, c'est qu'ils sont méfiants les bougres.

— Quel genre de questions au juste ?

— Eh bien... sur le sens de ma vie, le but de nos existences. Comment vivre plus en harmonie avec notre planète, tout ça...

Bon, là j'ai jeté en vrac tout ce qu'on avait décidé de dire pour justifier ma venue. Je n'ai plus rien en réserve, je croise les doigts pour que ça leur suffise.

— Tes interrogations sont justes et me paraissent sincères, alors bienvenue parmi nous. Tu devrais trouver ton bonheur ici, nous avons des sages très avisés. Comment t'appelles-tu ?

— Ipomée ! Je m'appelle Ipomée.

Cruche ! C'était Nathalie, mais c'est sorti tout seul. Tout compte fait, ma spontanéité me dessert, il va falloir que je la tempère sinon je suis démasquée en trois heures. Et pourquoi je sors le nom du chat de ma mère ? C'est n'importe quoi, ça démarre mal cette affaire !

— Bienvenue, Ipomée. Un bien charmant prénom pour une très jolie fleur, réplique celui aux cheveux fous et surtout avec des yeux avides de choses a priori salaces.

Lui, s'il continue à me reluquer de la sorte, je sens qu'il va vite devenir un problème. Pour couper court à tout badinage, je dévie la conversation sur l'organisation, comment faire pour intégrer le groupe, les détails matériels, tout ce qui pourra éteindre le feu qui embrase ses yeux.

— Tu vas rencontrer notre grand orchestreur, il t'expliquera tout ça. Il est dans la yourte juste là-bas. Viens, suis-moi.

Ce que je fais docilement, mais trois pas derrière lui. Et voilà, mission accomplie, je franchis l'entrée du centre des embrouilles. Nous passons devant le seul bâtiment en dur sans nous arrêter. C'est le centre de yoga officiel, mais à ce que je vois à travers les vitres, il s'agit plutôt des bureaux qui emploient le personnel administratif de cette vaste escroquerie.

Lorsque nous débouchons sur le terrain qui descend vers le lac, je découvre une champignonnière de cabanes, de yourtes et d'habitations sans architecture bien définie. Il y a de l'audace dans certaines de ces constructions, quelques-unes ne paraissent tenir que par magie. Vu de l'extérieur, tout semble avoir été réalisé de manière anarchique, mais pas du tout. Le chemin dallé trace un jeu de l'oie géant, comme un vortex qui se resserre jusqu'à terminer sa course devant la plus grande des yourtes, celle du fameux orchestreur. Ça fait chemin sans retour, c'est flippant.

Nous longeons le circuit et ça me démange de couper tout droit au lieu de tourner bêtement, mais personne ne le fait. L'herbe serait-elle sacrée chez eux, il ne faudrait pas la piétiner ? Je ricane discrètement en pensant que

Jeanne n'aurait jamais pu venir à ma place, elle aurait déjà explosé en criant qu'elle n'a pas que ça à faire.

À tourner en rond, j'ai largement le temps d'inspecter autour de moi. Je découvre tout du long des panneaux qui marquent l'usage de chaque endroit : garderie, cuisine, douches, laverie, ateliers...

Nous cheminons entre des pelouses soigneusement tondues et, tout autour de moi, une multitude de Tournesols s'affaire à des tâches diverses. Jardinage, prières et rituels étranges, yoga, construction de nouveaux bâtiments... Aucun n'a l'air de chômer. Zut, je peux dire adieu à mes siestes au soleil. Ce qui m'interpelle, c'est qu'ils redressent tous la tête à mon passage et me sourient comme s'ils étaient réellement ravis de me voir parmi eux. C'est mort pour passer inaperçue, ils se surveillent entre eux. Le pire, c'est qu'aucun n'est jamais seul.

Nous voici arrivés pile au milieu du jeu. Je fais face au grand orchestreur, en toge jaune orangé et chignon de cheveux gris. Il me reçoit avec gentillesse et amabilité. Décidément, ils soignent l'accueil des nouveaux, ça ne doit pas autant se bousculer que nous le pensions.

— Au centre Devdan, nous intégrons et formons les bonnes âmes qui veulent accéder à la spiritualité qui permet de se libérer des contraintes matérielles de ce monde. Pour cela, notre guide, Brahma Devdan, nous inspire chaque jour et nous prodigue ses fulgurances métaphysiques.

Oh là là ! Il fait des phrases trop longues pour la néophyte que je suis. Sans parler des mots qui ne font pas partie de mon langage habituel. D'ailleurs, était-ce bien du français ? Je ne suis pas inculte, mais les fulgurances métatruc, c'est trop abstrait pour moi. Et il n'a dit que deux phrases. Au secours, je sens la migraine poindre.

— Brahma Devdan ?

— Le créateur de ce centre, notre guide, notre lumière.

Mais bien sûr ! C'est plutôt le roi de l'arnaque. Moi, je sais qu'il s'appelle Hervé Belope et qu'il renie sa Creuse natale. Tiens, testons donc leur honnêteté :

— Il est né en Inde ?

— Il porte l'Inde au plus profond de son âme. Après une longue période de retraite, il a décidé d'offrir au monde occidental son savoir sur ces enseignements millénaires.

Lui, il maîtrise l'art de ne pas répondre, c'est du haut niveau.

— C'est gentil à lui de nous faire profiter de son expérience. J'ai hâte de lui parler, dis-je avec enthousiasme pour atténuer ma curiosité.

— Il faut un certain niveau spirituel pour pouvoir le rencontrer. La route est longue pour atteindre la sagesse de notre maître, mais Brahma Devdan l'a balisée pour nous aider. Tu pourras suivre le chemin grâce à ses écrits et ses vidéos, qui sont en vente à l'échoppe. Nous demandons à nos membres de s'investir inconditionnellement dans le centre, et cela commence par acquérir les bases de l'enseignement de Brahma.

Encore un bel enrobage... Il ne peut pas dire clairement les choses ? C'est pourtant simple, il lui suffit de prononcer : vous devrez les acheter, c'est obligé. Le voilà le début de leur financement, l'attrape gogos. Toujours dans mon rôle, j'affiche un air ravi :

— J'ai vraiment hâte de commencer.

— Tout d'abord, tu vas devoir quitter tes vêtements...

Là, je me fige. Ce détraqué cherche déjà à me mettre dans son lit ? Ce n'est pas suffisant de nous faire passer à la caisse avec la carte bancaire, il faut aussi le faire en nature ? Je hurle au pervers tout de suite ou bien j'attends qu'il termine sa phrase ?

— ... pour adopter la tenue règlementaire que tout le monde porte ici. Pas de différence de statut en dehors du maître, pas de signe de richesse. Nous sommes tous frères.

Lola, sois moins impulsive, tu as frôlé la catastrophe. Donc, il s'agit juste de me changer.

— Et que deviennent mes vêtements ?

— Nous les brûlerons ce soir au cours d'une cérémonie. Ainsi tu montreras ta volonté d'abandonner ton ancienne vie et d'accéder à une nouvelle identité spirituelle.

Heureusement que les autres ont insisté pour que j'enlève mon tailleur. Je n'aurais pas supporté de le voir réduit en cendres sans rien dire. Par contre, la mère de Jeanne versera une larme pour ses vêtements pleins de souvenirs.

— D'accord, on a tous la même tenue, mais est-ce qu'on peut choisir la couleur quand même ?

— Non, nous devons tous être égaux.

— Dommage, j'aimais bien la vôtre. Un peu d'orange, ça rajoutait de la chaleur. Le jaune ne va pas très bien avec mon teint.

Ma tentative d'humour rencontre un mur. Plus ça va, et plus je pense que je ne vais pas m'amuser, contrairement à ce que j'espérais.

— La chaleur provient de l'esprit, reprend l'ancien, impassible. Ma couleur ainsi que celle de Brahma sont différentes afin d'être identifiables, mais pas comme un signe de supériorité.

Tu parles ! Raconte ça aux neuneus, mais pas à moi.

— Ipomée, désormais, je te confie à Joseph, celui qui t'a amenée à moi et qui sera ton référent durant la phase d'initiation, il ne te quittera pas.

J'ai peur d'avoir mal entendu. L'exalté va me suivre partout ? De jour comme de nuit pour pouvoir m'attraper dans un recoin ou un fourré ? Non, j'ai sûrement mal compris.

— Un chaperon ? Je vous assure que ce n'est pas utile, je suis très disciplinée.

— Les novices ont souvent des questions, des doutes, et nous ne voulons pas qu'ils s'égarent par manque de réponses. Il sera donc avec toi durant le premier mois.

Sûrement pas, je me serai sauvée d'ici là ! Comme je ne peux pas lui dire, je tente une approche différente pour m'en débarrasser :

— Ce ne sera pas nécessaire, grand orchestreur, je pourrais...

— Si, ça le sera, car ce sont les règles de la communauté et que tu t'engages à les suivre à partir de maintenant. L'obéissance est la première des vertus, conclut-il en m'écrasant d'un regard sévère.

Aïe, ça ne va pas être simple d'espionner avec l'autre sur le dos en permanence. À moins que j'arrive à le tenir à distance par moment, il est sûrement moins rigoureux que le chef d'orchestre. En attendant, il m'observe avec un air plein d'envie qui ne me dit rien qui vaille.

— Allez viens, Ipomée. Un mois pour tout t'apprendre, c'est court. Heureusement, on ne se quittera pas ! s'exclame Joseph.

À sa tête, je jurerais qu'il y croit fort à un truc entre nous. Il ne va pas être déçu s'il me touche, c'est ma main dans la figure qu'il recevra fort. Je n'ai pas la gouaille de Jeanne, mais je sais me défendre quand même.

Avant de tenter quoi que ce soit d'insensé, il me conduit vers l'échoppe. À ma grande stupéfaction, je m'aperçois en lisant le panneau devant l'entrée qu'ils l'ont vraiment appelée comme ça. Maintenant, je m'attends à trouver un apothicaire ou un druide à l'infirmerie.

Une fois dans la boutique, j'ai presque envie d'éclater de rire. C'est le paradis pour qui veut croire tout ce qu'on lui raconte ici. Des ouvrages, des vidéos, des affiches, tout de Brahma Devdan dont un immense poster trône en hauteur. Je lorgne dessus mine de rien et le constat est sans appel : il est aussi indien que je suis sénégalaise. Merci le fond de teint. En revanche, je suis jolie alors que lui est bien moche, la peau fripée et les joues creusées. Il faudrait songer à se nourrir un peu plus, monsieur le gourou.

Je fais mine de m'intéresser aux merveilles présentées, j'attrape le dernier livre du prodige et lis son résumé au dos. Lorsque j'arrive à l'étiquette mentionnant son prix, il me tombe des mains. Huit cents euros ! Un tout bête bouquin cartonné, même pas une reliure sur la couverture. Il l'a écrit avec son sang ou bien ?

Je le ramasse vivement et le remets à sa place, avec le bas maintenant tout corné. Un coup d'œil à droite, à gauche, ouf, personne n'a rien remarqué, je ne serai pas obligée de le payer. Je m'écarte lentement du lieu du drame pour découvrir les autres produits, mais en rangeant mes mains pour ne surtout rien toucher. J'hallucine au fur et à mesure. Pas un seul article à moins de cinquante euros, en l'occurrence, un pin's à l'effigie du gourou.

Joseph, qui était occupé à plier des tee-shirts, s'approche de moi et m'observe avec amusement. Je ne trouve pas la situation aussi drôle que lui et je lui fais savoir :

— C'est au-dessus de mes moyens tout ça. C'est vraiment cher.

— Nous avons tous cette réaction au début, mais lorsque tu auras admis que te séparer de tes biens et de ton argent sont la meilleure façon de te libérer, tu offriras le moindre de tes centimes ici avec enthousiasme.

Mais n'importe quoi, lui ! On voit qu'il ne me connaît pas.

— D'ailleurs, pour commencer, il te faut acheter la tenue. Tu devrais la trouver à ta taille dans ce rayon, dit-il en pointant un coin derrière moi.

Effectivement, sur des cintres se dévoilent des rangées de vêtements couleur jaune identique, de même coupe pyjama et dans trois tailles différentes. C'est fébrile que je retourne une étiquette et je blêmis. Quatre cents euros pièce ! Je suis à deux doigts de m'enfuir en courant, mais non, je ne peux pas faillir si tôt dans ma mission. Mes compagnons comptent sur moi, je n'ai pas le droit de les décevoir.

Me voilà en train de passer en revue tous les vêtements jaunes du portant pour choisir ma tenue. Choisir quoi ? Je ne sais pas, je pense que je retarde surtout l'échéance du passage à la caisse. J'espère que ceux qui m'ont envoyée ici se cotiseront pour me rembourser. Sauf que personne ne m'a envoyée ici, j'y suis venue sur ma propre initiative. Quelle idiote !

Je suis à deux doigts de pleurer lorsque j'introduis ma carte bleue dans l'appareil. Allez, courage Lola, c'est juste une paire de Louboutin en solde que tu ne t'offriras pas, on ne va pas en faire un drame.

Satisfait, Joseph m'accompagne dehors où j'inspire une grande goulée d'air pour me remettre. Il me conduit ensuite vers une yourte située sur le cercle extérieur. J'entre avec méfiance et découvre des nattes disposées à même le sol avec une sorte de plaid plié au pied. Pas une table ni même un coussin, uniquement des posters de la tête du maigrichon en gros plan, avec juste en dessous, une de ses phrases qui n'a aucun sens pour moi. Serions-nous dans leur geôle pour disciples turbulents ?

— C'est ici que tu logeras, avec moi et neuf fidèles.

Ils sont fous ! Mon squelette ne pourra jamais encaisser une nuit sur une paillasse si fine. Il faudra un palan pour me relever le matin, je serai coincée de partout. Je ne peux pas me plaindre tout de suite du manque de confort, alors je tente une autre approche :

— On ne peut pas avoir quelque chose d'individuel, de plus intime ?

— L'individu, c'est ce qui provoque la ruine de la société occidentale. Pourquoi ne pas vouloir partager ce qui te rend si unique ?

Comment dire, mon petit Joseph ? Si tu veux partager de trop près ce qui me rend si unique, Damien risque de te faire goûter à sa matraque par ton fondement, unique aussi.

En attendant, ce pénible pot-de-colle a bien appris son texte, il a réponse à tout. Je vais devoir le gérer plus finement. Déjà, cesser de le contredire ou de regimber me semble nécessaire pour ne pas attiser sa méfiance à mon égard.

— Oui, tu as sans doute raison, Joseph. C'est que je viens juste d'arriver. Il faudra me laisser un peu de temps pour m'adapter.

— C'est prévu. Tu auras tout le temps de méditer lors des tâches purgatoires.

— Tâches purgatoires ? Qu'est-ce que c'est que ce truc ? Vous voulez me purger de quoi ?

— De tes résistances à ton nouveau monde, de ton attachement aux choses matérielles qui ruinent ton esprit. C'est normal, on est tous passés par là et tu verras comme on se sent léger et libre après.

— Dis donc, mon esprit n'est pas une ruine !

Aïe ! Je l'ai dit avec un peu d'énervement, il va mal le prendre. Je ne vais jamais y arriver, je cours à la catastrophe avec les conneries qu'il débite. Malgré tout, je me corrige :

— Je veux dire… C'est compliqué de passer d'un monde à l'autre comme ça, sans transition. Quels sont les travaux purgatoires qui existent ?

— La maçonnerie en est un, les travaux paysagers, ceux aux champs… Tout ce qui sert la communauté et qui nécessite de la force physique.

— Et on peut choisir ?

— Non, bien sûr que non. Le chemin de la facilité est contre-indiqué dans le processus de libération des êtres.

— Euh… pardon, je pensais à autre chose. Tu peux me la refaire ?

— Si tu ne fais que ce que tu aimes, tu ne nourris pas correctement ton esprit.

D'accord, j'ai compris le principe. Donc, dès qu'il me demandera ce que je préfère, je lui parlerai de mon don inné pour la maçonnerie, le tronçonnage du bois de chauffage et toutes les autres tâches qui me rebutent en vrai. Avec un peu de chance, on me punira à l'atelier couture et tricot, ou en m'obligeant à planter des fleurs.

Je dois tout de même avouer que ses paroles ont du sens. Tout n'est peut-être pas mauvais dans cet endroit.

Mais qu'est-ce que je raconte ?! S'ils réussissent à m'amadouer en moins d'une heure, ils vont me retourner le cerveau en une semaine. Ça craint. Non, ils ne nous auront pas, moi et mon compte bancaire ! J'ai la parade pour éviter ça, tous les soirs au moment de me coucher, je vais me lister mentalement les bonnes raisons de ma présence ici.

— Joseph, je ne voudrais pas paraître légère, mais on a tous besoin de s'amuser, de se détendre.

— Mais ne t'inquiète pas, on s'amuse. Nous sommes libres en soirée, nous en profitons pour méditer, danser ou chanter tous ensemble.

Ce n'est pas tout à fait ce que j'appelle être libre, mais soit. Nous verrons bien si je tiens plus de trois jours à leur rythme.

32

Jeanne

Les jours qui suivent le départ de Lola, c'est le train-train qui prédomine. Et sincèrement, j'apprécie. Beaucoup ont tendance à l'oublier ces derniers temps, mais c'est quand même pour la tranquillité qu'on vit ici. Le petit détail qui rompt la monotonie, c'est la visite d'un grand costaud certains soirs. Comme moi, Gabin se la joue détaché, s'amusant à dire que ne pas passer toutes ses nuits seul est plutôt agréable, d'autant qu'elles sont fraîches au milieu de la forêt. En vrai, l'étincelle qui brille dans ses yeux lorsqu'il franchit le pas de ma porte en révèle bien plus qu'il ne le voudrait. Ou bien, je me fais des films et ce n'est qu'une flammèche lubrique, juste une histoire de sexe.

Le pire, c'est que j'ai à chaque fois hâte de le retrouver, même si je refuse de le lui avouer. Je ne lui laisse surtout pas croire que nous serions réellement ensemble, je le maintiens à distance raisonnable avec des petites remarques sorties au bon moment, notamment dès que je me sens bien en sa présence, comme un réflexe de défense que je ne maîtrise pas. Pourtant, je n'ai rien à lui reprocher, c'est même tout l'inverse depuis que j'ai découvert son vrai caractère. Gabin est agréable, docile — qui l'eût cru ? —, serviable et drôle.

Alors pourquoi je m'acharne à garder mes distances ? Du moins moralement, puisque physiquement c'est tout l'inverse. Le souci, le point noir qui me hante, c'est la robe de mariée neuve qui prend la poussière dans mon grenier, et qui me rappelle à quel point un conte de fée peut devenir cauchemar. Je me demande si je ne devrais pas la brûler, comme pour conjurer un mauvais sort. Bref, j'ai beau apprécier mes moments avec Gabin, on ne m'y reprendra pas, je ne m'emballerai plus.

En attendant, je retrouve réellement le sourire en constatant que mes stocks de fromages sont au plus bas, en même temps que mon chiffre d'affaires remonte. Merci à monsieur Darcourt, contrôleur efficace qui traque sans relâche les fraudeurs et contrevenants de l'alimentation.

Le changement est encore plus flagrant au marché. Le stand des Tournesols a disparu, pouf ! Les clients restent un instant surpris devant l'espace abandonné, avant de se réveiller et regarder autour d'eux. Oh, mais... stupeur ! Après les avoir boudés jusqu'à les oublier, ils découvrent qu'il y a d'autres commerçants sous la halle. Ils sont gênés, mais leur frigo vide les décide, ils viennent faire la queue chez nous. Ils n'en mènent pas large les habitués que nous avions perdus, mais nous nous sommes mis d'accord pour les accueillir avec le sourire, comme s'il ne s'était jamais rien passé. Chacun remise sa fierté et tout rentre dans l'ordre gentiment.

En revanche, lorsque certains osent quand même faire remarquer que mes prix sont plus élevés, je plaque un air aimable pour leur rappeler que je suis déclarée, moi, et que l'État ne m'oublie pas. Atelier clandestin, travail dissimulé, pas de versement de cotisation ni de taxe d'élevage... C'est sûr qu'ils pouvaient les vendre pas cher leurs fromages !

Pour Laurent, c'est plus compliqué puisque la presque totalité de ses cultures a été arrachée et que les plants de légumes ne repoussent pas en une semaine. Sa perte financière est irrémédiable pour cette année. Comme j'ai sauvé les meubles de mon côté, je ne me plains pas.

Nous avons gagné cette bataille et une victoire ne fait pas de mal au moral quand il est bien bas. Nous profitons de l'instant avant qu'ils trouvent autre chose pour nous pourrir la vie. Nous sommes lucides, ils ne s'avoueront pas vaincus.

Pour me donner raison, les évènements se bousculent deux jours plus tard, sauf que nous ne l'avions pas vue arriver celle-là. Cette fois, c'est le maire qui nous enquiquine. Las de cette guerre dans le village, de se faire hurler dessus par les uns et par les autres, il jette l'éponge. Pas trop grave puisqu'il n'est pas vraiment de notre côté, mais le souci, c'est que l'ensemble du conseil municipal a aussi démissionné, et que de nouvelles élections doivent avoir lieu dans les trois mois. Cet abruti aurait pu au moins tenir le coup jusqu'aux officielles qui arrivent dans moins d'un an. Il a vendu tous les terrains et maisons qu'il pouvait, encaissé ses honoraires de notaire et se sauve de la mairie quand ça sent le roussi. Quel pleutre !

C'est évidemment le sujet de conversation principal le lendemain sur notre demi-place du village.

— Tu veux bien être attentive un peu ? On dirait que tu es ailleurs aujourd'hui, râle ma mère, qui me rappelle à l'ordre toutes les cinq minutes.

C'est que j'ai bien du mal à me concentrer sur les potins et ce n'est pas vraiment mon esprit qui est ailleurs, mais plutôt mes yeux. Je ne parviens pas à les maîtriser, ils se posent sans cesse sur une silhouette assise à quelques mètres, et qui m'intéresse beaucoup plus que les poules de Marcelle qui ne pondent plus. Le sujet de cette attraction est Gabin, bien sûr, qui se régale de la situation. Il en rajoute en me lançant de petits sourires amusés et de furtifs regards enflammés pour m'émoustiller. Et ça fonctionne, alors maman m'excusera, mais Gabin est plus captivant que le souci d'abricotiers qui donnent moins cette année.

Lui, il a intérêt à venir ce soir pour se faire pardonner. J'ai plein d'idées en... ma mère me fait les gros yeux. Je soupire et me fais violence pour me concentrer sur Paulin, qui raconte la scène de la fuite du maire pour la dixième fois au moins. Le récit devient de plus en plus théâtral, à grand renfort de gestes et d'exagérations, quand il s'interrompt tout à coup. Devant son public intrigué, nous, il fronce les sourcils, puis pointe le doigt vers la mairie :

— Qu'est-ce qu'ils nous préparent encore ?!

Les têtes se tournent vers un groupe de Tournesols rassemblés devant l'affichage municipal. Que peuvent-ils bien lire ? Il n'y a que le comité des fêtes qui placarde une annonce deux fois par an. Ah non, ils collent justement une affiche.

— Allons bon, déclare ma mère. Qu'est-ce qu'ils veulent nous vendre à votre avis ?

Je m'esquinte les yeux pour lire de quoi il s'agit, en vain. Gabin ayant une meilleure vue que moi, il lâche un grognement avant de s'exclamer :

— Un maire ! Ils veulent nous vendre un maire !

Un concert de gémissements de lassitude accueille cette nouvelle. Ils vont nous épuiser, c'est sans fin.

— Alors là ! Aucune chance pour que je le leur achète, bougonne ma mère.

— Ils déposent une liste pour les élections municipales ? je questionne, ayant du mal à y croire. Mais c'est quoi le but ? Je ne comprends pas.

— Prendre possession du village, rétorque Paulin dans un grincement de dents.

— Ils ne peuvent pas y arriver. Hein, maman ?

Le temps s'arrête. Un silence pesant s'abat sur la terrasse, les boulistes laissent tomber leurs boules de pétanque sur le sol, anéantissant mes derniers espoirs. Les regards inquiets que nous échangeons expriment ce qui nous traverse l'esprit à cet instant précis : ils vont gagner les élections.

— Nous sommes un peu plus nombreux face à eux, je tente pour me rassurer.

— Mais divisés en deux camps donc ils nous écrasent, rétorque Paulin qui piétine mes illusions.

— Sans compter que tout le monde ne va pas voter, alors que j'imagine très bien les Tournesols se rendre aux urnes en ordre bien serré, et au complet, termine ma mère.

Alors, l'évidence me frappe. Je la formule dans un souffle, une plainte :

— On est foutus.

— Allons, allons, ma fille. Ne rends pas les armes si vite, nous allons réagir.

— Je suis navrée, mais j'en ai vraiment marre. Ça fait plus d'un an qu'on me répète ça et au final : nada !

— Déjà, il faudrait qu'on ait une liste à leur opposer, or personne n'a l'intention de se présenter il me semble, déclare Marcelle.

La justesse de sa remarque fait son effet. Nous baissons les yeux sur nos ongles, nos pieds, partout sauf en l'air pour que, sur un malentendu, on ne pense pas que nous serions prêts à nous lancer. Franchement, j'ai vraiment autre chose à faire que gérer la mairie, j'ai déjà bien du mal avec ma ferme. Pour les autres, la réflexion doit être à peu près la même.

— Vaincus sans combattre, nous n'en sortirons pas bien fiers, marmonne ma mère.

— Hélène a raison. Il ne faudra pas qu'on se plaigne de ne plus être chez nous si on ne veut pas s'investir, s'agace Denis qui claque son grand plateau sur sa jambe.

Je m'apprête à lui proposer de se lancer, quand une forte voix coupe mon élan :

— Moi ! Moi, je vais me présenter.

Surpris, nous observons Paulin, bien droit et le menton haut. Ça alors, il se jette dans l'arène ! Laurent décolle de sa chaise en s'exclamant :

— Alors je te suis comme adjoint !

Un autre qui se lève, Antoine :

— Moi aussi !

Un par un, nos petits commerçants se dévouent et montent une liste. À la fin, un concert d'applaudissements résonne tant nous sommes fiers d'eux.

— Au moins, nous aurons lutté. C'est pour le symbole, c'est important. C'est comme pour le petit bal que nous prépare Benji, conclut Paulin en brandissant son verre.

33

En fin d'après-midi, au volant de mon tracteur, je suis en train de descendre une balle de foin perchée sur le haut de la pile, tout en pensant à Lola qui est partie au casse-pipe. Je revois son regard apeuré lorsque je lui ai souhaité bonne chance aux abords du lac. Heureusement, elle m'envoie des nouvelles au moins une fois par jour et elle semble maîtriser la situation. Après, je ne me fais pas trop de soucis, les Tournesols ne sont pas non plus des criminels, seul leur gourou peut être qualifié de délinquant. Je ne crois pas que quiconque lui ferait du mal. Par contre, j'imagine la tête de Damien s'il apprenait ce qu'elle trafique. Par chance, il est très loin et très occupé, au moins autant que Lola qui trouvait toujours qu'on ne faisait rien et qui doit regretter nos réunions en ce moment.

Ensuite, c'est encore et toujours la traite, mais celle de ce soir me paraît interminable ! Il faut dire que je n'ai pas mon stagiaire pour m'aider puisque de son côté, Benji s'est lancé dans le projet de soirée dansante, seul moyen de gagner un peu d'argent pour couvrir les frais du détective. Être obligé de payer pour faire le boulot des gendarmes, c'est un comble ! Au moins, depuis que Benji s'est investi dans cette mission, il déborde d'enthousiasme et fourmille d'idées. Il s'éclate et ça fait plaisir à voir. J'aime beaucoup ce gamin, qui n'en est presque plus un d'ailleurs. J'espère juste qu'il parviendra à ses fins et ramènera suffisamment de monde. En tout cas, nous, nous y serons et nous le féliciterons, même en cas d'échec.

— Britney, arrête !

Celle-là, elle est toujours à tarter à coups de cornes celles qui ont le malheur de se retrouver à côté d'elle. Tant de violence juste pour leur piquer leur ration dans l'auge, alors qu'elle n'a pas fini la sienne, cette vieille gloutonne.

Et Gabin, il vient ou pas ? Il pourrait se rendre utile, j'irais plus vite. Il me rend visite de temps en temps, même de plus en plus souvent et il passerait ses nuits chez moi si je ne le renvoyais pas chez lui. J'y veille pour qu'il ne se monte pas la tête à notre sujet, mais c'est une torture à chaque fois. Il m'apporte tellement de choses positives. À commencer par des étreintes tumultueuses et passionnées qui me laissent groggy quand je m'endors dans ses bras. Au lit, cet homme est comme dans son métier, un peu rugueux, naturel et brut, et en même temps, d'une grande rigueur en ce qui concerne nos plaisirs respectifs. Je crains de m'attacher à lui trop rapidement. Mouais… je me rassure comme je peux car dans les faits, c'est déjà le cas.

Si la situation m'inflige une torture mentale entre mon désir et ma sagesse, il y en a une qui est aux anges, c'est ma mère. Elle accueille Gabin comme s'il était le messie et ose me dire qu'elle a senti dès le premier jour qu'il m'irait très bien, que son caractère fort s'accorde merveilleusement au mien. En attendant, elle me fatigue et je vais passer plus de temps chez moi si elle se met à parler de voilette en tulle et tissu blanc.

Tiens ! Un message de Lola.

[Lola : Bien vivante. Difficile de communiquer, suis sous surveillance et portable pas autorisé pour les nouveaux. Ai dû aller aux toilettes pour être tranquille.]

[Moi : Sous surveillance ? Ne bouge pas, on arrive !]

[Lola : Non, pas besoin. Ils m'ont mis un « chaperon ». Pas méchant, mais il m'aime bien, un peu trop. Réunion ce soir avec le mage à deux balles. Je te tiens au courant, faut que j'y aille.]

Mince, moi qui pensais qu'on pouvait rentrer chez eux comme dans un moulin, ils sont en fait assez méfiants. Ils croient donc qu'on pourrait leur créer des problèmes, et même s'ils ont raison, c'est embêtant qu'ils s'en doutent. Plus cette affaire avance et plus je crains qu'elle ne se termine mal. Les gendarmes, qui ne veulent rien faire pour l'instant, risquent de déchanter en se retrouvant avec une véritable guerre de clans à gérer.

Ah ! Un appel cette fois. Si elle traîne trop aux toilettes, ce sera suspect. Ah non, c'est Benji.

— Ça va la traite ? Tu surveilles bien Britney la teigne ?

— Tu es choupinou, mais je te rappelle que ce sont mes chèvres, donc je les connais un peu.

— Ah oui, c'est vrai. Je voulais te dire que la fête est prévue pour ce week-end. Les copains de mes potes étaient trop contents quand on leur a montré l'endroit sur Maps. Ils disent que ça va être la teuf du siècle.

Sacré Benji ! Il y croit tellement. Si on arrive à mobiliser le tiers du village et un peu des hameaux alentour, on n'aura pas à rougir. On aura montré à ceux d'en face qu'on n'est pas impressionné et que le lac ne leur appartient pas.

— Tu es génial ! C'est dans cinq jours, il faut qu'on prépare la buvette avec le comité des fêtes.

— Pas la peine. Mes potes s'en chargent et nous reversent vingt pour cent des recettes. Comme ça, on ne s'occupe de rien.

— Ça m'embête. Il ne faudrait pas que tes amis perdent de l'argent non plus.

Pour les décider, il est capable de leur avoir raconté que nous sommes trois mille habitants et tous des fous de soirées dansantes. S'ils achètent un fut de bière, il leur en restera la moitié sur les bras.

— Mais non, laisse faire, insiste-t-il. Ils ont l'habitude, c'est des pros. Ils gèrent même la com.

Aïe ! Je ne dois pas freiner ses espoirs, je dois rester positive pour l'encourager.

— OK, on te fait confiance. Tu as fait du bon boulot, alors à vendredi, dis-je avant de couper pour décrocher les manchons de Pamela qui s'agite.

« Ils gèrent la com' »... Cette dernière phrase me laisse encore plus perplexe. Pour placarder une vingtaine d'affichettes écrites à la main sur les poteaux des environs... On aurait pu s'en charger.

Nouveau message. Je vais ouvrir un secrétariat si ça continue.

[Gabin : Salut beauté champêtre ! Ça te dirait de visiter ma hutte en rondin et de t'allonger sur mon lit en peau de ragondin pour faire des choses réprouvées par la morale et l'Église ?]

Mais celui-là ! Qu'est-ce qu'il me fait rire.

[Moi : Bonjour Gabin, ici Lola. Je ne comprends pas, on a dû s'échanger les portables en partant. C'est quoi cette histoire de ragondins ? C'est mignon ces petites bêtes, j'espère que tu ne les tues pas.]

Le téléphone sonne dans la seconde, je réponds en riant à l'idée de la peur qu'il a eu l'espace d'un instant.

— Je savais que ce n'était pas Lola. Tu ne m'auras pas comme ça. Alors ? Tu peux être là dans une demi-heure ?

— Qu'est-ce qu'il voulait mon beau garde forestier ? Me faire visiter la canopée ? Atteindre la cime des arbres ? C'est une proposition tout à fait alléchante. Cependant, je ne suis encore jamais allée chez toi, je ne sais donc pas dans quel état tu tiens ta maisonnée. Je risque de fuir en criant ?

J'entends des grognements à l'autre bout de la ligne. On hésite entre le challenge de nettoyer la caverne de l'ours de pied en cap en un temps record, ou remettre la partie de jambes en l'air à plus tard. Ça pèse et ça soupèse, le pour et le contre, l'envie et le besoin, avantages et inconvénients. Ça inventorie surtout toutes les tâches à accomplir, et celles qu'on peut éventuellement cacher sous le tapis.

Je laisse échapper un éclat de rire en assistant à cette intense passe d'armes entre le cerveau et... les hormones, dirons-nous.

— Mmmmh, on va remettre ça, j'ai un double appel, je dois te laisser.

— Mais oui mon homme des bois, et si tu as besoin d'un aspirateur ou d'une éponge, passe le prendre chez ta voisine. Bisous.

J'aurais pu lui proposer d'aller chez moi, mais j'ai promis à maman de dîner avec elle et ce ne serait pas très délicat de m'éclipser avec Gabin dès le dessert.

34

Le samedi, je rentre du marché affamée et soucieuse, mais je retrouve le sourire en découvrant Benji qui met la table sous la tonnelle. Chouette, il vient passer le week-end avec nous, ça amènera un peu plus de vie. Je m'empresse de le rejoindre pour faire le point :

— Benji, tu es sûr que tes amis ont fait le nécessaire pour ce soir ? Je n'ai vu aucune affiche au marché, ni prospectus à la boulangerie ou sur la route. Je suis passée à l'office du tourisme par curiosité, mais là aussi, personne n'était au courant.

Tout d'abord surpris, il éclate de rire.

— Non, mais ça, c'est des méthodes du Moyen Âge, Dame Jeanne. Tu ne veux pas qu'on envoie des pigeons, aussi ?

— Mais dis donc, je n'ai même pas dix ans de plus que toi. Je ne suis pas ta grand-mère !

— Peut-être, mais tu es déjà dépassée. Au placard, la vieille ! Maintenant, tout se joue sur Internet. Il y a une page dédiée à la fête sur les réseaux sociaux. Ça devrait le faire, t'inquiète.

— Espèce de sale gosse. Tu crois que je ne connais pas Internet ? Et à vrai dire, ce n'est pas moi le problème, mais plutôt les gens du village qui ont soixante-dix ans de moyenne. Tu te doutes bien que ce n'est pas sur les réseaux sociaux qu'ils s'informent. La plupart achètent le journal chez Maria. Un journal, vois-tu au moins de quoi je parle ? Tu sais, le truc que tu utilises pour allumer le barbecue.

— Ah, ça ? Parce que les machins écrits dessus sont là pour être lus ? Sur ce papier qui pue ?

Il se bidonne et ma mère lui jette un torchon à la figure.

— Tu as vraiment décidé d'être désagréable, jeune homme.

— Vous n'êtes pas branchés technologie, c'est comme ça. Il y en a qui ont encore des téléphones à fil dans le village. Mais je ne peux pas vous en vouloir, on n'a même pas la fibre ici, et quand tu vois l'état des poteaux sur la route avec les câbles qui traînent par terre, ça fait peur. Ils attendent que ça casse pour réparer.

— D'accord, mais ça ne change rien au fond du problème, dis-je pour revenir sur le bon sujet. Ils sont restés aux trucs concrets qu'ils peuvent toucher et sentir.

— Ben… là, ils ne pourront pas.

— On avance… Donc, s'ils n'ont pas l'information, comment veux-tu qu'ils sachent ?

— T'inquiète, ils sauront…

Ces derniers mots prononcés sur un ton mystérieux ne me disent rien qui vaille.

— Et comment ?

J'insiste, mais Benji ricane. Il est sauvé par l'arrivée d'un pick-up dans la cour. Je salue de la main le conducteur qui nous rejoint. Lui, il saura peut-être faire entendre raison à notre gamin préféré mais trop connecté. Encore en tenue de travail, Gabin vient directement vers moi et m'embrasse sur la joue. Je tique, puis me souviens que Benji est avec nous. Je me reprends alors que j'allais rouspéter :

— Gabin, tu tombes bien. J'essayais d'expliquer à Benji que personne n'était au courant pour le bal de ce soir et....

Bouuummm... gzzzzzzz... Booouuuuum...

Qu'est-ce que c'est que ça ? Surpris par ce son inconnu qui semble venir de loin, nous levons le nez vers le ciel.

— Ça venaient d'où ce bruit ? Un avion de chasse ? je questionne sans y croire.

Boumm Boumm Boumm Boumm Boumm

— Ça ferait beaucoup d'avions. Ou alors, on est en guerre, répond Gabin, dubitatif.

— Ça ? s'amuse Benji. Mais c'est la fête qui commence ! Ils font chauffer les baffles.

Bouuuummmm ! Boum Boum Bouuuummm ! Boum Boum Bouuuuummm...

— Qu'est-ce que tu racontes ? On est à un kilomètre du lac. On ne peut pas entendre aussi fort d'ici ?

— Ah si, je t'assure. Tu n'as pas vu leurs enceintes. Ils ne les sortent même pas du camion tellement elles sont grandes.

— Mais c'est de la techno ?! s'exclame Gabin. Tu penses vraiment que ça va plaire aux gens du village ce style de musique ?

— Oh, non, ça m'étonnerait, confirme Benji en riant.

Tss Tss Tss Boum Boum... Tss Tss Tss Boum Boum...

Le son vient encore d'augmenter et il est maintenant en continu. Gabin gémit de désespoir avant de confirmer nos craintes :

— Je crois que les enceintes sont chaudes, c'est parti pour de bon.

Comme je ne comprends pas Benji, je m'approche de lui :

— On avait dit un bal, pourquoi as-tu fait ça ?

— Non, on avait dit une fête. J'ai appelé mes potes parce que le but était de récolter un peu d'argent et de montrer aux jaunes qu'on ne se laissait pas intimider, non ?

— Oui, bien sûr, mais....

— Mais rien du tout ! C'est pas avec un accordéon et deux trompettes qu'on allait faire de la thune. En plus, ils se seraient foutus de nous en face.

— Petit, je te trouve un peu irrespectueux vis-à-vis des traditions locales, même s'il se pourrait que tu aies raison, intervient ma mère.

— Bien sûr que j'ai raison ! Jeanne, tu te souviens de ce qu'ils nous avaient envoyé dans les oreilles au début ? Fallait faire plus fort !

Gabin regarde en direction du lac avec un air inquiet :

— Du coup, j'imagine que vous ne comptez pas trop sur les autochtones pour mettre l'ambiance ?

— Ben non, tu penses bien, répond Benji en levant les yeux au ciel.

— Donc, vous avez rameuté un peu de monde de l'extérieur, c'est bien ça ? continue Gabin.

— Ah ça, tu l'as dit ! Il y a des cars qui arrivent de Suisse, d'Allemagne et de Belgique.

Ma mère gobe de l'air, j'écarquille les yeux.

— Des... de quoi ? Des cars ?!

— En général, c'est comme ça pour les raves, ils affrètent...

— Quoi ? Les raves ? Tu as carrément organisé une rave ?!

Gabin sourit devant mon air incrédule. L'idée d'une centaine de jeunes excités qui déambulent dans les bois m'inquiète, et je crois que lui aussi, mais il semble accueillir la situation avec philosophie. Non, c'est faux. Je ne suis pas inquiète, je suis littéralement paniquée, en train d'imaginer l'ampleur de notre responsabilité. Et j'hyperventile face à celle de notre irresponsabilité aussi. Gabin est comme anesthésié, ma mère s'évente avec un torchon. On a laissé les clés de ce qui devait être une petite fête de village à un gamin qui en a fait une rave internationale ! Je ne sais pas dans quel bourbier on s'est mis, mais ça m'étonnerait qu'on s'en sorte sans dommages.

Le bruit des basses continue de nous envelopper, avec la puissance d'une onde de choc malgré les arbres qui étouffent une partie des vibrations. J'ai une pensée pour ceux qui sont en face, avec le son qui rebondit sur la surface du lac, et ça me console un peu. À part pour Lola, dont je ne devrais pas tarder à avoir des nouvelles. Tiens, quand on parle du loup... Mon téléphone vibre dans ma poche.

[Lola : Toutes les vitres ont éclaté ici ! Qu'est-ce qui se passe ?]

— Benji, s'il reste quelques watts de disponibles, tu peux dire à tes potes qu'ils ne se gênent pas, dis-je en ricanant.

Pour répondre à Lola, j'utilise volontairement un ton laconique pour ne pas l'effrayer plus.

[Moi : Rien de grave. C'est Benji qui a commencé sa petite fête.]

— C'est Lola ? Elle dit quoi ? demande Gabin.

— Eh bien... il semblerait que Benji marque déjà des points chez nos amis jaunes. Ils devraient craquer assez vite.

Ensuite, j'interroge Benji :

— Du coup, j'imagine que ça va durer toute la nuit votre histoire ? S'il y en a qui viennent de loin, ce n'est pas pour repartir à deux heures du matin, c'est ça ?

Gabin garde les yeux exagérément fermés, alors que Benji prend un air désolé en enfonçant la tête dans les épaules :

— Tu sais, Jeanne, une rave, on sait quand ça commence...

Un gros blanc s'installe entre nous alors que les lignes de basse continuent de marteler nos tympans. J'ai du mal à y croire, je pose la question fatale du bout des lèvres :

— Tu veux dire que ça peut durer plusieurs jours ?

— Oh oui, facile ! On va pouvoir se payer une super agence de détective, déclare-t-il sur un ton à moitié assuré face à mon air dépité.

— Et j'imagine qu'au lieu de cent personnes, on va en avoir environ cinq cents ? continue Gabin.

— D'après les *like* comptabilisés, sans doute un petit peu plus, euphémise-t-il sans nous convaincre.

C'est la catastrophe ! Je l'attrape par les épaules et le pousse dans la cour :

— Tu files là-bas, tu récupères un max d'infos et tu viens faire un compte-rendu chez Paulin dans une heure. C'est OK ?

— Ouais ! Comme ça, je pourrai saluer les potes et boire un…

— Rien du tout ! Tu files, tu comptes et tu repars aussi sec.

35

Lola

J'ai toujours ce satané Joseph dans les pattes ! Ce n'est pas simple de lui fausser compagnie pour communiquer avec Jeanne. J'ai l'impression de passer ma vie aux toilettes, seul lieu inviolable.

Le jour même de mon arrivée, on m'a mise au boulot. Face aux quatre responsables qui me scrutaient durement, je n'ai pas pu mentir. Cruche ! J'ai proposé de garder les enfants, alors on m'a flanquée à la bétonnière. Leur principe de ne jamais aller vers la facilité est d'une connerie sans nom qui me met de mauvaise humeur. Et je suis la seule puisqu'ils affichent tous des sourires à la limite du niais, du réveil jusqu'au coucher. J'ai fait le test hier, j'ai écrasé le pied d'une femme et, rien à faire, elle souriait toujours.

Donc voilà, je fais du béton avec Joseph quatre heures par jour. Ma manucure est saccagée et mes ongles ne s'en remettront jamais. On remplit des tranchées et j'en suis à me demander si on ne prépare pas les fondations d'une future citadelle.

— Mais pourquoi ne fait-on pas venir un camion-toupie où c'est tout prêt ? je gémis en me massant le bas du dos.

— Tu me l'as déjà demandé. Souffrir permet de se sentir investi pleinement dans ce que nous sommes en train de réaliser. Ce bâtiment, le grand concentrateur du rayonnement cosmique, c'est une œuvre à laquelle nous devons être fiers de participer. Tu te rends compte, il y aura un peu de Joseph et un peu d'Ipomée dans chaque grain de ces fondations. C'est comme si nous étions unis dans la matière.

Je suis sûr qu'il a des pensées parfaitement dégoûtantes quand il dit ça, et en même temps, c'est vrai qu'une fois qu'on a terminé, on se sent fier de.... Non, pas du tout ! Qu'est-ce que je raconte ? On se sent sale, on se sent épuisé, on a mal aux mains, j'ai des ampoules partout et le dos en compote. Je n'en reviens pas que les arnaqueurs leur servent ce genre de discours, juste pour les faire travailler gratuitement. Le pire, c'est que les esclaves en jaune gobent tout sans sourciller. Il est bien dommage que je n'aie pas le droit de rencontrer le Devdan, je lui collerais bien ses quatre vérités en pleine tête et à coup de pelle. Et encore heureux pour lui que ce ne soit pas Jeanne armée de sa fourche qui s'en charge.

— Allez Ipomée, on relance une gâchée et c'est la pause.

Une gâchée. Ça paraît tout gentil comme terme, mais voilà exactement ce que ça représente. Soixante pelles de sable et soixante de gravier, trois sacs de ciment de trente-cinq kilos chacun, et une quinzaine de litres d'eau pour lier le tout dans une énorme bétonnière. On en fait huit dans une matinée. Je ne sais combien de tonnes j'ai charriées depuis hier, mais si une intervention divine pouvait tout arrêter, je lui en serais infiniment reconnaissante...

Bouuuuuoummm... gzzzzzz... Bouuuuuuum...

— Qu'est-ce que...

Shgliiing !!!

C'est l'affolement autour de moi, de grandes exclamations et des gens qui courent. Je tourne la tête dans tous les sens pour comprendre ce qu'il se passe, quand Joseph crie en pointant du doigt le grand bâtiment :

— L'échoppe ! Toutes les vitres se sont brisées !

Encore sous le choc, nous voyons l'orchestreur sortir de la boutique, le front ensanglanté et hurlant comme un singe en cage. Il était visiblement trop près d'une fenêtre. C'est sûr qu'il ne se tue pas à la tâche celui-là, il a le temps d'admirer le paysage.

Aussitôt, je profite de l'état de sidération des gens pour filer aux toilettes, pendant que les bruits assourdissants continuent leurs dégâts. Une fois enfermée, j'envoie un message à Jeanne. Ils n'auraient quand même pas prévu de bombarder le complexe alors que je suis à l'intérieur ?

Sa réponse un brin laconique m'apaise, mais ne me rassure pas. La bonne nouvelle, c'est que ce ne sont pas des grenades qu'on nous jette dessus, je peux ressortir sans crainte. La mauvaise, c'est que c'est de la « musique ». Et en effet, nous commençons à vibrer dans notre chair au rythme des basses.

Déstabilisés, nous nous rassemblons spontanément sur les berges du lac. Nous distinguons de l'autre côté, derrière les bosquets et saules pleureurs, ce qui nous avait échappé jusqu'alors. Des camions, des bus, des tentes, des camping-cars. Des centaines de personnes sont réunies et s'ébrouent sur les rythmes assourdissants.

— On pourrait leur envoyer du gong en réponse ? propose une femme très naïve.

— Ils ne l'entendraient pas et ce n'est pas la peine de nous rajouter des décibels inutilement, dis-je en levant les yeux au ciel.

— Personne ne peut supporter ce raffut longtemps, pas même eux. Vous verrez, ils vont s'arrêter d'ici deux ou trois heures, déclare Joseph avec assurance.

Des teufeurs ne tenir que trois heures ? Je ne sais pas où il vivait avant d'arriver ici, mais je ne serais pas étonnée d'apprendre que c'était dans un refuge en altitude.

36

Jeanne

Trois jours plus tard, et trois nuits blanches aussi, la situation est totalement hors de contrôle. Du nôtre, en tout cas. Nous sommes donc rassemblés chez Paulin et attendons Benji pour un nouveau point. Le voilà qui arrive en courant et nous salue en reprenant son souffle. Nous l'accueillons de façon contrastée. La moitié du groupe le félicite en lui tapant sur l'épaule, le reste lui fait les gros yeux.

Mal à l'aise, il se racle la gorge avant de nous faire son rapport rapidement. La dernière phrase nous laisse cois. Nous échangeons des regards troublés, chacun se demandant s'il a bien entendu, puis un vent de panique fond sur nous, que Paulin est le premier à verbaliser :

— Trois mille personnes ?!

Benji, fier de sa réussite, lève les poings en grand vainqueur :

— Ouais ! C'est un méga succès.

C'est fou, il ne se rend pas compte de l'ampleur du drame. Gabin gémit, sûrement en train de pleurer pour toutes les petites fleurs assassinées. Paulin se passe la main sur le visage pour se contenir, avant de tempérer l'enthousiasme de notre ambianceur local :

— On va vite voir si nos invités surprise sont d'accord avec toi. Oui, on a le préfet qui débarque dans une heure, escorté par trois escadrons de gendarmerie mobile et tu trouves que c'est un succès ? Benji, je ne sais pas ce qui nous a pris de te laisser l'organisation de cet évènement.

— Peut-être, mais ça fait plusieurs mois que vous déblatérez sans rien faire. Là, au moins, ça bouge un peu.

— Sur ce point, il n'a pas tort, commente Laurent. Même la presse locale en parle.

Je m'en mêle à mon tour :

— Benji, tu as été d'une efficacité redoutable et pour ça, bravo. En revanche, ils ne pourraient pas arrêter la musique quelques heures en journée ? Ça perturbe mes chèvres, tu le sais bien.

— Non, c'est toujours comme ça. Non-stop.

— Soit, alors essayons de voir le bon côté des choses, reprend Paulin. Pour le moment, tous les participants restent groupés sur place, on n'a pas de dégradations à déplorer de notre côté. Surtout, il semblerait que les Tournesols soient de moins en moins zen. Certains ont même tenté de perforer les enceintes à l'aide de flèches avec des arcs improvisés.

— Je confirme. Lola me dit que certains commencent à quitter les lieux. Visiblement, ça leur a remis les idées à l'endroit. Mais elle nous supplie d'arrêter si on tient à la revoir vivante. D'autre part, ils vont lancer une offensive. Il faut que je vous en parle après.

— Et dans les nouvelles positives, la buvette marche super bien ! renchérit Benji.

— Du côté des choses négatives, tempère Gabin, il y a cette forêt que je suis censé protéger…

— Oh, ils n'ont pas fait tomber les arbres tout de même ? je le taquine.

— Non, mais je ne suis pas sûr que la faune sauvage s'en remette. Je n'ai pas vu un seul oiseau aujourd'hui. Et les lapins ont disparu aussi. Il faut que ça cesse maintenant. Nous sommes complètement dépassés, admettons-le.

— Nous en sommes tous conscients, sois tranquille, dis-je en lui donnant un petit coup d'épaule.

— Qu'est-ce que vous voulez dire par « dépassés » ? questionne Benji.

Il reçoit une volée de regards noirs et rentre la tête dans les épaules.

— Donc, nous en sommes tous conscients, sauf Benji, reprend Paulin. De toute façon, nous ne pouvons rien faire, c'est la gendarmerie qui va s'en charger.

Benji grimace, je lui tapote le dos.

— Tu devrais aller prévenir tes amis que ça sent le roussi.

— Tente de les convaincre de quitter les lieux de façon intelligente et de ne pas chercher à résister, ajoute Gabin.

Benji acquiesce, mi-triste mi-joyeux d'avoir réussi un tel coup. Moi, je suis fière de lui, aucun de nous n'aurait eu un pareil succès, alors je l'enlace en murmurant :

— Bravo. Tu as déchiré.

Là, il retrouve le sourire pour de bon et s'en va en sautillant.

37

Lola

C'est l'enfer, je n'en peux plus ! Nous ne sommes plus du tout productifs et les nuits sont devenues notre pire cauchemar. Adieu les sourires niais, ils sont désormais crispés et accompagnés de cernes sous les yeux. N'en pouvant plus, beaucoup ont quitté les lieux. Bravo Benji !

Le protégé de Jeanne a fait des miracles, mais ça ne m'empêche pas de prier sans cesse dans ma tête pour qu'un orage monstrueux, titanesque, tombe sur les excités d'en face. Que la foudre s'abatte sur leur sono, par pitié !

En attendant ce moment béni, je remplis péniblement la bétonnière avec Joseph, quand tout à coup, la voix de l'orchestreur résonne dans les haut-parleurs :

— Réunion générale tout de suite dans la salle du grand cosmos !

Docilement, nous mettons fin à nos tâches et nous dirigeons vers le point de rendez-vous. Cette longue procession de Tournesols sans vigueur donne vraiment l'impression de guêpes rentrant au nid avant l'orage. Celui qui ne vient pas malgré mes prières.

C'est la première fois que je pénètre à l'intérieur de cette salle, construite en demi-cercle avec un plafond constitué de grands losanges qui ressemblent aux faces d'un cristal. Elles se rejoignent au faîtage par huit parois vitrées aux angles aigus, me donnant la sensation d'être aspirée par les cieux. Impressionnant !

— Ne traîne pas, tu bloques les autres ! me houspille Joseph en me poussant vers l'avant.

Il me fatigue celui-là ! Moi qui pensais que ces gens étaient zen, cool, limite mous... Rien du tout ! Vite les pelles pour le béton, vite manger, vite se coucher parce qu'on est en ruine le soir. Ce camp de vacances est un bagne !

Comme toujours, je soupire mais je suis le mouvement et nous voilà rassemblés, bien serrés, face à l'estrade sur laquelle est déjà assis l'orchestreur. Oh là là ! Il a une sale mine l'ancien et ça me redonne le sourire.

Les murmures s'éteignent subitement à l'arrivée du Brahma Devdan, que je vois pour la première fois. Pas au meilleur de sa forme, il est tout gris. Il n'est même pas venu à la cérémonie où l'on a brûlé mes vêtements et je l'ai encore en travers. « La rareté de ses apparitions en fait justement la valeur » répète sans cesse Joseph, celui qui croit avoir réponse à tout, mais qui ne fait que réciter sa leçon comme le fayot de la classe.

Nous sommes claquemurés et pourtant, on entend et ressent très bien les vibrations de la fête d'en face. Je louche avec inquiétude sur le dôme de verre qui nous surplombe... il ne va pas nous tomber dessus au moins ? C'est le seul verre qui a résisté jusqu'à présent. Ce qui est certain, c'est que ça rend tout le monde très nerveux et renforce encore plus l'impression d'être dans une ruche aux individus collectivement irrités. Lorsque Brahma

Devdan s'adresse à nous, il est obligé de hausser la voix, et nous, de tendre l'oreille. Ce que je comprends, c'est qu'il juge que nous sommes injustement agressés par les villageois et que cela mérite une riposte adaptée.

— Je vous demande à chacun de proposer des idées, dit-il nerveusement pour conclure son laïus.

Comment nuire à l'autre ? Ça me rappelle la dernière réunion chez Paulin, dont le thème était là aussi : comment nuire à l'autre ? On n'en sortira jamais.

Chacun s'investit au mieux dans ce concours Lépine de l'idée méchante et, comme me taire me rendrait suspecte, j'en viens à me prendre au jeu malgré moi :

— Et si on bouchait l'arrivée des eaux usées de la station d'épuration ? Ça va déborder chez tout le monde et c'est super facile à faire.

Joseph me regarde avec admiration, alors que Brahma Devdan et le grand orchestreur échangent quelques mots à voix basse. Ils ne sont quand même pas en train de valider cette ânerie ?

Je suis vraiment la reine des gourdes ! Je jauge encore trop mal leur potentiel de déconnexion au monde normal. Quand tu penses avoir trouvé l'idée la plus débile qui soit et que n'importe qui de sensé refuserait, eux, ils semblent la juger très bonne. Je dois rattraper le coup, alors je crie avec empressement :

— Non, mais je disais ça comme ça. Désolée, Brahma !

— La réunion est levée, annonce d'un coup le grand Orchestreur. Ipomée et Joseph, merci de rester.

— C'est-à-dire qu'on a du béton à faire avec Joseph et....

— Mais vas-tu te taire, Ipomée ? C'est un grand honneur qu'ils nous font là, s'effraie Joseph, tout fébrile.

— Mais le béton aussi, souviens-toi ! Le mélange de nos deux êtres dans la matière, ou le truc que tu disais...

— Allons, ne sois pas si faussement modeste et avance. Il ne faut pas les faire attendre.

La totalité des membres a déserté les lieux, nous nous retrouvons à quatre dans cette immense salle où j'aimerais pouvoir disparaître entre les lattes du plancher. Imaginez ma détresse. Je viens de donner un moyen aux jaunes de nuire au village, alors que je suis là pour aider les miens. C'est d'un ridicule ! Lola, tu n'en rates jamais une.

Le chef m'observe de pied en cap, de ses grands yeux globuleux et en caressant sa barbe broussailleuse, avant de s'adresser à moi :

— Comment comptes-tu t'y prendre ?

— Euh... pour faire quoi ? je réponds naïvement, alors que Joseph me tape dans le dos.

— Boucher l'arrivée de la station d'épuration, précise l'orchestreur.

— C'est-à-dire que... J'ai lancé ça comme ça. Je ne sais pas trop...

— C'est très simple, embraye Joseph en me poussant légèrement. Il y a une buse à l'entrée du bassin, on y vide cinq bombes de mousse polyuréthane et le tour est joué, plus rien ne s'écoule, tout remonte dans les canalisations. Dans quelques jours, ça sera une infection dans le village. Ipomée a eu une idée géniale !

Les deux chefs me dévisagent avec une pointe de soupçon, puis ordonnent la chose suivante :

— C'est vous deux qui allez faire le coup dès que possible, c'est-à-dire quand le bruit aura cessé de l'autre côté. Il y a pour l'instant trop d'agitation pour agir correctement.

Intérieurement, je suis déconfite, mais je ne dois rien montrer, car j'ai quand même l'impression qu'ils ne me font pas totalement confiance. Ma venue doit être trop récente, donc inspirer la méfiance. J'en serais presque outrée s'ils n'avaient pas raison.

— C'est bon, Ipomée, nous te remercions. Joseph, aurais-tu l'obligeance d'attendre avec nous un instant, s'il te plaît ?

Je ne demande pas mon reste et vais prévenir Jeanne aussitôt. Mais avant, il faut que je sache quand va cesser cette musique infernale. Je file à mon bureau, c'est-à-dire aux toilettes.

[Moi : Vous allez faire du bruit longtemps comme ça ?]

[Jeanne : Les gendarmes arrivent en nombre, le préfet se déplace. Benji est allé avertir ses potes qu'il fallait déguerpir.]

En voilà une bonne nouvelle, les troubadours 2.0 seront mis au trou d'ici demain. Enfin !

Il semblerait que les autorités aient fait preuve d'un grand empressement, parce qu'en milieu d'après-midi, les sons s'arrêtent subitement. D'un coup, sans rien pour nous prévenir. Si brutalement que nous trébuchons ou laissons tomber nos outils, déséquilibrés par ce vide si soudain.

Hagards, nous nous retrouvons enveloppés dans un silence glaçant. Mon cœur s'était habitué à battre au rythme de la musique, et là, j'ai l'impression de faire un infarctus. Les premières minutes m'offrent une sensation angoissante. Puis, le bonheur vient, enfin, de profiter d'un environnement paisible qui me ferait presque apprécier les lieux et les gens avec qui je me trouve, Joseph compris.

38

Jeanne

Encore une randonnée de nuit, ça manquait dans mes journées déjà bien remplies. Pourtant, je ne râle pas trop puisque je suis bien accompagnée de mon binôme favori. Celui des jeux mesquins et encore plus de ceux délicieux des nuits.

J'avance dans les pas de Gabin sur le sentier qui mène à la station d'épuration. Si le fait qu'il me tienne la main apporte une douceur bienvenue, ça ne m'empêche pas de pester intérieurement. Ils vont saboter la station ! Heureusement que Lola a pu nous prévenir.

En débouchant d'un bosquet, l'odeur qui nous prend aux narines confirme sans doute possible que nous sommes arrivés au bon endroit. Nous décidons de nous poster en retrait, sur un point surélevé d'où nous pourrons observer sans être vus.

— Elle ne t'a pas dit vers quelle heure ils allaient venir ? demande Gabin en sortant une couverture de son sac à dos.

— Non et on n'est même pas sûr que ce sera ce soir. Je crois qu'ils ne lui font pas tout à fait confiance.

— Heureusement que tu n'es pas à sa place. Ils t'auraient grillée dès l'entrée avec ton regard mauvais, se marre-t-il en étalant la couverture.

— C'est pourtant ce qui t'a fait craquer.

— Vrai. Viens-là, ma teigne préférée, dit-il en tapotant le plaid.

Je m'installe bien volontiers et me pelotonne contre lui. Il m'embrasse tendrement et m'enlace avant de reprendre :

— N'empêche que c'est bien une idée à la con qu'ils ont eue. Il faudra qu'elle nous dénonce l'abruti fini qui a pondu cette trouvaille. Boucher la station d'épuration... mais qu'il faut être con !

— Tu m'étonnes. C'est la première chose que j'ai demandée à Lola, mais elle est restée évasive sur l'identité de l'imbécile. Elle ne doit pas être sûre.

— C'est vrai qu'ils ont une équipe de gars qui se chargent de la surveillance et des coups tordus ?

— C'est ce qu'elle m'a dit. Les barrières pour la fête et les énervés qui nous ont sautés dessus dans la colline, ce sont eux.

— Des cow-boys... on avait besoin de ça, dit-il en soupirant. N'empêche, qu'est-ce qu'on fait s'ils débarquent ? Parce que c'est bien beau de les attendre là, mais personnellement, je n'ai ni envie de me battre, ni de me faire casser la gueule.

— Pourtant, tu ne te gênes pas dès que tu en as un sous la main, je le taquine. Sinon, la réponse est : rien, on ne fait rien. On les regarde et on répare leur connerie juste après.

— Quoi ? On les laisse repartir sans une seule claque ?

— Tu viens de dire que tu n'avais pas envie de te battre, il faudrait savoir.

— On aurait quand même pu mettre deux ou trois baffes. Ce n'est pas se battre, ça.

— Alors on peut leur faire des bisous, ce n'est pas non plus les aimer.

— Non, je réserve ça aux personnes que j'aime vraiment, susurre-t-il.

Je ne réponds pas, considérant qu'il s'agit d'un piège sournois qu'il me tend.

Cela fait plusieurs jours qu'il me lance des perches, demandant des réactions là où je n'ai pas envie d'en avoir. Il me teste, veut savoir où j'en suis. Je sens bien que, de son côté, il souhaiterait clarifier les choses, mais je refuse encore de m'engager plus. Je suis toujours échaudée par l'autre tartuffe qui m'a plantée à deux mois du mariage. Et puis, la situation me convient bien comme ça. Quand j'en ai envie, un coup de fil et hop, le prince charmant est livré tout chaud dans mon lit en quinze minutes, plus vite qu'une pizza. Et inversement, il débarque parfois avec un sourire en coin, une heure après m'avoir dit « à demain ».

Perdue dans mes pensées, je me rends compte que Gabin s'est renfrogné. Il n'est pas dupe. Tant pis, je ne suis pas joueuse. On m'a fait mal et c'est trop récent. Pourtant, lui me fait beaucoup de bien. Le contraste est saisissant entre notre relation du début et celle d'aujourd'hui. Malgré cela, tout n'a pas disparu de notre animosité réciproque. Elle ressurgit de temps en temps au détour d'une phrase. Une sorte d'automatisme, un réflexe d'autodéfense, qui nous surprend lorsque nous nous en rendons compte et qui termine par des éclats de rire.

Alors que je repense à la dernière fois que cela nous est arrivé, une grande main chaude se pose sur mes reins, se glisse sous mon polo, et parcourt lentement le bas de mon dos. Quelques frissons remontent jusqu'au bas de ma nuque, provoquant une série de tremblements incontrôlés.

— Tu as froid ? demande-t-il en ricanant.

— Oui, bien sûr, que veux-tu que ce soit ?

— Je vais te réchauffer, souffle-t-il d'une voix basse que je trouve toujours aussi excitante.

— Avec ta petite main curieuse ?

— Ne sois pas désobligeante. Je n'ai pas de petite main curieuse, mais une grande paluche entreprenante.

Sans plus attendre, il m'enserre la taille et me tire pour me plaquer à lui. Nous nous sourions, puis il pose ses lèvres sur les miennes et m'embrasse langoureusement en reprenant ses caresses. Il n'hésite plus désormais, il me sait docile dans ses bras. À raison puisque je ne m'en lasse pas.

Nous nous retrouvons assez rapidement dévêtus, à faire ondoyer nos corps dans le crépuscule et sous le regard gêné des étoiles. Je déteste faire l'amour dans l'herbe, c'est bien la preuve que Gabin parvient à détruire toutes mes résistances. Il y a toujours une fourmi, une brindille, une guêpe, un scarabée... ou des voyeurs comme ces deux silhouettes qui approchent !

— Gabin ! Stop ! je chuchote en le repoussant.

— Pourquoi ? Je t'ai fait mal ?

— Non, mais je crois qu'ils arrivent. Et évidemment, ils se dirigent droit sur nous.

Gabin suit mon regard, se concentre sur les ombres en mouvement, et laisse tomber son front sur le sol en marmonnant des jurons. Notre poste d'observation se trouve pile sur la trajectoire des deux intrus. Ce n'est vraiment pas de chance !

Nous sommes invisibles tapis dans les herbes, mais faire le moindre geste trahirait notre présence. Nous rhabiller est impossible. Nous ne pouvons tout de même pas rester ainsi, Gabin encore ancré en moi, alors il glisse tout doucement sur le côté.

Nous les entendons parler à présent. Il y a une femme et je reconnais parfaitement la voix de Lola. Heureusement, de précieux nuages masquent la lumière de la lune, rendant nos corps nus et nos peaux blanches indétectables. Pas pour longtemps. Le malaise augmente au fur et à mesure qu'ils approchent. Je vais mourir de honte avant même qu'ils ne me découvrent.

Dans un réflexe, celui de la dernière chance, je prends mon portable et pianote rapidement un message. Cinq secondes plus tard, une brève mélodie retentit chez les intrus. Ils s'arrêtent.

— Qu'est-ce que c'est ? Tu as un portable ? demande l'homme.

— Juste par précaution pour la mission. J'ai reçu un message, mais rien de bien clair, répond Lola qui semble perplexe.

Son visage est éclairé d'une lumière bleutée pendant qu'elle reste figée devant son téléphone, à relire mon texto. Enfin, elle pige et se reprend d'une voix plus affirmée :

— C'est encore ma mère qui veut avoir des nouvelles. Elle est pénible ! Dis, je crois qu'on devrait bifurquer sur la gauche, j'ai l'impression qu'il y a un roncier devant nous.

— Oui, tu as raison, mais il faut que je fasse une pause pipi avant. Ce roncier sera justement parfait.

Gabin me lance un regard désespéré et nous soupirons de concert. J'avoue que la situation pourrait être drôle, mais seulement si nous n'en étions pas les protagonistes. Par chance, j'ai une amie merveilleuse dotée d'une capacité formidable à embrouiller les gens et elle a décidé de s'en servir :

— Attends, Joseph ! Il faut que j'y aille aussi. Honneur aux femmes, hein ? Et merci de te retourner.

Nous l'entendons approcher, nous nous tassons au maximum sur le sol. Finalement, Gabin se résout à se sacrifier, il s'écarte de moi et attrape la couverture avec laquelle il me recouvre, avant de glapir en se rallongeant. Sûrement une épine mal placée. Le nez dans l'herbe et lui les fesses à l'air, nous attendons, puis un cri étouffé nous signale qu'une Lola stupéfaite nous a trouvés, avec le postérieur de Gabin au premier plan. Son exclamation n'échappe pas à son comparse :

— Tout va bien, Ipomée ?

— Oui, oui, juste une énorme araignée ! Elle est hideuse, absolument terrifiante !

— Ça va, n'en rajoute pas trop non plus, grince Gabin.

— Tu veux que je vienne l'écraser ?

— Je voudrais bien voir ça, marmonne Gabin à qui je colle un coup de coude pour qu'il cesse.

— Mais enfin, Joseph ! Elle est chez elle, on ne tue pas les merveilles de la nature, s'écrie Lola.

— Ouais, mais bon. Je n'aime pas les araignées, se défend piteusement le type.

— Dis donc, il ne m'a pas l'air si *peace and love* que ça, je chuchote pour Lola.

— *Peace*, je ne sais pas, mais le *love* l'intéresse beaucoup, bougonne-t-elle avant de s'éloigner.

Elle s'immobilise à quelques mètres.

— Il faut que je trouve un endroit plus sûr, crie-t-elle à son acolyte en nous faisant signe de déguerpir.

Nous attrapons nos affaires et filons sans demander notre reste, offrant nos fesses blanches au regard médusé de Lola.

Arrivés à l'abri derrière une butte, nous reprenons rapidement nos esprits et nous rhabillons à la hâte.

— Eh bien ! On l'a échappé belle pour le coup.

— Tu m'étonnes. C'est dommage, mais on va être obligés de tuer Lola pour qu'elle ne puisse jamais raconter ça, plaisante Gabin qui se détend un peu.

— N'importe quoi. Lola ne dira jamais rien. Et je te rappelle qu'on n'était pas là pour batifoler dans les herbes, mais pour aller les empêcher de saboter la station.

— Oui, je me souviens. Maintenant qu'on sait qu'ils y sont, rien ne presse. On a juste à passer après eux. Qu'est-ce qu'on pourrait faire en attendant ? demande-t-il d'une voix traînante.

— Hé ! Ça ne t'a pas suffi ? Mais vous êtes incroyables, les mecs. Vous n'en avez jamais assez !

— Sûrement parce que quand on aime un truc, on ne s'en prive pas, nous !

Le voilà qui bougonne des choses à base de « et d'abord, je n'ai presque rien eu », et « même pas pu aller jusqu'au bout ».

— Gabin, on termine notre mission, comme prévu, et après on verra si on a de la ressource pour finir ce qu'on avait commencé. Ça te va ?

Décidément, je ne dois rien comprendre aux hommes, car ça n'a pas l'air de le ravir plus que ça.

— Quoi ? Tu ne veux plus ?

— Je n'aime pas quand c'est planifié, se justifie-t-il.

— Moi, si. Et surtout, je préfère quand ça se passe dans un lit, sans moustiques, mygales, ni autres témoins indésirables !

— Chut, tais-toi !

— Comment ça, tais-toi ?!

— Ils reviennent. Baisse-toi.

Nous entendons distinctement les voix de Lola et son acolyte alors qu'ils rebroussent chemin.

— Mais c'est vraiment dégoûtant cette mousse en bombe, ça colle de partout ! Tu étais obligée de m'en foutre sur les cheveux ?

— Désolée, Joseph, mais ça m'a surprise quand tu as posé ta main sur mes fesses. J'ai eu comme un réflexe, je me suis défendue.

— Mais c'était un accident !

— Pareil. Un accident !

Aplatis derrière un bosquet, nous luttons contre un fou rire en imaginant la scène. Je crois que Joseph n'est pas près de refaire une tentative d'approche sur mon amie. Ils repartent vers leur centre en se lançant des reproches tout le long du chemin, ce qui nous permet de suivre leur progression.

Nous attendons encore cinq bonnes minutes avant de nous diriger vers le lieu de leur forfait. La grille censée protéger la station est ouverte et de toute façon, le grillage est si bas qu'on peut l'enjamber. Facile d'accès, c'était vraiment un jeu d'enfant pour eux.

Pour nous aussi la tâche est aisée. La mousse a commencé à sécher et donc désormais facile à découper avec une lame. Gabin s'active pendant que je surveille. C'est un conseil de Lola, par crainte qu'ils envoient une deuxième équipe, celle des cow-boys, pour contrôler leur sabotage.

Notre mission terminée, nous sommes de retour dans le pick-up. Sur la route qui nous ramène chez nous, Gabin revient sur notre sortie :

— On aurait pu ne pas se déplacer. Leur bricolage n'aurait certainement pas résisté à la pression.

— Peut-être, mais l'intention y était ! Il va falloir qu'on se venge.

— C'est déjà ce qu'ils faisaient, eux. On a commencé avec l'eau bleue. Ça peut durer longtemps.

— Qui fut un échec total. Quand l'eau est redevenue normale, ils étaient presque déçus.

— En tout cas, je ne serai peut-être plus là pour voir l'issue de cette histoire, c'est dommage.

— Comment ça ?

— J'ai fait ma demande de mutation en début d'année et la réponse arrivera au trimestre prochain. Je serai peut-être parti avant que vous vous soyez tous entretués.

Il aurait pu me piquer avec une longue aiguille que ça m'aurait fait le même effet. Très désagréable. Mais quoi dire ? La voilà la fameuse mutation que j'attendais avec tant d'impatience, avant. Lui, il l'avait prévue et la souhaitait, alors je fais bonne figure, comme si ça ne m'atteignait pas en plein cœur :

— Il doit te tarder de retrouver les pins, les vagues, les troisièmes mi-temps...

— Oui, c'est vrai, mais tu sais, on trouve de belles choses ici aussi.

Sur ce, il me dépose devant l'entrée de la cour. Je descends mais ne me sens pas très bien. J'ai besoin d'un gros câlin, je tente ma chance :

— Tu ne veux pas rester ce soir ? On avait des trucs à terminer.

— Non merci, je suis fatigué. En plus, je te l'ai dit, je n'aime pas quand c'est planifié. Je préfère les herbes qui grattent et les insectes qui piquent, dit-il en riant.

Et il part, sans même m'avoir embrassée. Décontenancée, je le regarde franchir le portail sans réagir, puis je rentre chez moi en traînant les pieds, et surtout passablement troublée.

39

Lola

Je l'ignore autant que possible, ne réponds pas à la moitié de ses questions que je fais semblant de ne pas avoir entendues. Quand il se colle à moi, je m'écarte en soufflant. Franchement, depuis une bonne semaine maintenant, je remballe toutes ses tentatives de drague et je me montre aussi froide que possible. En vain, Joseph est tenace.

L'enthousiasme que j'affichais à mon arrivée, même s'il était admirablement feint, avait pour seul but de me faire admettre par la communauté et endormir la méfiance de mon chaperon. Sourire n'est pas aguicher, mais ce détail doit lui échapper. À aucun moment mon attitude n'a prêté à confusion. Ces derniers jours je suis aussi accueillante qu'une porte de prison et pourtant, il y croit fort à une ouverture avec moi. Je ne comprends pas. Encore moins avec les tenues qu'on nous fait porter ici, si moches et informes que personne ne devrait donner envie à personne.

Pas rancunière malgré tout, au milieu du chemin, j'examine ses cheveux et sa barbe à la lueur d'une petite lampe torche. C'est terrible la mousse expansive, ça ne laisse aucune chance, que ce soit aux vêtements, à la peau et encore moins aux poils en tout genre. Le pauvre Joseph, qui l'a un peu cherché, va devoir sortir les ciseaux, mais il faudra attendre que ça sèche. C'était vraiment un réflexe de ma part et il a du bol que ce ne soit pas un marteau que je tenais dans la main.

Sur le retour, il n'en mène pas large et doit bien regretter de m'avoir tripotée. Il a beau répéter qu'il n'a pas fait exprès, je n'en crois pas un mot. Il m'aurait juste effleuré la fesse, peut-être que je lui accorderais le bénéfice du doute, mais il me l'a pressée ! Alors, autant dire que ses jérémiades me laissent de marbre.

De retour au centre, nous partons nous coucher dans la yourte commune sans échanger un mot. Une bonne nuit de repos le fera cogiter et, à moi, me fera le plus grand bien.

Pourtant, une fois allongée, impossible de m'endormir. Je repense aux évènements pendant mon séjour ici et commence à comprendre le fonctionnement. Dissimulés derrière des paroles prônant l'échange et le partage, ils plument les gens. Ils mettent la pression en souriant, une force tranquille de persuasion.

J'en fais encore les frais le lendemain quand Joseph me mène à l'échoppe pendant la pause du matin. Bien entendu, je tente de me défiler :

— Je n'ai pas besoin de changer ma tenue. Regarde, elle est en très bon état.

Et pour cause ! J'en prends grand soin par peur qu'on m'oblige à en racheter une. Pour éviter que cela n'arrive, j'en ai même chipé deux autres à ceux qui sont partis lors de la fête qui nous a cassé les oreilles. Ils avaient eu la bonne idée de laisser les valises ouvertes sur leur natte, je suis passée devant discrètement et hop ! Après tout, ils n'en auront plus besoin.

— Ce n'est pas pour une tenue, c'est pour ton livre. Tu n'en as pas encore lu un seul, alors que c'est indispensable pour avancer. Tu ne peux pas stagner dans ton apprentissage.

— Il n'y a pas une bibliothèque ? Un endroit pour les consulter ?

— Tu ne comprends pas le concept, répond-il en secouant la tête avec un air déçu.

Oh si, je la comprends trop bien votre arnaque ! C'est dire que l'accueil et le gîte sont offerts alors que vous faites travailler les gens gratuitement et payer un ticket d'entrée via les bouquins hors de prix du grand escroc. Le truc indispensable pour vivre dans la communauté. Sinon, dehors !

Je n'y couperai pas, alors je feinte en attrapant une brochure de dix pages. Au moins, il y a des images en couleurs, c'est presque joli et... Quoi ?! Cent cinquante euros ?! J'ai des palpitations, au secours.

— Cette revue me semble parfaite pour me lancer, dis-je d'une voix blanche.

— Non, tu n'y trouveras pas les conseils de vie dont tu as besoin pour élever ton esprit, réfute une vendeuse en me collant un livre dans les mains.

Joseph hoche la tête avec un air grave, moi, la mienne tourne lorsque je le suis vers la caisse où m'attend une femme au sourire carnassier. Paiement en plusieurs fois accepté, il vaut mieux pour six cents euros. Au moment d'insérer ma carte dans le lecteur pour les premiers deux cents euros, je me sens si mal que je crois m'évanouir en tapant mon code.

En ressortant, hagarde, je tiens le livre contre ma poitrine, pas comme un Graal qui va m'enrichir, mais comme le truc en papier qui m'a ruinée.

— Je vais le ranger et je te rejoins sur le chantier ! dis-je à Joseph avant de le planter sur place.

Une fois le livre à l'abri sous ma natte, je file aux toilettes pour envoyer un message à Jeanne. Il faut qu'elle me sauve, pas en venant me chercher, mais pour ne pas dilapider toutes mes économies. Sa réponse me laisse perplexe.

[Jeanne : La buvette a super bien marché ! Garde bien le truc, ça servira de preuve.]

Mais oui ! C'est que les teufeurs ont dû avoir soif à se trémousser sans répit. Ils ont dû amasser un sacré paquet de fric, ils pourront même me rémunérer pour mon temps perdu.

D'ailleurs, il faudrait peut-être que j'y pense, à mon retour, car Damien revient samedi. Je ne sais même plus quel jour on est. Petit coup d'œil sur mon portable... Vendredi ! Un vent de panique me submerge, je dois me sauver d'ici au plus vite ! Déjà, je commence par la première étape, c'est-à-dire sortir des toilettes, planquer mon téléphone, puis rejoindre Joseph. Faire du béton n'épuise pas les neurones, j'aurai tout loisir de préparer mon plan d'évasion. Nous ne sommes pas prisonniers, mais on ne quitte pas la communauté avec un simple « Salut ! C'était sympa, à la prochaine. » Il faut passer devant le grand orchestreur bien sûr, qui se charge de nous retourner le cerveau pour nous faire rester. Il n'y a qu'en cas de crise comme l'autre jour que les départs ont été rapides. Ils étaient trop nombreux et surtout trop énervés.

Si je n'ai pas surveillé la date, c'est que le temps passe vite ici et ça ne m'étonnerait pas que ce soit calculé de leur part. Ils nous font bosser comme des forçats, le terme est juste puisqu'on ne touche pas un radis, alors on n'a pas une minute pour se plaindre, même pas le soir où on tombe en plein coma sur nos paillasses. Il faut que j'arrive à m'enfuir demain matin. Cette nuit, ce n'est pas possible, j'ai des affaires à récupérer que je ne pourrai pas préparer sans réveiller toute la chambrée. Je dois trouver une solution rapidement sinon, ça va être la catastrophe.

Au lever du soleil, tout le monde se lève au son de l'insupportable gong. Trois coups puissants qui s'étirent sur de longues minutes, et qui nous laissent en mode pause tant qu'ils n'ont pas retenti tous les trois. Et la journée ne fait que commencer, la suite, le petit déjeuner, n'est pas mieux. C'est un moment horrible pour moi qui suis amatrice de caféine. Ils nous servent du thé ou d'infectes tisanes amères aux soi-disant bienfaits thérapeutiques. De toute façon, ici, dès qu'un truc est dégueulasse, on dit que c'est pour ton bien. Il n'y a que les salades qui sont vraiment excellentes.

Avec mon bol en main, je chipote devant les brocs de boissons chaudes. Il y a le choix, mais pas tant que ça puisque tout est mauvais, alors je prends de l'eau fraîche. Ce matin, je tente encore ma chance :

— Mais Joseph, franchement, comme je ne suis pas malade, ça ne peut pas me faire du bien. Je pourrais avoir un café, non ?

Je rêve d'un café noir. Ses effluves, son goût un peu amer, aux arômes de brûlé... Je tuerais pour ça !

— Ipomée, les bonheurs du corps ne sont pas ceux de l'âme, et ce sont ces derniers qu'il nous faut cultiver.

— Et hier soir, quand tu m'as pelotée, c'était pour cultiver mon âme ou la tienne ?

Il rougit, d'autant plus quand les disciples autour de nous tournent la tête vers lui. Il ne passe déjà pas inaperçu avec la mousse maintenant durcie sur un côté de son crâne, comme si des frelons y avaient construit leur nid.

— Je te l'ai déjà dit, c'était...

— Oui, je sais. Rien qu'un enchaînement d'accidents hier soir, ce n'est vraiment pas de chance. D'ailleurs, il faut que je te rafistole un peu ta coiffure pour qu'on soit quitte. J'ai une sœur qui est coiffeuse, j'ai déjà vu faire, sois tranquille.

C'est totalement faux. Je n'ai jamais vu ma sœur coiffer pour la bonne raison que je n'ai pas de sœur. C'est une bien étrange idée que de vouloir arranger sa tignasse, mais c'est tout ce que j'ai trouvé pour m'enfuir d'ici. Je ne prévois pas de lui coller un ciseau sur la carotide pour qu'on me laisse sortir, le but est juste d'échapper à la corvée matinale obligatoire. Il le faut absolument, car une fois qu'on est lancé dans le travail, on ne peut pas s'arrêter puisque surveillé et chronométré.

Joseph semble douter de mes talents de créatrice capillaire, il a plus de jugeote que je ne le pensais.

— Non, ça va partir tout seul, dit-il en se passant la main sur la tête.

Main qui bute sur sa choucroute et qui se coince. Il grimace en tirant pour libérer ses doigts, puis, après un soupir fataliste, il cède :

— C'est d'accord pour couper ça.

Sitôt le petit déjeuner terminé, nous suivons la meute de travailleurs jusqu'à dehors, puis bifurquons discrètement vers notre yourte. À l'intérieur, je fais mine d'être affectée par le bazar ambiant.

— Non, mais regarde-moi ça, c'est une vraie porcherie ici !

J'attrape le balai et m'active autour des paillasses pour, sans en avoir l'air, rassembler petit à petit mes quelques affaires près de la valise, puis dedans. Pendant que Joseph secoue sa natte, je m'empare de mon téléphone dissimulé dans ma trousse de toilette pour envoyer un message à Jeanne. Écran noir, plus de batterie. Zut ! Je voulais lui laisser quelques consignes pour la maison avant le retour de Damien. C'est qu'il n'est pas gendarme pour rien. S'il voit que le distributeur du chat est rempli, qu'on se les gèle dans le salon ou la boîte aux lettres pleine de courrier, il va imaginer le pire et déclencher une alerte enlèvement.

Avant toute chose, je branche mon appareil sur ma batterie de secours, pendant que Joseph gesticule en soufflant d'impatience.

— Ipomée, on a assez perdu de temps. On nous attend au chantier.

Qu'ils attendent longtemps, ces esclavagistes ! J'aimerais tant leur crier ce que j'ai sur le cœur avant de partir, mais j'ai trop peur qu'ils me mettent les chaînes.

— Tu as raison, le travail prime sur notre confort domestique. Assieds-toi sur ta natte.

Je n'ai jamais autant raconté d'absurdités dans ma vie que pendant ces quelques jours.

Les ciseaux dans une main, je contemple son crâne. Confuse, je tourne autour de lui sans savoir par où commencer. Rien de tel pour motiver mon évasion précipitée, car lorsqu'il découvrira sa tête après mon intervention, j'ai intérêt à être déjà loin.

— Bon, on ne va pas faire de shampoing vu que la moitié des cheveux sont pris dans la mousse. En tout cas, ça te donne un genre. J'aime bien.

— Arrête de te moquer et coupe, qu'on en finisse.

Sur ce, je m'exécute, taillant sans ménagement. Quand le dernier bout de mousse est tombé, je recule pour observer mon œuvre et ravale un cri en découvrant les trous et les mèches de toutes les longueurs. C'est monstrueux ! Par chance, il n'y a pas de miroir ici. Je ne peux décemment pas le laisser ainsi, mais je préfère le prévenir que je vais élaguer plus sévèrement :

— Tu sais, j'ai sans doute mal agi au début, mais j'ai fait ce que j'ai pu. L'idéal, ce serait de repartir à zéro.

Tout d'abord surpris, il me dévisage et esquisse un sourire.

— Depuis le début, je ressens de bonnes vibrations venant de toi, en harmonie totale avec les miennes.

— Je parlais de ta coupe de cheveux, Joseph. Il faut tout raser ! Trouve-moi une tondeuse !

Mais il n'abandonne donc jamais ? Ce sont les vibrations de mes doigts qu'il va ressentir sur les joues s'il tente encore quoi que ce soit !

— Une tondeuse ? répète-t-il, hébété.

— Oui, pas le choix. Va voir à l'échoppe, ils pourront sûrement t'en dénicher une. Pendant ce temps, je vais continuer de ranger. Dépêche-toi, on nous attend !

Je l'espérais sans y croire, mais le voilà qui s'empresse d'obéir. Il suffisait donc que j'ordonne en haussant un peu le ton pour prendre le dessus. C'était si simple ! En même temps, on parle de quelqu'un qui suit un grand chef en toge sorti de nulle part et qui exécute sans broncher tous ses préceptes jusqu'à l'épuisement.

Je me féliciterai plus tard, car il n'y a pas une minute à perdre, c'est maintenant que je dois m'éclipser. Je termine de rassembler mes affaires avec précipitation et sors de la yourte en souriant niaisement, juste pour passer inaperçue ici. J'ai pu recharger un peu mon téléphone, je le rallume et vois qu'il y a des messages en attente. Je lirai ça après, pour l'instant, je dois déguerpir au plus vite.

Je franchis les cent premiers mètres le plus calmement possible, au milieu des autres Tournesols qui sont déjà au travail et me dévisagent avec étonnement. Dire qu'avant de venir ici, je pensais que ces gens passaient leur temps à méditer, à renifler des fleurs ou à se prélasser sur des tapis en devisant sur les choses de la vie. J'enviais un peu leur insouciance, je repars en plaignant leur crédulité.

Pleine d'assurance, j'avance sans me retourner une seule fois pour ne pas attirer plus l'attention. Bien évidemment, je ne me dirige pas vers le portail trop bien gardé, mais à l'opposé. La rive du lac n'est plus qu'à une dizaine de mètres, je commence à me sentir soulagée.

Soudain, j'entends des pas rapides se rapprocher.

— Ipomée ! Attends !

C'est Joseph. Jusqu'au bout il va me gonfler, jusqu'à la dernière minute ! Au lieu de me retourner, j'accélère, parce que j'ai bien l'intention de lui échapper.

40

Jeanne

Une fois mon petit-déjeuner avalé, j'enfourche mon vélo et fonce chez Lola pour m'occuper de son chat et arroser ses plantes. Mes journées sont interminables ces derniers temps, vivement cet hiver pour les vacances.

Dire que certains quittent leur travail et la ville pour se reconvertir à la campagne. Tout plaquer et élever des chèvres, la tranquillité ultime, pensent-ils. La bonne blague pour qui connaît la chèvre ! Sous ses airs placides, elle cogite sans cesse à la prochaine connerie qu'elle pourra faire. S'il y a une seule possibilité de bêtise, elle la trouvera, et la fera, c'est dans ses gènes. Je le dis et je le pense, mais j'aime beaucoup les miennes parce qu'elles sont aussi câlines et rigolotes. Au moins, on peut dire que je ne m'ennuie jamais avec elles.

Pour l'instant, je termine l'arrosage des plantes, la litière de Pompon est propre, tout est parfait ! Alors que je m'apprête à repartir de chez Lola, je sursaute au son d'un véhicule qui s'engage dans l'allée.

Le facteur ? Il serait en retard. Je fonce à la fenêtre du salon et jette un coup d'œil dehors. Il y a bien quelqu'un qui se gare. Je blêmis instantanément. C'est Damien ! Ça fait déjà quinze jours ? Oui, Lola avait précisé qu'il rentrait le huit. Mais alors, qu'est-ce qu'elle fiche ? Elle m'a encore envoyé un message hier pour dire que tout allait bien. Elle n'a quand même pas oublié que son mec revenait aujourd'hui ?

Et moi, qu'est-ce que je lui raconte ? S'il apprend que Lola est partie vivre chez les Tournesols, il va m'agonir d'injures, me reprocher de l'avoir laissée faire, de ne pas l'avoir prévenu, lui. Et pire, d'être complice. Je dois l'embrouiller comme il faut, mais comment ? Lola saura mieux que moi, du moins je l'espère.

[Moi : Lola, je suis chez toi et j'ai Damien qui déboule. Qu'est-ce que je lui raconte ?]

J'ai beau secouer mon téléphone, pas de réponse, évidemment. Pendant ce temps, le couperet s'approche de ma tête, car Damien qui s'est garé au sous-sol est en train de monter les escaliers. Il a visiblement un gros sac que j'entends taper contre le mur à chacun de ses pas. Soit il est fatigué, soit de mauvaise humeur, ce qui ne me faciliterait pas les choses.

Bon, de toute façon, à situation pourrie, solution foireuse. Je ne me vois pas partir en courant comme une voleuse et Lola doit être en route, donc, je décide de rester et d'essayer de gagner du temps.

La porte du couloir s'ouvre, Damien me découvre en train de passer le balai.

— Tiens, salut, Damien ! Je ne t'avais même pas entendu arriver. Tu vas bien ?

Surprise de l'intéressé, normal, mais mon air enjoué semble le rassurer, il me sourit.

— Jeanne ? Lola t'a embauchée comme concierge pendant qu'elle est aux Bahamas ?

Tu ne crois pas si bien dire, pile dans le mille, juste une variante géographique.

— Non, on a pris le petit-déjeuner ensemble et elle avait une course urgente à faire. Je lui ai dit que je m'occuperais de ranger. Et puis, tu nous connais, nous les femmes, dès qu'on a un balai ou une éponge dans les mains, on ne sait plus s'arrêter.

Ah, là, il tique. Ce n'est pas une phrase que je dirais en temps normal, même pour rire et il le sait. Je stresse face au gendarme, je dois réfléchir avant de parler.

— Je voulais dire que je n'ai pas vu le temps passer. C'était de l'humour.

Toujours pas crédible à ses yeux, alors pour couper court au malaise, je l'interroge :

— J'en déduis que tu n'as pas croisé Lola sur le chemin. Tu vas être obligé de me raconter ton stage à Rochefort en l'attendant, ça sera ma punition. Je te fais un café ?

— Volontiers. Ta punition de quoi ?

Ma punition de te mentir, Damien. C'est mon inconscient qui parle à ma place et il faut absolument que je le musèle.

Je fais mine de ne pas avoir entendu en ouvrant et refermant la porte du placard très fort. D'autre part, ça me permet de ne pas lui faire face pendant quelques instants, assez pour retrouver un peu de contenance.

Durant quelques minutes, je joue mon rôle et c'est une torture. Je fais semblant d'écouter Damien me raconter des trucs dont je me fiche totalement puisque je ne comprends quasiment rien. Mon regard erre, quand soudain, au travers de la baie vitrée du salon, une tête apparaît. J'ai un mouvement de surprise avant de reconnaître Lola, que je ne parviens pas à masquer complètement, surtout qu'elle est habillée en Tournesol. Damien tourne la tête dans la même direction, mais Lola a disparu derrière un hortensia, heureusement. Il me scrute à nouveau avec suspicion.

— Un problème, Jeanne ? Ne le prends pas mal, mais je commence à me demander si ta présence ici est bien normale.

Pardon ? Mais il va finir par me passer les menottes, ce suspicieux chronique ! Tant qu'à y être, autant jouer mon rôle à fond, j'affiche un air outré :

— Tu crois que j'étais en train de cambrioler la maison de ma meilleure amie ?

— Bien sûr que non, se défend-il. Mais quand même... C'était quoi cette course urgente qu'elle avait à faire ? Et puis, pourquoi n'a-t-elle pas répondu à mon message où je lui annonçais que j'arrivais tôt ce matin ? D'habitude, elle a toujours son portable greffé dans la main, alors tu avoueras que c'est bizarre.

— Elle a dû penser que tu passerais d'abord à ton appartement de fonction pour déposer tes tenues.

— C'est ce que j'aurais dû faire, mais j'avais hâte de la retrouver, grince-t-il.

Passé une dizaine de minutes à discuter dans une ambiance assez lourde, on frappe à la porte.

— Ah ! Ça doit être elle, j'annonce faussement gaie, car je ne sais pas à quelle sauce je vais être mangée.

J'ai juste l'impression d'être dans un « livre dont vous êtes le héros ». Voulez-vous ouvrir le portail qui mène aux enfers (allez page 154), ou boire la potion de l'oubli (allez page 285) ?

— Ben non, elle a les clés. Pourquoi frapperait-elle ? répond-il en se dirigeant vers l'entrée.

Je vais boire la potion de l'oubli, ça me paraît plus sage. Je ne comprends plus rien ! J'ai pourtant bien vu la tête de Lola à la fenêtre tout à l'heure. Qu'est-ce qu'elle a fait depuis tout ce temps ? Perdue dans mes réflexions, me parvient la voix de Damien :

— Bonjour Gabin. Oui, elle est là. Jeanne ! C'est Gabin qui veut te parler.

Mais qu'est-ce que c'est cette embrouille ? Personne ne sait que je me trouve ici. Il m'espionne maintenant ? Totalement confuse, je m'approche et m'apprête à le questionner, mais il me prend de vitesse :

— Tu as oublié qu'on avait rendez-vous à la Chambre d'Agriculture pour l'histoire du chemin ? On va être à la bourre, alors dépêche-toi.

De toute évidence, il s'agit d'un code parce qu'on n'avait rien de prévu sur un quelconque chemin. Jeanne, il serait bon de réagir, montre-toi obéissante.

— Mince, c'était ce matin ? Si, j'avais complètement oublié.

— On est samedi…, déclare Damien, encore plus suspicieux.

— Et alors ? je le toise. Dans l'élevage, il n'y a pas de week-end. On bosse même le dimanche.

Il se renfrogne et, me connaissant trop bien, n'ose pas en rajouter. Je fais semblant de regarder l'heure sur mon portable.

— On peut encore arriver dans les temps si on se grouille. Navrée de te laisser en plan comme ça, Damien, mais c'est super important.

Nous partons sans nous retourner, abandonnant un Damien sur le palier qui nous observe, de plus en plus perplexe. Une fois dans le pick-up de Gabin, je lui rappelle que j'ai mon vélo posé contre la clôture.

— Tu le récupèreras plus tard, on ne peut pas traîner, il nous scrute, répond-il en démarrant.

— Tu m'expliques ce qu'il se passe ?

— C'est de ma faute, déclare une voix à l'arrière.

Je sursaute. Lola ! Elle gigote, faisant remuer la bâche, Gabin s'empresse de la rabrouer :

— Baisse-toi et reste cachée tant qu'on n'est pas partis d'ici.

Après le second virage, elle se relève et me serre dans ses bras.

— Tu m'as manquée !

— Toi aussi ma Lolo, mais là, il faudrait que tu m'installes les mises à jour parce que je ne pige plus rien. Et je ne te parle même pas de Damien qui a compris que des choses pas nettes se tramaient dans son dos.

— Je le sais, tu penses bien que je le connais le gendarme. Quand je vous ai vus, j'ai compris qu'il était sur la défensive. C'est pour ça qu'avec le peu de batterie qu'il me restait, j'ai appelé Gabin pour qu'il nous sorte de ce traquenard. Je ne me voyais pas débarquer habillée en Tournesol et lui faire croire que c'était la tendance à la dernière *fashion week*.

— La quoi ? demande Gabin.

— Laisse tomber, le savoir ne te servirait à rien. Lola, tu as eu raison parce que j'ai déjà eu du mal à me dépatouiller toute seule. À nous deux, ça aurait forcément foiré.

— Sûr. Je me suis dit que le mieux était que Gabin vienne t'exfiltrer pour qu'on se mette d'accord sur ce qu'on doit lui raconter, et voilà.

Avec Lola, les choses paraissent toujours très simples. C'est justement pour cette raison qu'elle se fourre à chaque fois dans des situations impossibles. Lorsque nous étions petites, je venais souvent l'en sortir en jouant des poings sur le nez de ceux qu'elle s'était mise à dos. Donc, c'est moi qui ramassais les punitions et elle m'offrait des bonbons pour se faire pardonner.

Nous profitons du trajet jusque chez moi afin d'accorder nos violons sur la version à servir à la graine de détective tenace qu'est Damien. Un mot à la place de l'autre et il nous grille, alors nous répétons studieusement.

41

Une fois dans ma chambre, Lola est ravie de retrouver ses vêtements. Elle ôte son pyjama presque en l'arrachant et le jette au fond de la pièce en criant de joie.

— Quatre cents balles le bout de tissu jaune, mais je pourrai le mettre au feu et danser autour sans remords. Alors que regarde-moi cet amour de petit tailleur tout joli, dit-elle en le caressant contre son torse.

Pendant qu'elle se change, elle me raconte ses péripéties chez les Tournesols, jusqu'au moment où, en s'enfuyant, Joseph est venu la rattraper.

— Il était tout essoufflé de m'avoir couru après, passablement énervé aussi. Il me demande où je vais, me dit que je ne peux pas quitter le centre ainsi, qu'avant je dois être reçue par l'orchestreur pour m'expliquer.

— Le quoi ? Ils ont une fanfare ?

— Rien à voir, c'est le type qui surveille tout mais ne fiche rien. Bref, comme je ne m'arrête pas, Joseph m'attrape par le bras.

— Te connaissant, tu n'as pas aimé du tout, dis-je en riant.

— Tu m'étonnes. J'en avais déjà ras les baskets de ces conneries, ça a été le coup de grâce. Je lui ai envoyé mon genou dans les parties, celles qui le mettaient en harmonie avec moi apparemment. Là, il est tombé à terre, le souffle coupé, et je suis partie à toute vitesse.

Je suis pliée de rire, n'imaginant que trop bien la tête du pauvre gars, qui doit regretter d'avoir croisé le chemin de Lola.

— Malgré tout, les gens sont gentils là-bas, Joseph aussi. Ils sont juste crédules et j'ai de la peine pour eux. Les escrocs, ce sont les deux tarés. Allez, je suis prête. On récapitule avant que Gabin ne me raccompagne. Je raconte nos bobards à Damien, et toi, tu te pointes une heure après en prétextant de venir récupérer ton vélo. On boit un coup ensemble et tu redis la même chose que moi, mine de rien. Parce que je le connais, Damien, s'il a un doute, il va vouloir creuser. Si tu es là, on pourra s'épauler, ça se passera mieux.

Bizarrement, sur cette dernière partie du plan, je suis moins confiante qu'elle.

— Mais ça ne te fait rien de pipeauter ton homme comme ça ?

— Bien sûr que si, mais est-ce qu'on a le choix ? On verra plus tard pour les états d'âme. Et puis, ce n'est pas comme si je m'étais montrée sensible aux vibrations cosmiques de Joseph.

Elle a raison. Pour le moment, c'est pour le village que nous le faisons et ça dépasse nos petites personnes. Dans la mesure où la gendarmerie ne nous est d'aucun soutien, la brigade des inutiles comme les appelle Paulin, nous devons bien agir par nous-mêmes.

Quelques minutes plus tard, nous déposons Lola à cent mètres de chez elle et repartons en toute discrétion. Je la regarde s'éloigner sur la pointe des pieds en murmurant :

— Ça vire au polar cette affaire.

— Tant qu'il n'y a pas de corps à enterrer, tout va bien. Dis, quitte à poireauter, on va se boire un verre chez Denis ? propose Gabin.

— Chez qui d'autre ? C'est le seul bar du village.

— Non, il y en a un second, celui des Tournesols.

— C'est ce que je dis, il n'y en a qu'un, parce que je te rappelle qu'ils servent de la soupe et des tisanes. Moi, je veux une bonne bière, alors allons nous en jeter une pour nous détendre.

Une fois installés à la terrasse du café et nos verres commandés, nous remarquons quelques personnes agglutinées devant le panneau d'affichage municipal. Ils ont dû publier les bans pour un mariage, ce qui fait parler, car ce n'est pas fréquent sur la commune. D'ailleurs, moi aussi ça me titille. Quand Denis arrive avec nos boissons, je m'empresse de l'interroger :

— Qui est-ce qui se marie ?

— Hein ? Mais personne, que je sache.

— Alors qu'est-ce qu'ils regardent tous, là-bas ?

— Ah, ça ? Ils ont décidé de la date pour les élections municipales, c'est dans deux mois. Ce qui inquiète tout le monde, c'est qu'on vit nos derniers moments presque tranquilles dans le village.

— Nous devons tous voter, il faut faire circuler le message. Avec un peu de chance, entre ceux qui sont partis du centre grâce à Benji et ceux qui ne pourront pas voter, Paulin peut passer.

— Soyons positifs, Jeanne à raison, m'appuie Gabin.

— Je suis d'accord, reprend Denis. Il n'empêche que c'est le défilé de Tournesols depuis une semaine pour s'inscrire sur les listes électorales. Je vous le dis, il ne nous reste que deux mois de tranquillité.

— Alors ne les gâchons pas ! Ressers-nous une bière ! s'exclame Gabin en riant.

— Ouais ! Profitons avant que la tisane devienne obligatoire, j'approuve en levant mon verre.

Denis fait l'aller-retour en vitesse pour déposer nos bières sur la table avec le sourire et repartir.

— Au fait, depuis quand il sert lui-même ? s'étonne Gabin.

— Depuis qu'il stresse, ça l'occupe. À la tienne !

Nous plongeons les lèvres dans le breuvage blond et frais en nous observant. On a beau jouer les malins, un vent d'anxiété nous touche. Nous restons songeurs pendant que nous imaginons les conséquences de l'élection. Parce qu'il est bien évident que ce n'est pas pour administrer en bon père de famille que les jaunes ont opté pour cette solution. Ça ressemble plus à une tentative de mainmise sur le village, un hold-up de la mairie.

— Bientôt, vous connaîtrez la vie de lumière. Vous verrez comme vous serez légers et heureux ! s'exclame une voix enjouée.

Nous tournons la tête vers un groupe de Tournesols qui sort de la mairie. Denis a raison, ils viennent en troupe pour s'inscrire et pavoisent, déjà à la fête en anticipant leur victoire.

Autour de nous, les murmures indignés prennent de l'ampleur, la plupart s'écartent et dégainent leur téléphone. La nouvelle circule et c'est sans surprise que nous recevons un message de Paulin quelques minutes plus tard.

[Paulin : Réunion ce soir à 20 h. Présence obligatoire.]

— Tu m'étonnes que Paulin s'affole, dis-je en soupirant.

— Il doit faire des bonds chez lui. Se rendre maître du village par les voies légales, c'est vraiment le pire qu'ils pouvaient nous faire.

— On peut dire qu'ils ont bien joué leur coup. On ne l'avait pas vu venir celui-ci. Qu'est-ce qu'on va bien pouvoir faire contre ça ?

— Je ne sais pas encore, mais pour l'instant, je dois te ramener chez Lola pour parachever ton œuvre, me taquine-t-il.

Alors qu'un rayon de soleil illumine son visage au travers des branches de platanes, j'ai une vision. Je le trouve très beau, cet homme en face de moi. Il a l'air tellement sincère, bourru aussi, mais si bienveillant et finalement protecteur sans être étouffant. Un bloc de granit qui ne demande qu'à être poli et débarrassé du lichen à sa surface. Et qui risque de m'échapper sous peu.

Je deviens subitement mélancolique à cette idée, ce qui augmente mon trouble. Son départ m'atteint plus que je ne le croyais, que dois-je en déduire ?

Gabin pose la main sur la mienne et la serre doucement.

— Tu as l'air soucieuse tout à coup. Ne t'angoisse pas prématurément, attends la réunion de ce soir.

— Hein ? Ah, non, ce n'est pas ça.

— Oublie tout le mauvais, pense que tu m'as, moi, déclare-t-il avec un sourire éblouissant.

Oui, c'est justement ce à quoi je pensais, que j'aimais bien t'avoir avec moi.

— Un problème ? insiste-t-il en me scrutant.

Comme une idiote, je suis incapable de lui avouer clairement ce que je ressens pour lui à cet instant, alors j'utilise d'autres mots :

— Non, rien. J'aime bien les lumières d'automne, c'est toujours très beau ici. Mais ça veut dire aussi que l'hiver pointe le bout de son nez et ça, je n'aime pas trop. Le froid, la pluie, les arbres nus, les feuilles au sol dans la gadoue.

— Mais pour toi, ce sont surtout les vacances qui commencent. Ta saison de traite se termine quand ?

— Vers mi-novembre. Ce qui, tu en conviendras, n'est pas la meilleure période pour aller à la plage.

— Au moins, tu n'es pas gênée par le monde.

— Et je peux prendre mon temps pour manger ma glace vu qu'elle ne fond jamais.

— Lorsque je serai muté, tu pourras toujours venir me rendre visite dans les Landes. Les pins ne perdent pas leurs feuilles et chez nous, il n'y a pas de gadoue, que du sable.

Sa réflexion, anodine pour lui, me provoque un pincement au cœur. Un soupir triste m'échappe, que je réprime aussitôt parce que c'est égoïste de ma part. Il semble ravi d'obtenir sa mutation, son retour chez lui, et c'est normal. Je n'ai pas le droit de lui en vouloir alors je me reprends en me forçant à lui sourire.

— Et pour le froid et la pluie ?

Il se penche vers moi pour murmurer avec un air de conspirateur :

— On a des serviettes pour se sécher et des couettes en plumes de canard pour se réchauffer.

— Elle est grande ta couette, là-bas ?

Je gémis presque, comme une malheureuse qui quémande une invitation. Je suis nulle, je me fais pitié. Heureusement, mon état lui échappe, il poursuit en souriant, toujours dans son jeu de séduction :

— Immense. Elle fait tout le tour du lit. Et il y a une cheminée géante aussi.

Sur le ton de la plaisanterie, nous continuons de deviser sur un hypothétique futur où nous resterions complices comme aujourd'hui. Curieusement, ce petit jeu me fait énormément de bien. Lorsqu'il susurre ses provocations, même si c'est dit avec humour, une douce chaleur irradie mon ventre. Je me surprends à poser un regard tendre sur Gabin, à qui il n'échappe pas.

— Tu m'as l'air d'aller mieux. Il est temps de retourner chez Lola, déclare-t-il en réglant nos consommations.

J'avais déjà oublié. Je reviens brusquement de mon endroit imaginaire, celui où je suis nichée au creux de ses bras pour longtemps, et suis Gabin qui est quelques mètres plus loin. Il s'arrête, surpris par mon retard.

— Alors, tu me suis ? Reste avec moi.

Ses paroles résonnent étrangement à mes oreilles. Vu mon état d'esprit, j'entends une invite à former un couple, à partir avec lui. Alors qu'en réalité, il ne fait que s'inquiéter de la distance entre nous sur la place, à cause du nombre de Tournesols qui l'envahissent et se mettent à danser.

42

Gabin me dépose devant chez Lola et repart. Je donne un coup à la sonnette du portail et me dirige vers l'entrée que j'ouvre joyeusement, sans même frapper.

— Salut la compagnie ! Je venais récupérer mon vélo, mais je fais juste un petit coucou au passage.

Voilà, comme ça, j'annonce la couleur.

Arrivée dans le salon, je surprends le couple en train de s'embrasser tendrement. De toute évidence, la conversation qu'ils ont tenue s'est bien passée.

— Oh ! Ils sont trop mignons, fais-je en prenant l'air niais. Alors, Damien, tu vois que tu l'as retrouvée ta Lola !

— Tu prends l'apéro avec nous Jeanne ? propose-t-il.

J'accepte pour ne pas donner l'impression de m'enfuir, aussi parce que je ne crache jamais sur un apéro entre amis.

— Un jus de fruits pour moi, je suis barbouillée.

C'est surtout que j'ai déjà deux bières dans le corps et Damien, expert en symptômes d'alcoolémie, serait capable de me faire souffler dans l'éthylotest même pour un trajet en trottinette.

Nous bavardons quelques minutes lorsque le téléphone de Damien sonne. Il répond et s'éloigne un peu de nous qui faisons trop de bruit à son goût.

— Qu'est-ce que vous dites ? Mais c'est impossible !

Nous tendons subitement l'oreille, troublées par son changement de ton.

— Attendez, vous allez me dire à quel endroit ces dépenses ont été faites et à quelles dates.

J'observe Lola qui commence à blêmir, comme si elle se rappelait tout à coup quelque chose de gênant.

Quelques minutes après, Damien revient, la mine sombre, et se rassied à nos côtés. On sent les neurones en action, il fixe le haut du placard en se pinçant les lèvres. Lola l'interroge du regard, il soupire en se frottant le visage :

— Nous sommes à découvert. C'est incompréhensible.

Prise de panique, Lola ne sait comment gérer la nouvelle. Je dois foncer à sa rescousse, d'autant que nous avions prévu de la rembourser et que je suis venue avec ce qu'il faut.

— Mais oui, c'est l'argent que tu m'as prêté pour la machine à traire la dernière fois, dis-je avec tout l'aplomb possible avant de me tourner vers Damien. La pompe à vide a lâché et j'étais à court de trésorerie. Lola m'a avancé les sous. D'ailleurs, je venais aussi te rembourser.

Sur ce, je sors une petite liasse de billets de mon sac et les pose sur la table basse qui nous fait face.

— Et voilà, mille euros. Tu aurais dû me dire que ça te mettait dans le rouge, je la gronde gentiment.

Soulagée, Lola reprend des couleurs et fait mine d'être parfaitement au courant. Damien, par contre, ne semble pas totalement convaincu. Vivre avec lui doit être un enfer, impossible de lui dissimuler quoi que ce soit, même pas un coup dans le nez.

— C'est bien, mais ça n'explique pas notre problème, continue-t-il en prenant l'air féroce. Parce que c'est deux mille huit cents euros qui ont été prélevés ! Et en plusieurs fois.

Sous l'effet de la surprise, ma respiration se bloque. Vite, réagir ! J'ouvre la bouche en espérant qu'un bobard convaincant en sortira, mais rien ne me vient. Par chance, Lola se ressaisit en se levant d'un bond :

— Je n'ai jamais dépensé tout ça ! J'ai dû me faire voler ma carte bleue !

Elle attrape son sac, récupère son portefeuille et, dépitée, brandit sa carte qui était bien en place.

— Le banquier m'a dit que ça venait du centre de yoga. Des montants entre deux cents et quatre cents euros plusieurs fois par jour, déclare Damien d'une voix sèche, encore suspicieux.

Lola soupire longuement et lui fait face, abattue :

— Excuse-moi, Damien. Tout est de ma faute. Je vais tout te raconter.

— Je vais vous laisser en couple, dis-je en me levant pour fuir cette zone qui va rapidement devenir très bruyante et très dangereuse.

— Non, Jeanne, tu restes ! ordonne Damien avec un regard sévère. Je suis certain que tu n'es pas étrangère à nos soucis.

— Pardon ? Après m'avoir accusée de vol chez toi, tu m'accuses de quoi au juste ?

Lola se redresse d'un coup, effarée :

— Quoi ?! Mais ça ne va pas, Damien ?

— Mais non, je n'ai jamais dit un truc pareil, se défend-il en secouant la tête. Je dis seulement que vous avez encore fait un coup à deux, alors tu restes pour les explications.

Pincée, je me rassieds en faisant la moue. Si, un jour, je rencontre un homme magnifique, doux, gentil, avec toutes les qualités dont je rêverais, je jure que je l'envoie paître s'il m'annonce qu'il est gendarme. Ces enquêteurs sont invivables !

De son côté, Lola devient pensive, elle organise les phrases mentalement, histoire de ne pas commettre une bévue et remettre un peu d'huile sur le feu. Une fois tout en place, elle lui raconte, depuis le début, nos réunions clandestines, nos motivations, et nos tentatives de sabotages.

Malgré une pointe d'inquiétude, Damien reste calme. Il prend la chose de manière très professionnelle, comme il a à le faire parfois avec les délinquants. Mais quand Lola conclut avec son infiltration chez les jaunes, il agrippe fortement les accoudoirs du fauteuil et s'en extrait avec violence. Il se met à tourner en rond et tempête en faisant de grands gestes.

— On aurait pu te retrouver découpée en morceaux au fond d'un bois ! C'est quoi son nom à ce malade qui voulait te violer ?

— Mais il ne voulait pas me violer, je n'ai jamais dit ça.

— Il aurait pu, c'est pareil !

Oh, quand même monsieur l'officier de police judiciaire, entre un gros lourdaud ou un violeur, ce n'est pas tout à fait la même peine encourue. J'ai raison, mais au lieu de ramener ma fraise, je me fais soudain toute petite, de la taille d'une minuscule souris en attendant que passe l'orage. Il faut le laisser s'épuiser et c'est seulement après qu'il deviendra plus réceptif. En l'occurrence, la tempête se calme assez vite. Damien est quelqu'un de posé, qui a l'habitude dans son métier de devoir taire ses humeurs.

Lorsqu'il admet que Lola n'a pas pris tant de risques, que nous étions en contact, que cette communauté n'est pas une secte étant donné que les membres peuvent en ressortir, il a juste à digérer le fait qu'elle a agi en douce, sans le prévenir. Son égo est malmené dans cette histoire, je le comprends, mais les connaissant bien tous les deux, ils seront rabibochés dès ce soir sous la couette.

En attendant, le calme étant de mise, je peux retrouver ma taille normale et rentrer à nouveau dans la conversation, ou, tout simplement, décider de partir. C'est cette option que je choisis, mais, au moment où je me lève, Damien me fait signe de me rasseoir.

— On n'a pas fini, Jeanne !

Si, si, tout est dit et j'ai des chèvres à nourrir. Ce qui est vrai, mais je me tais, encore.

— Je sais que vous pensez que nous ne faisons rien contre les Tournesols, mais jusqu'à présent, ils n'enfreignaient pas la loi, ou alors de manière discrète.

— Sauf qu'ils ont certainement pris l'empreinte ou les données de ma carte bleue pour l'utiliser dans mon dos. C'est du vol à ce que je sache, non ?

— Oui, ils ont commis leur première erreur, ce qui va nous permettre d'enquêter réellement sur eux, surtout que leur compte aboutit directement dans un paradis fiscal.

— Tu vois que j'ai bien fait d'aller infiltrer les jaunes ! claironne Lola en papillonnant des cils.

Puis, elle l'enlace avec force avant qu'il ait pu répondre quoi que ce soit de désagréable.

J'en profite pour tirer ma révérence avec discrétion, laissant les amoureux dans la posture où je les avais trouvés en arrivant.

Je m'empresse d'aller déjeuner, car il est déjà midi largement passé. Si l'on excepte les verres pris avec Gabin, je n'ai rien avalé depuis un moment et je n'ai pas vu la couleur du jus de fruits, Damien a dû considérer que je ne le méritais pas.

Maman a certainement sorti les chèvres et fait la fromagerie à ma place. C'est comme ça que l'on fonctionne. Elle prend automatiquement le relais si elle ne me voit pas revenir. J'évite autant que possible que cela arrive parce qu'elle a bien mérité sa retraite, mais cette affaire de Tournesols ne m'aide pas à la libérer. Cela étant dit, maman préfère jouer à la fromagère qu'à la guerrière contre les illuminés.

Le soir, je me prépare pour assister à la réunion chez Paulin lorsque j'entends un klaxon retentir dans la cour. Un coup d'œil par la fenêtre et je souris. C'est mon chevalier servant qui passe me chercher sans que j'aie à le lui demander. Quel homme prévenant ! Je l'apprécie plus chaque jour. Dire que je l'appelais Shrek il y a encore quelques semaines.

La nuit commence à tomber de plus en plus tôt en cette saison, c'est à la lueur des phares que nous entamons la descente vers le village.

Gabin est bien silencieux, moins enjoué que d'habitude, mais je n'ai pas le temps de le questionner que nous voilà déjà arrivés. Le rituel d'accès au sous-sol s'est allégé. Plus personne ne garde la trappe qui reste désormais ouverte pour ne pas que l'on finisse asphyxiés tant notre groupe a augmenté. Quant à Benji, notre ancien cerbère, il participe. La jeunesse peut être utile, comme il nous l'a démontré.

À notre arrivée, Lola manque à l'appel. Je suis la seule que ça n'étonne pas, étant donné la scène à laquelle j'ai assisté chez elle. Je suis persuadée que ce n'est pas Damien qui a été compliqué à calmer, mais bien les deux qui avaient hâte de se retrouver plus intimement.

Paulin nous fait un résumé de la situation et insiste sur la conclusion :

— C'est simple. Ils sont plus nombreux que nous, même si ce n'est pas de beaucoup.

— De combien ? questionne Benji

— Une vingtaine. Sachant que les listes sont closes depuis ce soir, ça ne peut plus bouger.

— Sauf s'il y en a qui meurent, réplique Benji sur le ton de la conspiration.

— Si tu as une idée précise en tête, je te demande de la garder pour toi, je le sermonne. Ou mieux, de l'oublier.

— En attendant, s'ils votent tous, et si nous votons tous, ils gagnent, c'est aussi simple que ça, déclare Marcelle.

— Mais on ne peut pas perdre le village sur un coup si tordu ! s'offusque le groupe dans un bel ensemble.

Paulin lève les mains pour nous tempérer :

— Bien sûr que si et c'est bien tout le problème. Alors, soit on arrive à convaincre une partie des jaunes de ne pas aller voter, soit on les y oblige.

— C'était un peu ce que je proposais, commente Benji, laconique.

Je lui fais les gros yeux, il se marre. Je ne sais pas à quoi il pense réellement, mais je suis certaine que Paulin n'a pas l'intention de nous équiper en armes et de nous envoyer, casque sur la tête, mener un assaut mortel chez les jaunes.

— Moi, j'ai une autre idée, déclare tout à coup Gabin d'une voix forte.

Le sauveur est parmi nous, tout le monde le fixe avec respect. Sauf moi. Misère ! Dans quelle galère va-t-il encore m'envoyer avec lui ?

43

De retour de la réunion, bien que nous ayons tous approuvé son idée, Gabin me paraît morose. Comme à l'aller, il ne décroche pas un mot. Ce n'est pas normal du tout. Je le fixe un instant avant de l'interroger :

— Un problème ?

Long silence de sa part. Mince, il se passe quelque chose de sérieux, alors ? Il a rencontré quelqu'un d'autre ? Il en a marre de moi ? J'attends encore quelques secondes, puis il se décide enfin à parler :

— J'ai reçu mon avis de mutation. Je n'ai pas encore la date mais c'est pour cette année.

L'annonce me fait l'effet d'un coup dans la poitrine. Qu'est-ce qu'il m'arrive ? Je me reprends pour ne pas laisser transparaître mon trouble.

— C'est bien ce que tu voulais, non ?

— Oui, bien sûr, puisque j'en ai fait la demande. Mais je me suis habitué au coin, à ses habitants, et particulièrement à une.

Pas besoin de me faire un dessin, c'est une déclaration. Dans son pick-up, sur la route du retour, en pleine nuit. Je n'étais pas prête, je me retrouve désarçonnée. Je ne sais déjà pas ce que je ressens, alors encore moins quoi lui répondre.

Quand nous arrivons dans la cour de la ferme, je n'ai toujours pas dit un mot. Gabin semble regretter ses paroles. Ou mon absence de réaction ? Il devait s'attendre à autre chose. Peut-être que lui non plus n'avait pas prévu de me dire ça maintenant et qu'il se retrouve piégé par la situation. Jeanne, dis quelque chose enfin !

— Tu veux rester cette nuit ? je propose, très maladroitement.

Il soupire avant de répondre avec un sourire triste.

— Non, c'est gentil, je vais rentrer chez moi.

Je me dirige alors vers la maison, un peu dépitée, un peu confuse, avec une impression de vide. À vrai dire, j'ai comme le sentiment d'avoir raté quelque chose à cause de mon hésitation, une opportunité. Si mes idées pouvaient être claires, je saurais mieux les formuler, c'est bien tout le problème.

Plouf se jette à mes pieds en trépignant, implorant de ses yeux avides quelques secondes d'attention, mais je le repousse plusieurs fois de la main. Il finit par rejoindre sa niche après m'avoir lancé des regards d'une tristesse absolue. Ce chien est un comédien hors pair, il parvient à blouser ma mère en la persuadant avec ce même regard que j'ai oublié de le nourrir. Il y arrive si souvent, qu'heureusement qu'il galope dans les collines toute la journée, sinon, il serait gros comme un phoque.

Dans la salle de bains, je me déshabille machinalement, me brosse les dents sans conviction, m'observe dans le miroir sans me voir. Qui es-tu, Jeanne, et que veux-tu ? Qui est cet homme et qu'attend-il ?

Mais contrairement au jouet de mon enfance, celui qui répondait que j'étais la plus belle, celui-ci ne parle pas et n'aide pas à résoudre mes problèmes. Ça aurait pourtant été bien pratique qu'il me fournisse quelques pistes. C'est dans cet état étrange que je me couche.

Plus d'une heure plus tard, après avoir usé les draps par mes retournements successifs, je préfère m'avouer vaincue, je me lève. J'enfile juste une polaire qui traîne toujours sur la patère à l'entrée, puis sors dans la nuit fraîche.

Je marche, avec conviction cette fois-ci, jusqu'à mon objectif qui se situe au bout du chemin. Je suis alors dans un état second, proche de l'inconscience, comme hypnotisée.

Arrivée face à la lourde porte en bois, je toque longuement. J'ai un peu repris mes esprits. L'air froid me fait mal en franchissant les sinus et des volutes blanches se forment devant ma bouche. Enfin, j'entends des pas et le loquet fait un bruit métallique reconnaissable entre mille. Gabin paraît surpris, mais la joie illumine son visage rapidement.

— C'est vrai que tu as une couette qui fait tout le tour du lit ? je demande en grelottant

— Bien sûr que c'est vrai. Et une cheminée qui est une sacrée fournaise ce soir.

Il m'emballe alors dans ses longs bras, me porte à l'intérieur et me couve d'une tendresse ineffable. Une douce chaleur m'irradie enfin, qui se répand sur chaque parcelle de ma peau. La sensation de bien-être est immense, elle semble éternelle et je pourrais rester là, contre lui, des millions d'années sans jamais me lasser.

De son côté, Gabin paraît également apaisé, baignant dans une plénitude tout aussi infinie que la mienne.

J'observe la pièce que je n'avais pas pu découvrir jusqu'ici. Rustique, mais plutôt rangée et propre, contrairement à ce que j'imaginais.

Il n'a pas menti. C'est un feu digne des enfers qui brûle dans l'âtre. Sans un mot, nous nous découvrons l'un l'autre face aux flammes qui illuminent la grande pièce, projetant des ombres sensuelles et mouvantes sur les murs opposés. Une fois nus, Gabin me soulève pour me poser délicatement sur son canapé, avant de s'allonger sur moi. Nos corps rendus chauds par l'envie se donnent longuement sans relâche, sans entrave, et sans tabou. Chacun offrant et prenant avec passion, avec force, des plaisirs exacerbés.

Puis, les sens repus de jouissances, nous reprenons peu à peu nos esprits, nous jetant des regards tendres, les yeux brillants, les joues rosies, comme des nouveau-nés.

44

Dans les semaines qui suivent, les Tournesols repassent à l'offensive. Ils sont partout dans le village, du jaune à chaque coin de rue, devant chaque maison. Ils déambulent sans but et en groupe, du matin jusqu'au soir. C'est une invasion ! Sur la place, ils occupent le terrain, parfois de façon agressive vis-à-vis des habitants. Denis est d'ailleurs le plus attaqué, il peut à peine poser quatre tables devant son café tant le vendeur de tisanes a investi l'espace avec les siennes, toutes occupées. Ils ont visiblement reçu des consignes pour nous délivrer le message : ce n'est plus chez vous. C'est une guerre psychologique qui se mène.

Fatalement, nous tenons une énième réunion chez Paulin en cette soirée brumeuse. La température au thermomètre baisse inexorablement chaque jour, autant qu'elle augmente dans la vallée entre les habitants. La tension est palpable dans les clans, aucun poing n'a encore perdu son chemin sur un visage adverse, mais le risque de dérapage est grand car tout le monde s'épie, le regard mauvais. C'est pour cette raison que nous sommes de retour dans la cave afin de nous planquer et Benji a repris son poste de cerbère.

L'ambiance est électrique et notre optimisme n'a pas été convié, alors c'est un brouhaha général. Il y a plus de gros mots qui volent que de solutions proposées, quand tout à coup, Benji fait retentir le signal. Deux coups forts contre la trappe. Silence total et immédiat en bas. Les yeux rivés sur les lattes du plafond, nous tendons l'oreille pour espionner le dialogue qui débute au-dessus de notre tête. Benji répond à une voix qui ne nous est pas inconnue. Je cherche à qui elle appartient, comme tous mes comparses qui froncent les sourcils, quand Marcelle laisse échapper un cri étouffé.

Nous la scrutons, attendant qu'elle nous éclaire, mais c'est inutile. Son air catastrophé nous confirme sans doute possible qu'il s'agit de son mari, le major de gendarmerie. Nous échangeons des regards paniqués, puis Marcelle souffle le mot magique, celui de l'alibi qu'elle lui sert :

— Vite, la chorale !

Dans une bousculade générale, nous nous rangeons en ligne face à Paulin.

— On chante quoi ? je questionne.

— Edith Piaf ? propose Marcelle.

— Hein ? Mais je ne connais pas ses chansons, s'affole Antoine.

— Alors pas le choix ce sera la seule que nous connaissons à peu près tous, décide Paulin.

Au moment où la trappe s'ouvre, nous sommes bien droits, le menton fier. Paulin lève les mains, les rebaisse d'un coup et nous entamons un chant plus qu'hésitant. Pendant la cacophonie, la tête du major apparaît.

— Non, non, non ! s'exclame Paulin, admirablement excédé. On ne va jamais y arriver si vous ne gardez pas le rythme. Je vous rappelle qu'on doit être prêt pour la cérémonie du onze novembre. On reprend au début !

Dociles, nous recommençons, sous le regard acerbe du major qui est descendu et qui nous scrute un par un, secouant légèrement la tête de droite à gauche, le menton haut et les lèvres pincées. Nous martyrisons l'hymne national, qu'il doit chanter aussi bien qu'il respire, et je me demande s'il ne pourrait pas nous verbaliser pour outrage. Marcelle lui envoie un petit signe de la main, tout en faisant semblant d'y mettre du cœur, mais quelque chose cloche. Nous ne sommes visiblement pas convaincants. Nous persistons malgré tout.

— Entendez voouus, dans nos campaaagnes, mugir ces féroces soldats, qui....

Le major a maintenant l'air fâché, ce qui n'arrange pas la justesse de nos vocalises, d'autant que certains ne connaissent même pas les paroles.

— Égorger, nos filles et nos compaaagnes.... Aux aaarmes, citoyens !

— Vous allez vous foutre longtemps de ma gueule ?!

Il n'a pas eu besoin de crier bien fort, juste d'y mettre l'intonation qu'il fallait. Tout le monde s'arrête en même temps et fait mine de regarder ailleurs.

— Non, mais on vient de la commencer, major. Revenez dans quelques semaines et vous en aurez des frissons dans le dos, déclare Paulin avec un aplomb qui nous sidère.

— Les frissons, je les ai encore, Paulin ! Un vrai massacre ! Tu sais que j'ai beaucoup d'estime pour toi, mais si tu veux la conserver, il va falloir arrêter de me prendre pour une buse. Je suis au courant de ce que vous manigancez, alors pas la peine de me jouer du pipeau.

— On chante mal mais on n'a rien fait de mal, major, le toise Antoine, sans son tablier de boucher, mais tout aussi impressionnant.

— Et puis, il me semble qu'on est dans une propriété privée ici, non ? poursuit Gabin.

Une tête apparaît à travers la trappe, celle de Benji. Il est vexé donc un peu agressif :

— On pourrait porter plainte pour intrusion. Vous avez forcé le passage !

Face à cette rebuffade générale, le major comprend que son acte d'intimidation tourne court. En effet, il n'a rien à faire là donc il va devoir baisser d'un ton s'il ne veut pas que nous le mettions dehors. Mais cet homme est un chef dans l'âme, il aime commander, alors il redresse le menton et nous épingle de son regard sévère :

— Je pourrais demander une autorisation de perquisitionner au procureur et revenir avec quelques collègues très persuasifs. On se calme et on coopère.

— Baptiste, ça suffit ! crie Marcelle. Tu n'es pas dans ta brigade avec tes gars qui obéissent à tout. Ici, on chante et on discute, si on veut. Si tu souhaites chanter avec nous, tu peux rester, sinon, tu quittes les lieux.

Paulin rebondit en souriant :

— Baptiste, vous êtes plutôt ténor ou baryton ?

— Ah non ! renchérit Gabin. Ça, c'est une voix de basse. Je le prends dans mon équipe.

Piqué au vif, le major s'apprête à l'envoyer paître, mais Marcelle claque sa langue. Il ravale sa diatribe qui, sans aucun doute, nous aurait été désagréable à entendre. Vaincu, il tourne les talons et remonte l'échelle de meunier, puis s'éloigne, accompagné par le ricanement pas très discret de Benji.

Nous restons un instant silencieux, car rire nous démange, mais sommes gênés vis-à-vis de Marcelle. Ce n'est pas son cas, c'est elle qui vient détendre l'atmosphère :

— À l'extérieur, il fait peut-être la loi, mais dans le couple, pas question de me laisser commander. Chacun son domaine. Par contre, il risque de ne pas nous lâcher.

— Mais c'est incroyable quand même. Ce sont les jaunes qu'il devrait surveiller, pas nous ! s'offusque Paulin.

— Ses hommes le font, le rassure-t-elle. J'ai cru comprendre que l'enquête avançait. Visiblement, le gourou aurait quelques casseroles bien accrochées à son derrière et ils travaillent dessus.

— C'est intéressant, ça, murmure Denis.

Tous hochent la tête avec les yeux brillants à l'idée d'une victoire imminente. Pour moi, c'est trop tôt, j'en ai marre des déconvenues, alors je tempère leur enthousiasme :

— On le savait que ce centre ne pouvait pas être net, rien de neuf pour nous. Par contre, que les gendarmes le sachent aussi, c'est une bonne chose.

— Mais le mieux serait que ce soit les gens qui viennent au centre, qu'ils comprennent enfin qu'ils se font plumer, continue Gabin.

— Et si on placardait quelques affiches avec la tête du grand arnaqueur ? je propose.

— Tu veux dire du genre « Wanted, Dead or Alive » ? demande Gabin en ricanant.

— Hein ? Qu'est-ce que tu dis ? questionne Laurent.

Logique, il ne parle pas un mot d'anglais, comme la moitié du village d'ailleurs. Je viens à sa rescousse :

— Ça veut dire « Mort ou vif », comme dans les westerns. Non, Gabin, je pensais plutôt à « Recherché, forte récompense ». Qu'il sente le vent du boulet qui se dirige sur lui.

— Est-ce vraiment notre intérêt de faire capoter l'enquête de gendarmerie ? hasarde Gabin.

— Capoter, ça m'étonnerait, répond Paulin. Ce que Jeanne propose, c'est qu'il se sente moins à l'aise ici et qu'il retienne un peu ses fidèles.

— Et puis ça ne coûte rien, approuve Laurent. Le plus difficile, ce sera d'aller en coller dans leur complexe.

— Tu veux aller placarder des affiches anti-gourou chez eux ?! s'exclame Gabin. Mais tu es malade, Laurent ?

— Ouais, j'en ai marre. Petite idée mais grands moyens, faut vraiment que ça bouge.

— Mais tu ne pourras jamais entrer chez eux sans te faire remarquer, j'objecte pour l'en dissuader.

— Je n'irai pas seul. Il est temps qu'on fasse une action commune, en groupe soudé.

— Ils sont des centaines, nous sommes une vingtaine, modère Gabin.

— Ça suffira largement, on y arrivera ! s'entête Laurent.

Nous nous observons un instant, chacun questionnant l'autre silencieusement. Plus que la pertinence d'une telle opération, ce sont les risques que nous pesons. Personne n'est vraiment convaincu du pouvoir de quelques affiches à instiller le doute chez les Tournesols, ni même de réussir à les coller, mais au-delà de ça, l'envie de faire quelque chose tous ensemble l'emporte. Un sourire se forme sur chaque visage et un éclat dans les yeux apparaît, celui de l'excitation à l'idée de tenter ce challenge audacieux. Fière de faire partie de ce groupe, je me lance la première :

— C'est oui ! Nous en placerons au moins une, devant leur entrée si c'est tout ce que nous parvenons à faire.

Tous approuvent d'un hochement de tête enthousiaste. Coller du papier, quel acte de bravoure ridicule ! Pourtant, parce qu'une victoire symbolique reste une victoire et parce qu'elle n'a pas d'autre but, elle est encore plus excitante.

Nous votons donc l'idée de Laurent à l'unanimité puis préparons notre plan. C'est Benji qui se charge de récupérer des photos de l'escroc sur le net, puis de tirer une dizaine d'affiches sur son imprimante.

Rendez-vous est pris pour jeudi prochain, jour le plus calme pour tout le monde. Nous opèrerons en fin de nuit, avant le lever des Tournesols. Sans mauvaise surprise et avec un bon timing, je serai même à l'heure pour la traite.

45

Le jour dit, je suis levée bien avant l'heure, ma nuit écourtée par l'excitation de vivre un moment d'action. Je reste survoltée toute la journée, rien n'y fait. Les chèvres en font les frais le soir quand je leur expédie le fourrage si vite sur le quai qu'elles le reçoivent sur la tête. Certaines s'en fichent et continuent de manger, coiffées d'une perruque de tiges herbeuses, mais les plus teigneuses n'apprécient pas, comme Britney qui s'éloigne en s'ébrouant, et en cartonnant gratuitement Beyoncé au passage.

Pour la traite, je ne perds pas mon temps, les mamelles défilent les unes après les autres. Les filles râlent quand je les presse à grands cris pour qu'elles retournent dans leur stabulation. Avant de les quitter, je donne un dernier coup d'œil parce que je ne suis pas une chevrière qui fait n'importe quoi. Les abreuvoirs fonctionnent et sont propres. Le tas de foin est suffisant pour tenir jusqu'à demain et elles sont calmes désormais, ruminant à pleines mandibules.

— Bonne nuit et soyez sages !

Je ferme tout et je file me changer. Lorsque je sors de la salle de bain, une serviette sur la tête avec laquelle je frotte mes cheveux, je sursaute en découvrant un homme nu étalé sur mon lit.

— Bonjour, jolie bergère, s'amuse Gabin.

— Tu auras ma peau à t'infiltrer comme un voleur.

— Oh oui ! Continue à me dire des mots cochons, ça m'excite.

— Infiltrer, ce n'est pas cochon, faut te calmer.

— Ça dépend qui le dit, ou le fait, susurre-t-il.

Je jette ma serviette sur la commode puis lui fais face, il m'observe avec un sourire séducteur. Il est très en forme ce soir, j'admire son corps en soupirant.

— Non, je retire ce que j'ai dit, ne te calme surtout pas.

C'est fou comme il m'émoustille en ne faisant rien, si ce n'est s'offrir à ma vue dans sa plus belle tenue. Mais au fait ? Ma mère nous attend pour dîner. J'ai envie de lui et c'est réciproque sans aucun doute possible, mais incertaine sur l'horaire, je l'interroge :

— On a le temps ?

— Bien sûr que oui ! Sinon, tu crois que je me serais pomponné pour te surprendre ?

Amusée, je rampe sur le lit en remontant le long de ses jambes. Je finis ma course aplatie sur lui quand il m'enlace avec force et je pose la main sur sa joue râpeuse.

— Tu n'es pas pomponné. Tu racontes n'importe quoi.

— Je me suis coiffé, donc si. Embrasse-moi au lieu de remettre en question mes efforts.

Je m'exécute avec un immense plaisir parce qu'embrasser Gabin est vraiment très agréable. Si bon que ça en devient vite intense, et inévitablement osé. Plus que ça même, acrobatique et délicieux. Mon garde forestier tient la forme, pour mon plus grand bonheur.

Toujours enlacés, repus et heureux, nous nous caressons mollement pour profiter encore de ce moment de paix, celui de la sérénité complète ressentie après l'amour. Quelques minutes suffisent pour Gabin qui le rompt le premier :

— Maintenant, il faut y aller. Hélène nous attend et j'ai faim.

Le repas est gai, nous plaisantons avec ma mère et nous nous amusons à inventer toutes sortes de péripéties qui pourraient nous arriver lors de notre escapade nocturne. C'est rigolo d'en parler dans la cuisine, mais j'espère bien qu'aucune ne nous arrivera vraiment parce qu'on se marrerait moins. Surtout pour celles où nous finissons tous entassés en cellule.

Le rendez-vous est fixé à quatre heures du matin et nous convenons que veiller n'est pas une bonne idée. On ne sait pas ce qui nous attend, alors autant dormir un peu pour être en forme. Je ne suis pas particulièrement pessimiste de nature, mais je nous vois bien courir comme des lapins dans les collines avec une meute de Tournesols énervés aux trousses. C'est donc enveloppée par les bras de Gabin et la joue contre son torse que je profite à nouveau d'un doux moment.

Pile à l'heure dite, nous nous retrouvons tous près du lac. Chacun a amené du matériel, que nous nous répartissons en chuchotant : brosses, colle, affiches et pinces pour couper cadenas ou grillage.

Grâce à Lola, nous avons une idée des endroits stratégiques que nous pouvons viser. Leur immense salle de réunion, l'échoppe et les sanitaires communs. Aussi, nous devons nous acquitter d'une demande spéciale de notre curé, qui nous a prêté sa photocopieuse pour décorer le gong et ce sera à la colle extra-forte.

– C'est l'heure, bonne chance à tous, murmure Paulin en nous faisant signe de partir.

Les équipes se forment en silence et en duos pour rester discrètes. Gabin et moi, Lola et Marcelle, Paulin et Benji qui a fait le mur. On pourrait dire que Lola en a fait autant puisqu'elle a profité du fait que Damien soit de garde à la caserne pour participer à notre virée. Encore une cachotterie, elle est incorrigible, mais je trouve chouette qu'elle se sente libre de faire ce qui lui plaît. Quant à Marcelle, dont le mari est de permanence aussi, elle est ravie d'agir dans son dos. Je crois qu'elle n'a pas encore digéré son passage inopiné dans la cave de Paulin.

Nous nous déployons sans faire de bruit, chacun vers son objectif au sein de l'immense complexe. Personne ne pourra nous accuser d'effraction car nous passons par le bord du lac. Au pire, nous dirons que nous nous sommes perdus pendant notre promenade.

Cette fin de nuit est plus que fraîche, le brouillard enveloppe nos corps et étouffe les sons. Seule l'herbe recouverte de givre craque sous nos pas, ce qui ne facilite pas notre infiltration. Gabin est tendu, moi aussi, mais par chance, une fois à l'intérieur, le sable du chemin étouffe le bruit de nos semelles. Pourtant, au lieu d'avancer, nous restons immobiles, décontenancés devant ledit chemin circulaire.

— C'est quoi ce truc ? On ne va pas tourner en rond comme des cons alors qu'on peut tirer tout droit, décide Gabin qui repasse sur la pelouse.

Il a raison, sinon nous n'y serons pas avant le lever du soleil, mais nous avançons sur la pointe des pieds. Pour l'instant, tout va bien, tout le monde a l'air de dormir.

Après quelques minutes, la salle de yoga se dresse devant nous. Nous nous mettons à l'œuvre sans échanger un mot. Gabin plonge le gros pinceau dans le seau de colle à tapisserie, badigeonne généreusement un carré sur la paroi en bois, puis s'écarte pour encoller à nouveau le mur un mètre plus loin. Je plaque une affiche et j'observe autour de moi pendant que je la lisse. Je ne distingue même pas les formes des autres équipes, mais très bien le bruit d'une succion mouillée qui résonne régulièrement, à chaque fois qu'un pinceau lèche un support. Ce bruit est tellement incongru que ça me fait sourire.

Bientôt, les vitres et les murs sont recouverts à hauteur d'homme, telle une frise qui se déploie partout, mais avec une tête moche pas décorative du tout. La mission achevée, la trombine de notre cible multipliée à l'infini sur les bâtiments, nous repartons discrètement vers le point de rendez-vous.

Sur le chemin, Gabin attrape ma main et me sourit, nous progressons ainsi, comme de jeunes amoureux. Le sommes-nous ? Je commence vraiment à me poser la question. En fait, je le souhaiterais et en soi, c'est déjà une réponse en ce qui me concerne. Dès que nous serons en tête à tête et tranquilles, je lui avouerai ce que je ressens vraiment pour lui. Oui, on va mettre les choses au clair.

Encore au milieu des arbres, Gabin s'immobilise tout à coup en tapotant sa poche.

— J'ai perdu mon téléphone !

Nous nous retournons et regardons le chemin d'où nous venons. Un trou noir, on n'y voit rien du tout. Dépités, nous soupirons de concert à l'idée d'y retourner.

— Je le fais sonner ? je propose.

— Il est éteint, tu le sais bien puisqu'on l'a fait tous ensemble.

Ah ! Sans vouloir être pessimiste, mais plutôt réaliste, ça me semble sans espoir cette affaire.

— Tu y tenais beaucoup ? je tente pour dédramatiser.

— Ce n'est qu'un téléphone, j'en commanderais un autre demain.

Lorsque nous arrivons à l'orée du bois, tout le monde est revenu. Non, il manque une trombine, celle de Lola. J'interpelle aussitôt son équipière :

— Marcelle, qu'est-ce que tu as fait de Lola ?

— Aucune idée, je ne comprends pas ! On venait de finir les murs des sanitaires, je me suis baissée pour ramasser le seau et quand j'ai relevé la tête, elle n'était plus là. Tu penses bien que je n'allais pas l'appeler et risquer de réveiller tout le monde, alors je suis venue voir si elle était retournée ici.

Stupeur générale, on a perdu Lola ! C'est l'affolement. Alors que nos cerveaux moulinent pour trouver une solution, pour comprendre ce qui a pu se passer, pour savoir quoi faire, des cris de petite souris paniquée retentissent tout à coup plus loin. Nous tournons vivement la tête vers leur origine, prêts à parer à une attaque.

— Il y a quelqu'un qui court et qui est essoufflé, chuchote Laurent.

— C'est Lola, sûre et certaine. Elle a dû faire une pause derrière un buisson, tout va bien, dis-je pour rassurer tout le monde.

Splouch. Les pinceaux que nous avons brandis comme des armes retombent dans les seaux.

— Il fait noir, on s'avance vers elle, décide Gabin.

Mais avant que nous ayons pu faire le moindre mouvement, nous parvient un cri très bref, rauque et effrayant, suivi d'un bruit de chute.

— Ce n'était pas un animal, dis-je, à nouveau inquiète.

— Mais ça ne paraissait pas très humain non plus. Ou alors un humain qui a très mal, rétorque Gabin.

N'ayant pas une âme d'aventuriers suicidaires, nous hésitons sur la conduite à tenir, c'est-à-dire avancer pour voir ou fuir en courant. Notre intense réflexion prend fin en quelques secondes, quand Lola sort du bois et se jette dans mes bras. À bout de souffle, épuisée, mais surtout affolée, comme si elle était poursuivie par un monstre. Nous n'en menons pas large, un frisson de trouille me dévale l'échine. À voir leurs visages crispés, mes compagnons aussi.

— Lola, qu'est-ce qu'il se passe ?

— C'est Joseph, c'est Joseph !

— Joseph ? Ton amoureux des Tournesols ?

— Oui, reprend-elle, toujours haletante. Il me poursuit.

— Il t'a vue ? Mais tout le monde dormait.

— J'ai voulu récupérer un truc que j'avais oublié dans ma yourte, un petit serre-tête que j'adorais.

Je recule le buste pour la fusiller du regard.

— Mais tu es inconsciente, enfin !

— Oui, totalement tarée ! cingle une voix grave qui ne vient pas de notre groupe.

Nous sursautons de peur, mais pour Lola et moi ce n'est pas la même trouille que pour les autres. C'est une voix que je connais bien. Lola encore plus. C'est la cata ! Nous n'en menons pas large en fixant l'homme qui sort à son tour du bois, dont la démarche engagée donne une bonne indication de son humeur. Très mauvaise en l'occurrence.

Paulin s'avance, se racle la gorge et se lance sur un ton peu assuré :

— Damien ? Mais qu'est-ce que tu fais là ?

— Soirée costumée comme tu peux le voir, grince l'intéressé. Là, tu vois, je suis déguisé en gendarme. Et vous, c'est quoi le thème de votre soirée ?

— Oh, nous, on se promène, comme d'honnêtes citoyens et comme nous en avons le droit, répond Paulin avec aplomb.

Surgissent alors le major et trois de ses hommes, passablement contrariés aussi.

— Marcelle, petite balade au clair de lune ? On s'essaye aux vocalises dans le brouillard, sans doute ? la toise son mari.

Elle ne se démonte pas et redresse le buste face à lui :

— Mais bien sûr. J'en ai le droit.

— Bien entendu, c'est évident, marmonne le major.

— Et pour le gars qui te courait après et que j'ai dû abattre, reprend Damien en fixant sa belle, c'est une nouvelle recrue de la chorale ou un sanglier ?

Le ton se fait de plus en plus sec.

— Tu l'as abattu ? s'alarme Lola.

— Au taser, oui. Il devrait se relever dans quelques instants, tu veux que j'aille le chercher pour qu'il nous chante un truc ?

— Tu peux lui coller une deuxième décharge si ça t'amuse, il n'aura que ce qu'il mérite, ricane-t-elle.

Paulin met fin à cet échange en se dressant devant les gendarmes, les mains sur les hanches :

— Et si on arrêtait le jeu du chat et la souris. Est-ce qu'on est en état d'arrestation ?

— Non, bien sûr que non, répond le major.

— Est-ce que vous voulez contrôler nos identités ? renchérit Gabin, amusé.

— Non plus ! Je n'ai pas du tout envie d'entamer une procédure judiciaire contre ma femme et ses bras cassés de complices ! tempête le major.

— Alors nous pouvons partir ?

Le chef est embarrassé, ses hommes l'observent, attendant patiemment sa décision. Au rictus qu'arbore Damien, je pense qu'il serait ravi de passer les menottes à Lola, pas pour lui faire un câlin ensuite, mais juste pour se venger de ses cachotteries. Le major soupire fortement avant de céder :

— Bien entendu. Vous êtes libres d'aller où bon vous semble.

— Zut, ronchonne Damien qui se fait foudroyer du regard par Lola.

— Merci bien, major Baptiste, déclare Marcelle sur un ton pincé. Il n'aurait plus manqué que j'aie à te montrer mes papiers.

— Mais, vous, que faites-vous ici ? s'enquiert Antoine.

— Surveillance. Je ne peux pas en dire plus.

La discussion étant close et avant que la maréchaussée ne change d'avis, notre petit groupe se met en marche en direction du village. Au diable la discrétion désormais, nous inondons la vallée de nos éclats de rire. On revit des moments de collégiens qui font des bêtises et se font choper par le proviseur. Partager de tels moments, c'est souvent ce qui soude les amitiés. Aujourd'hui, aussi différents que nous pouvons l'être, un véritable lien s'est créé. Nous sommes le clan de ceux qui l'ont vécue, cette guerre.

Une fois revenus au village, chacun repart chez lui, moi conduite par Gabin. Étrangement, il se referme dès que nous montons dans le pick-up. Un truc le turlupine. Ça fait plusieurs jours d'ailleurs.

— Ça va ? Tu as l'air soucieux.

— Ouais, je cogite.

— Tu dors chez moi ? Je t'aiderai à réfléchir agréablement, je propose avec un air mutin.

— Non, justement. Un peu de solitude sera plus efficace, tu verras.

— Comme tu veux.

Je suis déçue, mais fatiguée aussi, ce qui allège l'impact de son refus. Lorsqu'il me dépose, j'ai juste droit à un baiser rapide et il repart sans un mot. J'espère qu'il retrouvera sa bonne humeur demain.

46

Le lendemain, je subis la journée comme une épreuve sans fin et je la clos en me traînant jusque chez ma mère, où je m'effondre sur une chaise en soufflant. Sans empathie aucune, cette femme que j'aime de tout mon cœur se moque en riant :

— C'est ça de jouer dans les collines toute la nuit au lieu de dormir !

— À défaut d'avoir été une franche victoire, cette virée nous aura au moins bien fait rigoler, je réponds en bâillant.

Car ce fut un bel échec, nos affiches n'ont pas eu l'impact escompté. Les Tournesols se sont contentés de nous les renvoyer, déchirées et mises en tas sur la place du village. Au moins, ça en aura peut-être fait douter certains, mais je ne me leurre pas car il n'est pas pire aveugle que celui qui ne veut pas voir. Eux, ils s'enterrent carrément la tête dans le sable. Des autruches ! Ouvrir les yeux ou se poser des questions les obligerait à remettre en cause cette vie qui leur plaît tant, ces pensées qui leur offrent une raison d'exister. Je ne les blâme pas pour ça, je leur en veux juste de chercher à bousiller la nôtre, de vie.

Pour l'instant, c'est l'absence de mon homme des bois qui m'interpelle, surtout que je ne l'ai pas vu de la journée, même pas pour prendre un café avec nous comme il le fait tous les jours.

— Gabin n'est pas arrivé ?

— Il ne viendra pas. Paulin m'a dit qu'il était parti.

— Comment ça, parti ? Parti où ? je questionne en attrapant un bout de pain.

— Chez lui, dans les Landes. Il a été voir Paulin pour lui dire au revoir. C'est étrange qu'il ne nous en ait pas parlé, surtout à toi.

À qui le dis-tu, maman ! De surprise, je laisse tomber le pain par terre, aussi vite attrapé par Plouf. Gabin est parti sans rien me dire ? Je n'arrive pas à y croire. Nous sommes vendredi, il s'offre un week-end dans sa famille. Il en a tout à fait le droit, bien sûr. Mais quand même, il prévient Paulin et pas moi ! Même s'il n'a pas de compte à me rendre, ça se fait quand on couche ensemble.

Autant dire que, déjà fatiguée physiquement, mon moral prend une claque. Je mange en parlant à peine, subissant le flux et reflux d'émotions diverses. De l'abandon ? Oui, c'est ce qui s'en rapproche le plus. Et de l'incompréhension, surtout. Je croyais que tout allait bien entre nous.

Inévitablement, je passe le week-end à ressasser, à préparer mes phrases pour notre conversation à son retour. Et à ronchonner, surtout. Si Benji n'était pas là pour me dérider un peu, il ne faudrait pas plus d'une semaine pour que je devienne l'irascible vieille du village, celle que tout le monde évite et dont on se moque. Je ne peux même pas l'appeler puisque qu'il a perdu son portable dans les bois.

Le dimanche soir, je suis sur les dents, prête à recevoir le fuyard pour une explication. Je m'attends à ce qu'il débarque pour le dîner, mais non, je mange seule. Il viendra sûrement pour le café demain matin.

Encore raté ! Je passe la journée du lundi à guetter chaque bruit à l'extérieur, et à me ruer dans la cour dès qu'un véhicule y pénètre. Et il y en a eu aujourd'hui. Paulin pour un café, le facteur pour un colis, Lola et Damien pour l'apéro... Je leur sers à chaque fois un sourire crispé en tentant de dissimuler ma frustration.

Après le dîner, je n'en peux plus de cette boule au ventre qui ne me quitte pas depuis trois jours. Je subis la situation et ça me rend dingue. J'embrasse ma mère et rentre chez moi en pestant, mais au milieu de la cour, je décide d'aller voir chez Gabin. Marcher me fera au moins du bien.

Sur le chemin, je me monte le bourrichon en l'imaginant en train de boire une bière tranquillement chez lui devant la télé. Détendu et bien loin d'imaginer dans quel état d'anxiété je me trouve. Pour sûr, la conversation sera rude tant nous serons sur deux planètes différentes.

Plus je m'agace toute seule, plus j'accélère et c'est carrément en pétard que j'arrive devant son portail. J'attrape vivement la poignée et l'abaisse d'un geste rageur. Et je me ruine le poignet parce qu'elle reste bloquée. C'est verrouillé, je ne m'y attendais pas et je me sens bien bête. Je me penche pour voir sa maison derrière la haie. Son pick-up est là, mais pas sa Clio personnelle avec laquelle il est parti selon les dires de Paulin. Tout est éteint, volets fermés. Il n'est donc pas rentré.

D'un côté, ça me rassure qu'il n'ait pas préféré passer sa soirée seul plutôt qu'avec moi. De l'autre... c'est agaçant qu'il ne soit pas pressé de rentrer.

Au lieu de rester comme une imbécile ici en pleine nuit, je repars chez moi, la tête basse. Après quelques pas, je m'en veux. Je suis dure et égoïste, je devrais avoir honte. Il ne rentre pas souvent dans les Landes alors c'est normal qu'il veuille s'y attarder.

J'ai beau me coucher avec ces bonnes paroles en tête, je n'arrive pas à fermer l'œil. Il me manque. Qui l'aurait cru il y a encore quelques semaines ? Pas moi.

Nuit pourrie, journée difficile. Je passe le mardi dans le brouillard et ça empire le mercredi. Le jeudi, je suis à ramasser à la petite cuillère. Un zombie. Le doute et l'incertitude ne font qu'empirer chaque jour, ruinant mon sommeil. Le vendredi matin, je bâille à chaque fois que je respire. Toujours aucune nouvelle de Gabin.

Jour après jour, je déverse mon anxiété sur Lola, toujours présente pour me soutenir. Ce midi, elle est même venue prendre le café pour me remonter le moral.

— Lola, tu te rends compte que c'est le deuxième gars à se barrer en douce loin de moi, je gémis en remplissant nos tasses.

— J'avoue. C'est pas cool du tout. Appelle-le ! dit-elle en plaquant un bout de papier sur la table.

— Il n'a plus son téléphone et c'est non de toute façon.

— C'est celui de ses parents qu'il a donné à Paulin, en cas de problème. Je l'ai récupéré pour toi ce matin, insiste-t-elle en tapotant le papier.

Je me démets les cervicales pour lire l'écriture. Elle aurait pu le poser à l'endroit, ça aurait été plus pratique. C'est bien un numéro, que je ne connais pas. Je redresse vivement la tête.

— Hors de question ! C'est lui qui s'est barré et je ne vais pas chouiner au téléphone comme une pauvre fille pitoyable.

— OK. Alors j'appelle, décide-t-elle en prenant le papier.

Je me jette dessus et lui arrache des mains.

— Non plus ! Nous n'avons plus douze ans pour envoyer la copine à notre place.

— Mais au moins, tu sauras.

— Qu'il s'est tiré ? Qu'il m'a plantée comme une grosse truffe ? Je le sais déjà tout ça, alors inutile de me ridiculiser plus.

Lola éclate de rire, je lui fais les gros yeux. Elle tousse pour se reprendre et s'expliquer :

— C'est tellement incongru ce que tu dis. Tu parles comme si vous étiez ensemble. Je te rappelle que tu la souhaitais de tout ton cœur sa mutation.

Ça alors ! Elle m'épatera toujours.

— Lola ? Je n'ai pas cru nécessaire de t'en parler, surtout que tu étais occupée au centre des dingos, mais le fait de nous avoir vus tous les deux à poils dans la forêt ne t'a pas interpellée ?

Elle se met à réfléchir en regardant en l'air. Je n'y crois pas !

— Mais enfin, Lola !

— Comme tu l'as dit, j'avais pas mal de choses en tête, alors c'est vrai que je n'ai pas fait le lien avec vos culs nus. Donc, toi et Gabin…

Et elle se met à rire. J'attends, mais rien à faire, elle est partie pour de bon. Je ne pensais pas que nous formions un couple aussi hilarant, Gabin et moi.

— C'est bon ? Tu te remets ?

Elle me fait signe que ça va aller puis s'essuie les yeux, tout en gloussant régulièrement. Enfin, elle se reprend :

— Si vous étiez ensemble, c'est dingue qu'il soit muté comme ça, sans rien te dire.

— En fait, il m'en avait parlé mais je n'ai pas su quoi répondre. C'était tout frais entre nous et je ne savais pas bien où j'en étais. Je crois que mon silence ne lui a pas plu.

— Sûrement, mais ça ne devait pas le travailler tant que ça, sinon, il aurait remis le sujet sur le tapis plus tard.

— En fait, il l'a fait. Plusieurs fois même. J'ai éludé à chaque fois, dis-je en gémissant de honte.

— Ah, ben voilà, tout s'explique ! Il voulait donc que tu lui dises ce que tu envisageais avec lui. Tu as été nulle, mais ça ne méritait pas qu'il se barre comme ça.

— On arrête cette conversation, tu me plombes le moral plus qu'autre chose.

Heureusement qu'elle accepte et a toujours une foule de bêtises à me raconter. Il ne lui faut pas plus de cinq minutes pour me faire rire, souvent sans le vouloir. Elle est formidable.

En milieu d'après-midi, je pars avec le troupeau et Plouf en tête. Nous nous dirigeons vers une parcelle en hauteur où les filles pourront manger autant qu'elles le veulent, et me laisser dormir. Une fois dans la clairière, Plouf se couche, les brouteuses se mettent au travail, et moi, je m'allonge dans l'herbe. Le soleil réchauffe ma peau juste comme il faut, pendant que les oiseaux tapent la discussion dans les arbres… j'adore mon métier quand il m'offre des moments pareils. Bercée par les bruits de mâchonnement des filles, je m'endors paisiblement.

— Tu n'es pas sur tes parcelles ! hurle soudain une voix d'ogre.

Je bondis de peur, me redresse d'un coup et ouvre les yeux. Gabin est face à moi, hilare. Je rêve encore ? Non, c'est bien lui qui se tord de rire, très fier de son coup.

Moi, je suis d'une tout autre humeur, alors je l'attaque directement à la jugulaire :

— Pourquoi tu t'es sauvé comme un pétochard ? Tu ne pouvais pas me dire en face que tu ne voulais plus de moi ?

Gabin cille et ravale son rire instantanément. Il fronce les sourcils au point qu'ils se rejoignent au milieu de son front. Face à lui, toujours assise, j'attends en le fixant durement.

— Qu'est-ce que tu racontes ? C'est tout ce que tu as trouvé pour me dégager de ta vie ? rétorque-t-il finalement.

Quoi ?! Piquée au vif, je me redresse d'un coup et lui fonce dessus. Un doigt planté sur son torse, je vide mon sac :

— Tu t'es barré ! Tu es parti une semaine sans rien me dire ! J'ai cru que tu étais muté pour de bon !

Au lieu de s'excuser, d'avoir l'air un peu péteux pour ce qu'il m'a fait subir, il sourit. Je le fusille du regard, il attrape ma main et me tire contre lui.

— Je n'aurais jamais déménagé sans dire au revoir à ta mère, se moque-t-il.

Je soupire d'agacement, il redevient sérieux :

— J'étais aux fêtes de fin de saison avec mes potes du club de rugby. J'avais besoin de prendre du recul et de réfléchir, et que tu le fasses aussi.

— Sur quoi ? Ta mutation ? Tu ne l'as pas encore acceptée ?

J'ai beau faire attention au ton que j'utilise, rien à faire, l'espoir dégouline de mes mots.

— Quand je t'ai parlé de ma mutation, tu n'as rien dit. Pire, depuis tu as fait la sourde dès que j'abordais le sujet et ça m'a franchement agacé. Et encore plus déçu.

— Tu pouvais me prévenir quand même. Ça se fait pas !

— C'est vrai, mais il te fallait un déclic. Si je me fie à ton humeur, ça t'a permis de réfléchir aussi. Ça fait mal, mais ça fait avancer les choses.

— Et ? Tu veux qu'on mette tout à plat maintenant, c'est ça ?

— Sûrement pas ! Tu es encore trop énervée pour ça, dit-il en riant. J'ai encore quelques semaines pour donner ma réponse, donc le temps de me faire pardonner. Quand il faudra discuter sérieusement, je te préviendrai.

— En gros, tu as décidé de tout contrôler, dis-je en pinçant les lèvres.

— Il faut bien puisque tu fuis à chaque fois.

Comment me défendre alors qu'il a raison ? La veille de son départ, j'avais pourtant décidé de lui dévoiler mes sentiments, mais j'ai été trop lente à la détente. Je ne sais même pas si j'aurais été aussi patiente que lui à sa place. Ça fait suer, mais je l'ai bien cherché et ça me fait ronchonner.

— Arrête de bouder et laisse-moi t'embrasser.

Il ne me laisse pas le temps d'accepter, il fond sur mes lèvres et m'offre un baiser passionné. De toute façon, ce n'est pas comme si j'allais refuser. Ça fait une semaine que j'attends ça !

Une fois que nous arrivons à nous séparer, Gabin me propose de promener le troupeau ensemble pour me raconter sa semaine. J'accepte avec plaisir, même s'il ne peut s'empêcher de prendre encore le contrôle :

— Pour commencer, faut réveiller Plouf pour sortir d'ici. Parce que ce n'est pas ta...

— Parcelle, je sais, je le coupe en secouant la tête.

Je suis trop fatiguée pour râler, ce qui me fait penser que je vais enfin pouvoir dormir la nuit. Ouf ! Ou peut-être pas puisqu'il est revenu, justement.

47

Les jours qui suivent, je les passe vautrée dans le coton, nageant dans un bonheur suave, doux comme du miel et épicé comme un bâton de cannelle. Nous filons le parfait amour avec Gabin.

Nous délaissons pour un temps les problèmes du village, élections et Tournesols. Pour être honnête, c'est surtout parce que la gendarmerie nous tient à l'œil. Le major a poussé le vice jusqu'à envoyer un jeune adjoint à la chorale, arguant que notre hymne national était une chose sérieuse. Il est rusé, mais nous ne sommes pas dupes, nous avons donc mis en pause nos réunions. Le pauvre gendarme est très déçu de ne jamais pouvoir chanter.

Concernant sa mutation, Gabin a mis sa décision entre parenthèses, comme convenu. Malgré deux tentatives de ma part, il refuse d'aborder le sujet. Serais-je plus sexy qu'un pin des landes ? Plus attirante qu'une planche de surf ? Plus excitante qu'une troisième mi-temps ?

Il a beau retarder l'échéance, il faudra prendre une décision pour envisager, ou non, un avenir en commun. De mon côté, j'appréhende ce moment et à vrai dire, je crois que nous craignons tous les deux que l'autre refuse de sacrifier sa carrière. Pour moi, c'est carrément ma ferme qu'il faudrait vendre et faire déménager ma mère. Ce n'est pas un métier que l'on quitte d'un claquement de doigt et, surtout, je n'en ai pas envie.

J'essaie de ne pas trop y penser pour ne pas me démoraliser, d'autant que je suis en vacances depuis quelques jours. Mes chèvres ne font plus de lait puisqu'elles fabriquent leurs bébés. Elles ne peuvent pas tout faire, il faut les préserver. Néanmoins, elles mangent toujours autant de foin, donc, pas de grasse matinée pour moi. En revanche, je peux remonter me coucher après m'être occupée des filles, comme ce matin, puisqu'il n'y a plus ni traite, ni fromages, ni ventes. Allongé dans mon lit, Gabin ronflotte gentiment. Cette vision fort agréable m'arrache un sourire à chaque fois que je passe devant pour me rendre dans la salle de bains pour me débarrasser de la poussière du foin.

Lorsque j'en ressors, je reste immobile au bout du lit et observe sa nuque, ses épaules nues qui dépassent de la couette. Son bras est étendu sur ma place, tel que je l'ai laissé quand je me suis faufilée hors du lit sans le réveiller. J'avoue, je ne me lasse pas d'avoir Gabin auprès de moi. Il me manquera énormément après son départ s'il accepte sa mutation, au point que je sais déjà que nous nous reverrons.

Pour l'instant, je me glisse sous le bras étendu et me colle au corps chaud que j'ai délaissé plus tôt. Un vrai brasier sous la couette ! Gabin ouvre un œil, me sourit et me serre plus contre lui. Oui, cette période est vraiment douce et j'aimerais tant qu'elle dure.

Mais les jours ne peuvent s'empêcher de défiler et nous arrivons bientôt à la veille des élections. Ça, c'est le sujet qui plombe le moral, car même avec la liste de Paulin pour contrer celle des Tournesols, nous savons que nous n'avons aucune chance de l'emporter. C'est mathématique, nous allons prendre une raclée.

Donc, la réalité nous rattrape et elle est d'autant plus amère après cette pause emplie de sérénité. Outre l'idée de perdre la mairie, ce qui me turlupine en ce moment, c'est l'action que nous avons prévue, la fameuse idée de Gabin. Ce qui nous paraissait à tous un bon plan pour gagner les élections, ou plutôt la croisade de la dernière chance avec un sabotage en règle, m'apparaît désormais bien risqué. Mais, à part nous agenouiller sans nous battre jusqu'au bout, avons-nous le choix ?

Nous sommes la veille du grand jour et nous nous retrouvons chez Paulin pour revoir tous les détails. Les visages sont crispés, aucun sourire ni blague cette fois, la tension est à son comble. Nous savons que nous pouvons compter sur tous les inscrits du village, chacun étant bien trop conscient de l'enjeu. Un nombre impressionnant de procurations a été fait, tous ceux qui ont un enfant étudiant à l'extérieur, ou un papi en maison de retraite.

— On le sait, ça ne suffira pas, déclare Paulin. Je propose qu'on fasse voter certains habitants qui sont morts cette année et pas encore radiés des listes.

Choqués, nous nous regardons pour être certains que nous avons bien entendu la même chose. Les yeux écarquillés que je vois confirment que c'est bien le cas. Je suis la première à réagir :

— Paulin ! Ce sont des méthodes de mafieux, ça va un peu trop loin.

— Dis donc petite, surveille tes paroles. Nos parents le faisaient déjà après la guerre, c'est du patrimoine.

— Du patrimoine ? Non, ça s'appelle une fraude.

— Et ce qu'on va faire demain, tu appelles ça comment ?

Je me tais, battue à plate couture. Paulin a raison, on n'en est plus à ça près. Ce n'est pas comme si on truquait l'élection présidentielle non plus. C'est Boussolins, juste un petit village perdu, donc autant dire zéro impact sur l'équilibre social du pays. Je me rassure comme je le peux, mais je sais bien que c'est un raisonnement assez tangent, pour ne pas dire hypocrite.

— En plus, tu crois que c'est honnête ce qu'ils font en face ? renchérit Laurent. Ils soumettent une liste sur laquelle il n'y a même pas leur gourou. Que des prête-noms. Le type est peut-être réellement recherché, ou il a un casier qui l'empêche de se présenter. Ou pire, il compte leur demander de faire des trucs pas nets, sans se mouiller personnellement. Et pourtant, ça sera lui le véritable maître des lieux, lui qui prendra les décisions. Tu trouves ça correct comme procédé ?

Évidemment, je n'ai rien à redire à ces arguments.

— De toute façon, les dés sont jetés, continue Lola. On ne peut pas reculer si on ne veut pas que notre village soit renommé prochainement Yavémakralaba et entièrement repeint en jaune et orange.

Nous rions au nom qu'elle a inventé et pourtant si proche de ce qui nous pend au nez. Au moins, elle a réussi à nous détendre un peu et nous passons une bonne partie de la nuit à plaisanter sur des scénarios identiques pour nous motiver. Demain, aucun ne doit flancher !

48

Quelques heures de sommeil plus tard, c'est le jour J. Le réveil est difficile, je trébuche même sur mes pantoufles. Mon premier réflexe est d'ouvrir les volets et de lever le nez vers le ciel en inspirant le bon air frais. Trop d'ailleurs, Gabin grogne en rabattant la couette sur sa tête. C'est un dimanche bien froid, comme l'est souvent l'hiver dans ce coin d'Aveyron. Les feuilles sont tombées, mes chèvres grossissent un peu plus chaque semaine, elles attendent leurs chevreaux pour le mois prochain déjà. Le soleil est à peine levé qu'il commence à décliner. Ce sont les plus moches journées de l'année, celles où on désespère de tout. Heureusement, j'ai encore ma bouillotte et mon rayon de soleil personnel, qui me réchauffent et m'illuminent à chaque instant. Enfin... d'ici une heure parce que pour l'instant, Gabin ronfle. Allez, au boulot, Jeanne ! Avant de sortir de la chambre, je colle une claque sur la couette, juste sur l'arrondi que forme le fessier du dormeur pour qu'il se lève.

— C'est bon ! J'arrive, bougonne-t-il.

En sortant de la chèvrerie, j'enlève ma cotte avec le sourire aux lèvres. Comment ai-je pu trouver hideux l'apollon qui s'avance vers moi, l'air radieux, le pas sûr, le torse bombé. Je n'en reviens pas comme j'ai changé d'avis à son sujet. Nos disputes sont bien loin à présent et lorsqu'il advient une amorce de début d'agacement entre nous, nous réglons ça dans la minute avec un long baiser.

— Eh bien ! Plus j'approche et plus tu as le regard coquin, se rengorge-t-il.

— Et encore, tu ne vois que mes yeux. Si tu savais ce qu'il se passe derrière, tu ne saurais plus où te mettre.

— Tu me feras une projection privée tout à l'heure, parce qu'il faut qu'on aille chercher le matériel.

— Oh, mais c'est que je travaille à guichets fermés le soir. Les places sont chères.

— J'ai ma carte d'abonné, allez, grimpe !

Nous montons dans son pick-up et partons en direction du village voisin. Nous y avons rendez-vous avec des élus compatissants et vieilles connaissances de Paulin. Nous nous garons dans la petite ruelle qui donne sur leur mairie, sans descendre. Une porte en bois s'ouvre et deux hommes chargent une urne à l'arrière, puis nous saluent avant de repartir, ni vu ni connu.

— On préparerait un casse que nous n'aurions pas une autre attitude, je commente en souriant.

— Parce que c'est un peu ça. Nous allons bien commettre un casse, mais pas dans une banque.

C'est juste. J'ai tendance à oublier que nous nous apprêtons à voler, même si ce n'est pas pour nous vautrer ensuite sur des sacs de billets.

De retour au village, nous allons à la mairie pour aider à l'installation de la salle de vote. Isoloirs, tables, chaises, matériel électoral, etc. Aucun Tournesol n'est encore présent, ce qui nous permet de nous sentir plus à l'aise pour préparer notre coup. Car à l'abri des regards, derrière la porte en bois de la petite pièce adjacente, la remise à fournitures et produits, c'est une autre installation qui se déroule.

Denis apporte des cafés pour cette équipe spéciale dont je fais partie. Nous le remercions puis les dégustons dans un silence anxiogène. Une lourde charge pèse sur nos épaules, le poids de la culpabilité et du risque encouru. Nous échangeons des regards d'encouragement et de soutien. Il est encore temps de redevenir raisonnable, de tout stopper, mais aucun de nous ne l'envisage. Les autres comptent aussi sur nous, je le lis dans leurs yeux. Denis récupère ses tasses et avant de nous quitter, il nous serre chaleureusement la main, ce qui nous donne encore plus l'impression de monter sur l'échafaud.

Paulin nous remotive en frappant dans ses mains :

— Allez ! C'est parti pour la grande mascarade !

Nous nous égaillons pour prendre chacun notre place, qu'elle soit officielle ou frauduleuse comme la mienne. À l'ouverture du bureau de vote, les premiers habitants se pressent déjà devant les portes de la mairie. Ce sont les mêmes que vous voyez devant les supermarchés. Peur de rater quelque chose, sans doute.

Quelques Tournesols aussi se sont déplacés. Ce sont les assesseurs. Ils vont contrôler que tout se déroule dans les règles et qu'il n'y a pas fraude. Ces gens ne font confiance à personne, c'en est presque insultant ! Sous leur œil vigilant, chaque carte électorale est scrutée, chaque électeur est pointé sur la liste d'émargement, chaque dépôt dans l'urne cadenassée compté, la chose est infalsifiable.

Les bulletins qui descendent dans l'urne s'accompagnent d'un bruyant « A voté ! » Plus que bruyant même, carrément tonitruant. Il faut dire que dans la pièce d'à côté, fermée à clef, se trouve également une urne. J'y suis et je m'applique à former deux tas d'enveloppes contenant déjà des bulletins. À chaque « A voté ! » qui retentit, Gabin insère un vote dans l'urne devant nous. Je coche sur ma liste, pour nous assurer que la proportion de bulletins « Paulin » soit à peine supérieure à celle des Tournesols. Notre mission est simple, mais cela ne nous empêche pas d'être concentrés à l'extrême. Le compteur situé sur notre urne doit absolument être égal à celui dans la pièce d'à côté.

Nous n'en menons pas large, parfaitement conscients de l'ampleur de notre acte. Moi, j'ai carrément la trouille. Autant dire que nous ne rions pas, l'ambiance est plus que crispée et ne fait qu'augmenter au fur et à mesure que le moment délicat approche. Celui, fatal, où nous devrons intervertir les deux urnes, la pirouette magique qui nous offrira la victoire. Interdiction d'être pris, ni même soupçonnés.

Bien entendu, nous avons un plan, mais fonctionnera-t-il ? Si ça foire, les Tournesols gagneront les élections. Si on se fait attraper, je pense qu'on peut aller en prison, mais je préfère ne pas le savoir. L'ignorance sert de courage aux intrépides.

Le plus étonnant dans cette journée, c'est que les habitants du village se sont mobilisés dès le matin à l'ouverture, alors que les Tournesols ne commencent à arriver vraiment en masse qu'en fin d'après-midi, deux heures avant la fermeture du bureau. Depuis, c'est un défilé de jaunes ininterrompu, qui met une drôle d'ambiance sur la place centrale. Les villageois ont l'impression de voir flou, ils n'ont jamais vu autant de jaune de leur vie. Il faudra s'y habituer si nous ne réussissons pas notre coup. Au bout de quelques semaines, même un jaune d'œuf dans notre assiette nous fera grimacer.

Je jette un coup d'œil à la vieille horloge sur le mur. Misère ! Maintenant, la tension est insupportable et mon ventre se serre. Nous sommes censés agir dans trente minutes très exactement. Je tends un bulletin à Gabin, ma main tremble.

— Je vais m'évanouir, je murmure.

— Tu pourras, mais dans mes bras ce soir. En attendant, appelle Paulin comme convenu, déclare-t-il avant de m'embrasser sur la joue.

Je m'exécute, ça me changera les idées. Lui aussi doit stresser, il répond avant la fin de la première sonnerie.

— Paulin, tout est prêt de ton côté ?

— Non, on a un petit problème de dernière seconde, mais Benji essaye de le régler avec Laurent. Ça devrait être bon dans moins d'une heure.

Je panique, je vais vraiment m'évanouir.

— Quoi ? Mais ça risque d'être trop tard, c'est bien après la fermeture du bureau. On ne va jamais avoir le temps. Vous avez besoin d'aide ?

Paulin refuse et me raccroche au nez. Choquée, je fixe mon téléphone en espérant qu'il sonne. Non, rien après plusieurs minutes, il nous laisse dans l'expectative et l'angoisse d'un échec. Gabin m'enlace en me murmurant des encouragements.

Soudain, du raffut se fait entendre dehors, ça vient du fond de la place. Des voix précipitées, affolées, plus intelligibles au fur et à mesure qu'elles se rapprochent. Piquée par la curiosité, je me plante sous le petit vasistas en hauteur et, sur la pointe des pieds, je tente d'apercevoir quelque chose. Si la vitre n'était pas couverte de poussière à l'extérieur, ce serait plus clair.

— Alors, que se passe-t-il ? demande Gabin. Ne me dis pas qu'on est grillés.

— Je ne sais pas. Certains semblent heureux et les autres catastrophés.

— Les Tournesols fêtent déjà leur victoire ? Ils vont déchanter, ricane-t-il.

C'est un véritable téléphone arabe qui se met en place, incompréhensible pour nous. Tout à coup, une clef est introduite dans la serrure et la porte de la remise s'ouvre si violemment que nous sursautons. C'est Antoine, pas les gendarmes. Gabin et moi soufflons tout l'air de nos poumons. Qu'il est con de nous ficher une trouille pareille ! Il est au comble de l'excitation, nul doute qu'il vient nous délivrer le message que tout le monde se transmet en ce moment, alors il a toute notre attention.

— Ça y est ! Les gendarmes sont allés perquisitionner chez les jaunes ! Ils sont en train de tout retourner là-bas, de fond en comble !

La nouvelle nous paraît si incongrue à cet instant que nous sommes frappés de stupeur. Gabin se reprend le premier :

— Ils ont arrêté le gourou ?

— Non, encore mieux. Il s'est fait la malle ! claironne-t-il joyeusement.

Nous voilà incrédules. Nous avions un plan pour faire partir les assesseurs et intervertir les urnes, mais ce n'était pas celui-là. En attendant, ça fonctionne, car c'est la panique chez les Tournesols. Les assesseurs laissent tout en plan, la file de votants éclate, ils partent tous en courant vers leur centre.

Paulin passe la tête par la porte entrouverte et nous fait signe de nous en aller. Je suis en pleine confusion, tout va trop vite et j'ai besoin qu'il m'explique.

— Paulin, on en profite pour faire le transfert, non ?

— Pourquoi faire ? s'étonne-t-il.

— Comment ça, pourquoi faire ? je m'agace. C'est tout notre plan qu'on est censé appliquer à ce moment précis !

— Mais non. C'est bien trop risqué maintenant.

Alors là, je ne pige plus rien et je pense que mes deux yeux qui sortent de leurs orbites le lui font bien comprendre.

— Jeanne, tout le village a voté ce matin. Chez les Tournesols, il en restait encore une grosse cinquantaine à passer, mais qui viennent de se sauver chez eux. Donc, c'est bon, on a gagné. Et de façon honnête, déclare-t-il avec fierté.

L'information met quelque temps à faire le tour de mes neurones, mais effectivement, c'est implacable. Dans dix minutes, le bureau ferme. Si les Tournesols ne reviennent pas d'ici là, le vote sera clos.

— En espérant que certains villageois n'aient pas voté blanc ou contre nous, murmure Gabin.

Petit coup de stress supplémentaire. Merci bien, comme si nous en avions besoin. Nous nous interrogeons du regard, puis secouons la tête d'un même mouvement. Non, personne n'aurait pris ce risque, nous nous détendons aussitôt.

— On en fait quoi ? je questionne en pointant du doigt notre urne secrète.

— Vous la videz dans un sac poubelle et vous filez avec le tout en passant par-derrière, décide Paulin. Si on vous voit avec une urne vide, ça n'intriguera personne.

Alors c'est bien vrai, notre plan boiteux prend fin tout seul. Je suis tellement soulagée que je m'affaisse sur moi-même. Gabin me sourit, ravi lui aussi. Mais, pile à ce moment, une forte explosion retentit à l'extérieur, nous la ressentons même sous nos pieds.

— Ils attaquent le village ! s'exclame Antoine.

C'est la panique, nous nous jetons à terre. Quelques secondes passent, pendant lesquelles nous écoutons ce qu'il se passe dehors, sans oser bouger.

La porte s'ouvre d'un coup et Lola apparaît, livide.

— Tout va bien, tout le monde ?

— Oui, ça va, la rassure Gabin. C'était quoi ce truc ?

— Je crois que c'était notre plan de départ, répond Paulin. C'est l'équipe de Laurent et Benji qui s'en chargeait.

Pardon ? Ils n'étaient pas censés faire péter une bombe atomique ! Ça devait être juste assez fort pour que tout le monde sorte et nous laisse le temps d'échanger les urnes.

— Ils sont sérieux ? s'énerve Lola. Mais comment ont-ils fait un truc aussi puissant ? Ce n'est quand même pas autorisé des engins pareils ?

— Lola a raison, c'est hyper dangereux ! je râle. Je croyais qu'ils allaient tirer un genre de feu d'artifice, mais là, c'est une vraie bombe qu'ils ont fait péter. Ils sont devenus fous ?

— Ils ne voulaient pas risquer qu'on se retrouve coincés avec nos deux urnes dans les mains, alors ils ont mis les moyens, les défend Paulin. Ils ont peut-être forcé la dose, c'est vrai.

— Sauf qu'avec les gendarmes à côté qui perquisitionnent chez les Tournesols, ça craint. J'espère qu'ils sont déjà partis loin, relève Gabin.

— Et que la vitrine de la boucherie n'est pas en miettes, marmonne Antoine.

— Il faut les prévenir qu'ils rappliquent avant que la place ne soit envahie de gendarmes, dis-je en m'empressant de sortir mon téléphone.

— Le bleu nous changera du jaune, souffle Gabin qui se fait épingler par Paulin.

— On fera de l'humour plus tard, ça urge de les faire revenir avant qu'ils se fassent arrêter. On se met d'accord tout de suite, ils étaient ici avec nous.

49

Gabin et moi ne perdons pas de temps, nous profitons de l'agitation pour filer avec la pièce compromettante de notre forfait avorté. Une fois à la ferme, nous allons chez ma mère, que nous trouvons en train de lire devant la cheminée.

— Maman, tu peux brûler tout ça ? je questionne en déposant le sac à ses pieds.

Elle l'ouvre, fouille dedans et en ressort une poignée de bulletins qu'elle brandit.

— Tout s'est bien passé ? Ils n'auront pas la mairie ?

— Non, ne t'en fais pas, mais les choses n'ont pas tourné comme prévu.

— C'est le moins qu'on puisse dire, commente Gabin en riant. Hélène, tu n'as pas entendu comme un bruit ?

— Si tu parles de l'explosion, je pense que tout le monde l'a entendue à cinquante kilomètres à la ronde. Benji et Laurent y sont allés un peu fort.

— Benji nous a déjà prouvé dans un passé récent qu'il ne fait pas les choses à moitié. Il faudra qu'on s'en souvienne la prochaine fois qu'on lui confiera une mission, dis-je en soupirant.

Nous laissons ma mère qui jette les premiers bulletins dans l'âtre et nous arrivons tout juste pour la fermeture du bureau de vote. Le dépouillement peut enfin commencer, sans les assesseurs jaunes qui ont tous disparu. Nous n'avons aucune nouvelle de ce qui se passe au centre et on ne va pas se mentir, l'ambiance ici s'en trouve apaisée. Il suffit d'observer les visages souriants de notre fine équipe qui trinque déjà au fond de la salle.

Deux heures plus tard, alors que le résultat du vote donne Paulin favori, Damien entre dans la mairie. On se crispe par réflexe, surtout qu'il se dirige droit vers nous.

— Il sait ? je chuchote.

— Ne t'affole pas, il est habillé en civil, répond Lola.

Après nous avoir salués et embrassé sa belle, il plastronne :

— Alors ? Qui disait que les gendarmes étaient inutiles ?

— De quoi parles-tu ? questionne Gabin qui reste méfiant.

— Oh, pas grand-chose. Juste qu'on a peut-être débarqué au bon moment, non ? précise-t-il d'un air narquois.

Sur la défensive, je m'empresse d'intervenir :

— Paulin est en train de remporter les élections à la loyale et....

— Oui, bien sûr. À la loyale, répète-t-il en ricanant. Dites, vous avez entendu cette explosion tout à l'heure ?

Ses insinuations nous mettent de plus en plus mal à l'aise. On dirait qu'il sait quelque chose, mais prend un plaisir sadique à jouer avec nous. Plutôt logique, c'est un gendarme après tout, il aime qu'on se sente tout petits. Ou bien, il prêche le faux pour savoir le vrai. Quel pénible ! Il ne pourrait pas être juste Damien, le bon copain ?

Lola lève les yeux au ciel. Elle le voit venir aussi, alors elle prend les choses en main :

— Bien sûr qu'on l'a entendue. Ce n'est qu'après que nous sommes devenus sourds. C'est le gourou qui a miné le terrain pour vous empêcher de le poursuivre ?

— Non, même pas. D'après les premiers éléments, c'était un fût de deux cents litres, ceux qu'on utilise pour stocker l'huile de moteur. Il y en a souvent chez les agriculteurs.

Pourquoi se tourne-t-il vers moi en finissant sa phrase ? J'ai la tête de quelqu'un qui joue à faire péter des trucs ?

— Quoi ? Pourquoi tu me regardes ?

— Tu es agricultrice, non ?

— Moi aussi, répond Laurent.

— Pareil pour moi et beaucoup dans le village, continue Paulin.

Damien retrousse les lèvres en un sourire moqueur avant de lever les mains :

— C'est bon, j'ai compris. Donc, c'était un fût.

— Ça n'explose pas tout seul, un fût, relève Gabin.

— Non, mais si on y met de l'engrais azoté, un peu de gasoil… Une étincelle et… Boum ! Ça aussi, c'est des trucs qu'on trouve chez tous les agriculteurs.

Il me lance à nouveau un regard acerbe. Mais c'est qu'il me gonfle ! Me sachant soutenue, je le provoque :

— Oui et ? Tu as l'intention de coffrer la moitié des habitants ?

— Ça me démange, mais non, parce que c'est un système très facile à mettre en place. Et une déflagration de très grande qualité. Heureusement que c'était au beau milieu d'un champ. Quelqu'un aurait voulu faire diversion que je n'en serais pas étonné…

Je suis désespérée qu'il nous décrypte aussi bien, mais je continue le jeu :

— Diversion de quoi ?

— Aucune idée. Un mystère, comme le dit le major. Ce n'est pas vraiment le souci de toute manière, nous avons assez de travail avec les services administratifs qui constatent les infractions dans la communauté des gens zen. Rien que pour le travail dissimulé et le commerce non déclaré, ils en ont pour un moment.

Il affiche le rictus du gendarme qui boucle une affaire, je crois qu'il a fini de jouer avec nous. Pour preuve, il se place à côté de Lola et l'enlace tendrement, comme s'il ignorait tout. Tu parles ! Maintenant, il sait parfaitement à quel genre de femme il a affaire et je suis persuadée qu'il en éprouve une grande fierté. Tout comme le major qui regarde Marcelle avec une nouvelle étincelle dans les yeux depuis quelques semaines.

Amusée de voir mon amie qui ronronne dans les bras de son homme, je remarque à peine celui qui s'approche de moi. Je n'anticipe pas la main qu'il pose sur ma taille, pas plus quand il m'attire contre lui. Je suis aussi surprise que les gens autour, mais je lève les yeux sur Gabin qui me sourit, fier de lui. Dans un mouvement spontané, nous unissons nos lèvres et il m'enlace pour de bon. Nous nous embrassons pour la première fois en public et sous les regards enthousiastes de tous nos amis.

— Bon, je crois qu'on peut dire que c'est enfin terminé, déclare Paulin. Nous allons trinquer pour fêter ça !

Tout le monde approuve bruyamment avant de s'éparpiller pour aller chercher verres et bouteilles. Gabin me lâche, recule d'un pas et m'observe, l'air grave.

— Quoi ? je m'inquiète.

— C'est maintenant. Fais-le.

Je suis en pleine confusion, alors il reformule plus clairement :

— Demande-moi de rester. Dis-le.

Plus d'échappatoire et le sérieux qu'il affiche est clair : il ne me laissera pas me défiler. Ce sera oui ou non, mais ce sera dit maintenant. Est-ce que je souhaite qu'il reste ? Oui. Mais s'il le fait, cela veut aussi dire qu'il attend plus de ma part. Suis-je prête à entamer une vraie relation avec lui ? Envisager quelque chose de durable ? Tout est clair dans ma tête, je lui réponds sans aucune hésitation :

— Reste avec moi. S'il te plaît.

Son air soucieux disparaît aussitôt, pour laisser place à un rictus qui me trouble. Il lève un doigt :

— D'accord, mais à une condition.

Il m'a eue ! C'est un instant important et il ose jouer ! Pas d'humeur, je me renfrogne.

— Ne fais pas cette tête, il n'y en a qu'une seule.

— Vas-y, dis toujours, je bougonne.

— Tu embauches Benji pendant les vacances pour qu'on puisse faire la grasse matinée ensemble.

J'éclate de rire tant je m'attendais à quelque chose de plus problématique.

— Ça devrait pouvoir se faire, il ne demande que ça et est déjà autonome.

Gabin sourit en me prenant à nouveau dans ses bras. Je me pelotonne contre lui quand il laisse sa bouche dévier vers mon oreille pour murmurer :

— Paulin a tort. Ce n'est pas fini, ça ne fait que commencer.

Ensuite, il m'embrasse. Un long baiser porteur de tant d'amour et de chaleur qu'il en ferait fondre la banquise.

50

Jamais je n'ai vu une telle fête pour célébrer l'élection du maire de Boussolins. À côté, celle du 14 juillet fait figure de veillée funèbre. Nous investissons la place du village totalement désertée par les Tournesols.

Denis est débordé. Il en profite pour reprendre ses bonnes habitudes, il reste derrière son comptoir et les verres se déplacent au-dessus des têtes pour atteindre leurs clients.

Antoine a vidé sa chambre froide pour garnir le barbecue installé rapidement, et Maria sa boutique pour accompagner avec chips et légumes grillés. Ces derniers sont préparés par ma mère et son adversaire de toujours au concours des tripous. À les voir plaisanter en coupant les légumes, je crois que même elles ont fait la paix.

— Je m'occupe de la sono ! clame Benji qui s'en va en courant.

Il est aussitôt stoppé par sa mère, la mégère :

— Benjamin ! Tu ne te mêles pas de ça, c'est une affaire d'adultes !

Il s'arrête et, déçu, fait demi-tour. Mon sang ne fait qu'un tour.

— Benji a largement mérité sa place parmi nous. Tu étais où, toi, pendant qu'on bossait pour sauver notre village ?

Sa mère cille puis renifle de mépris. Avant qu'elle ne crache des mots qui me feraient lui rentrer dans le buffet alors que ce n'est pas le moment, je reprends sèchement :

— Ouais, chez toi, ton cul bien au chaud. Ton fils fait partie de notre équipe et s'il veut mettre de la musique pour célébrer notre victoire, il le fait !

— Ouais ! cinglent tous mes équipiers.

Paulin aime avoir le dernier mot et il le fait cette fois sur un ton péremptoire :

— Benji, on veut de la musique ! C'est un ordre du maire !

Mon stagiaire, tout fier, lève le poing et repart en courant. La mère vaincue tousse dans sa main puis s'écarte un peu pour se rapprocher de ses amis, et mettre de la distance entre nous. Sage décision !

— Ce gamin est génial. Personne ne le mettra à l'écart désormais. Merci à vous, dis-je au reste de l'équipe.

Nous le soutenons, mais cela ne nous empêche pas d'avoir des sueurs froides quelques minutes plus tard en le regardant installer son matériel. Les vitres du village tiendront-elles le coup ? Le verdict arrive, il allume le tout avec un grand sourire. Gabin inspire fort et m'enlace pour m'aider à encaisser le choc des basses qui vont nous faire saigner les tympans.

Mais, contre toute attente, des notes d'accordéon résonnent à la place. Une musette ! Nous éclatons de rire en applaudissant Benji qui jubile de son effet.

— Nan, sérieux maintenant, dit-il en coupant la musique. La fête, c'est ça !

Des trompettes… je suis dubitative quelques secondes avant de reconnaître une banda de féria !

— Hey ! C'est de chez moi, ça ! s'exclame Gabin, heureux comme un gosse de trémousser son grand corps sur des rythmes festifs.

C'est parti pour une nuit de folie ! Plus aucun nuage à l'horizon, nous reprenons possession de notre village.

Les jours suivants, notre bourgade se transforme en publicité vivante pour l'Aveyron. Tout le monde est radieux et le montre, les rires résonnent sur la place et des salutations bruyantes s'échangent dans les rues, au diapason du bonheur de se retrouver dans une si bonne ambiance.

Tout est bien qui finit bien pour nous. Pour Gabin et moi encore plus, nous voilà en couple. Inévitablement, ce n'est pas le cas des perdants. Parce qu'il en faut bien et je suis contente de ne pas en être. Damien nous a appris que le gourou escroc et ses plus proches comparses s'étaient fait la malle avec la caisse, partis à l'étranger pour dépenser sous les cocotiers ce qu'ils ont amassé. Désabusés, la plupart des Tournesols sont partis.

Bien entendu, nous avons été interviewés. Les journaux locaux se sont fait l'écho de toute l'histoire, sur leur site internet ou dans leurs pages en vrai papier, n'en déplaise à Benji. D'ailleurs, ça l'a bien arrangé et il a changé de ton sur les méthodes antiques quand il a découpé l'article où il apparaissait en photo. C'est sûr que c'est bien moins glorifiant d'encadrer une copie d'écran !

Le plus surprenant, c'est que l'arnaque expliquée, prouvée et validée par les autorités judiciaires… certains

Tournesols refusent encore de croire qu'ils se sont fait avoir. C'est encore nous les méchants qui les traînons dans la boue parce que nous ne comprenons rien à la vie, la vraie. Ces récalcitrants, ou aveugles à la vérité, sont tous partis alors on s'en fiche. Qu'ils aillent donc se faire plumer ailleurs, ça nous va très bien.

En revanche, certains sont restés, une vingtaine, qui errent comme des zombies et ça me fait râler au possible. Oh, pas parce qu'ils sont encore là, mais la raison pour laquelle ils le sont. Ces pauvres gens n'ont pas d'autre endroit où aller, la plupart n'ayant plus un centime. Dedans se trouve le couple qui tient l'épicerie puisqu'ils ont investi la totalité de leurs économies, plus un emprunt pour une dizaine d'années. Il y a aussi une mère et ses trois enfants, qui avait fui son ex-mari violent. Que des situations précaires, qui croyaient avoir trouvé un havre de paix, des gens abusés qui ne peuvent même pas se retourner contre les escrocs. Ils n'ont plus nulle part où aller et c'est cette injustice qui nous rend amers.

Le nouveau maire bataille encore, mais cette fois-ci avec l'administration pour leur venir en aide et nous y mettons tous du nôtre.

Il y a un autre point que je n'avais pas anticipé, et qui se présente à moi ce matin en la personne d'un jeune homme au crâne rasé. Je gare mon tracteur sous le hangar lorsqu'il entre dans la chèvrerie. Intriguée, je m'empresse de le rejoindre. Lui, tout en jaune, se triture les mains, visiblement embarrassé, sans oser parler. J'ai du boulot alors je me lance pour le débloquer :

— Bonjour. Vous cherchez quelque chose ?

— Bonjour. Oui. Euh… vous avez des chèvres.

— Il semblerait, oui, puisque vous vous trouvez au milieu d'elles, je me moque gentiment.

— Certes. Elles sont belles, dit-il en caressant Paloma qui vient réclamer une papouille.

Il n'est pas venu pour ça et si je ne le pousse pas un peu pour qu'il se décide à parler, nous allons passer la matinée ici. Autant aller droit au but :

— Vous avez un souci ?

— Je… oui. Je n'y connais rien en chèvre alors je ne sais pas quoi faire.

— Comment ça ? Je ne comprends pas.

— Ils sont tous partis, mais ils ont laissé les bêtes. On fait ce qu'on peut, mais ce matin, une des chèvres est couchée et ça ne va pas du tout.

Les animaux ! Ils se sont enfuis sans se préoccuper du troupeau ! Je suis atterrée. Pas une minute à perdre avec un ruminant malade. D'ailleurs, quand les symptômes sont visibles, il est souvent trop tard.

Le pick-up de Gabin n'est pas dans la cour, il est donc parti dans la forêt. Pas chez lui puisqu'il n'y va que pour aérer ou chauffer. J'interroge l'homme :

— Vous avez une voiture ?

— Euh… non, je suis venu à pied.

Je file prévenir ma mère et je grimpe dans mon véhicule frigo en demandant au Tournesol d'en faire autant. Pendant le trajet, il se détend un peu.

— Merci beaucoup. Au fait, moi, c'est Joseph.

De surprise, je fais un écart. Incroyable ! Le chéri de Lola est resté parmi nous. Elle sera ravie de l'apprendre et je vais m'empresser de m'en charger dès mon retour chez moi. Elle m'a assez charriée avec mon Shrek devenu mon amoureux, l'heure de la vengeance a sonné.

Une fois devant le centre aux portes désormais grandes ouvertes, je roule doucement et Joseph me guide à l'intérieur. Je me gare devant un bâtiment un peu à l'écart qui a tout d'une chèvrerie. Et je m'y connais un peu. Nous y entrons rapidement. Plus besoin de Joseph, les chèvres sont toutes dehors, alors je repère vite la malade, seule, couchée au fond de la stabulation. Pourvu que ce ne soit pas une entéro[7], sinon il n'y a rien à faire.

J'avance sur l'allée centrale quand j'entends un son. Un gémissement de douleur que je reconnaîtrais entre mille. Mon sang ne fait qu'un tour, je saute par-dessus la barrière en pestant :

— Elle n'est pas malade, elle met bas !

— Ah bon ? répond une jeune femme qui semble totalement déboussolée.

— Elle pousse comme ça depuis combien de temps ?

— Quelques heures.

— C'est trop, c'est beaucoup trop ! Il faut intervenir plus vite si le chevreau ne sort pas.

— On ne savait pas, répond-elle piteusement.

— On est désolé, ajoute Joseph.

Ils semblent s'en vouloir, à raison, mais je m'occuperai de leur cas plus tard. J'avance doucement vers la chèvre en lui parlant pour ne pas l'apeurer, mais

---

7 Entérotoxémie : maladie mortelle fréquente chez les ruminants (dérèglement bactérien de la panse).

ma présence est bien son dernier souci tant elle lutte contre ce qui lui arrive.

Les mises-bas, je connais. J'ai fait ma première encore toute gamine, avec mon grand-père qui trouvait mes petites mains pratiques pour fouiller une chèvre sans l'abîmer. Pour sûr, il avait raison parce que les hommes ont de grosses paluches dans la famille. Du coup, c'est toujours moi qui m'y collais, parfois ils venaient même me chercher à l'école.

En un coup d'œil, je vois le problème. Des pattes avant qui dépassent, mais pas de tête. Un classique. La tête est sûrement tournée en arrière et bloque tout.

— Vous avez des gants de fouille et des produits ?

Les deux m'observent comme si je venais de leur demander la date de leur mort. OK, je vais devoir faire ça à l'ancienne, un savonnage des mains et c'est parti !

Dilatée comme elle l'est, la manipulation est facile. C'est simple, on repousse à l'intérieur tout ce qui est sorti et on remet les choses en place, nez sur pattes avant. Repositionné correctement, le chevreau sort à la première contraction. En revanche, il n'est pas bien vif et c'est plutôt normal puisqu'il est resté coincé longtemps. Je dégage son nez de la muqueuse collée dessus et l'attrape par les pattes arrière, puis je le balance d'avant en arrière dans un geste ample, trois fois. Je le repose devant la mamelle de sa mère et lui colle un pis dans la bouche. S'il boit le colostrum, ça ira. Sinon... J'insiste un peu et... oui ! Il a trouvé le truc et boit comme un glouton. Ravie, je me redresse en soufflant et j'inspecte la chèvre au cas où elle aurait un autre chevreau dans le ventre. Ce n'est pas le cas alors je la laisse avec son petit et ressors de la stabulation.

— Je l'ai fouillée alors il lui faut un antibiotique. Vous avez ça ?

— Je… euh…

— Les autres, ils les soignaient bien quand même ?

— Oui, bien sûr, répond la jeune femme. J'ai déjà vu celui qui s'en occupait faire des piqûres.

Elle me mène dans un local, où je trouve la pénicilline et les seringues dont j'ai besoin. Une fois les soins terminés, je passe les consignes pour qu'ils gèrent la suite et je me rends bien compte qu'ils sont dépassés. Ils sont de bonne volonté, mais ne pigent pas un mot sur deux de ce que je leur raconte. Si on ne les aide pas, ils courent à la catastrophe. Alors, pendant que je me lave les mains, je demande à Joseph de passer un appel pour moi. J'aurais pu le faire moi-même, mais après cette petite frayeur, j'ai envie de m'amuser. Quand l'interlocuteur décroche à l'autre bout, c'est en luttant contre un fou rire que j'écoute Joseph s'expliquer :

— Ipomée ? Bonjour, c'est Joseph. Ah oui, c'est Lola, pardon… Non, mais calme-toi, c'est Jeanne qui m'a donné ton numéro, je suis avec elle.

J'entends le « quoi ?! » d'ici. Lola est remontée comme jamais, c'est formidable.

— On a un souci avec une chèvre. Elle vient de le régler, mais elle demande à ce que tu appelles un certain Benji pour qu'il vienne ici.

Certes, j'aurais pu le faire appeler directement, comme elle est en train de le faire remarquer si fort, mais ça aurait été moins drôle. Joseph raccroche et souffle en rangeant son téléphone.

— Pfiou ! Elle est moins commode depuis qu'elle a changé de nom. Elle a dit qu'elle appellerait votre ami.

— Parfait. Vous verrez que Benji est déjà un très bon chevrier, il saura vous épauler.

Gabin va grogner un peu que je me sépare provisoirement de mon apprenti, si Benji accepte de venir ici. Je n'en doute pas, aucun éleveur ne laisserait les bêtes d'un autre risquer leur vie. L'animal passe avant toutes les guerres d'humains, en tout cas pour les gens bien. Or, nous le sommes par ici, des gens bien.

En parlant de bêtes, un détail me turlupine avec celle que j'ai soignée, alors je les interroge :

— Dites, c'est la seule chèvre de ce genre que vous avez dans le troupeau ?

Ils m'observent, confus, ne comprenant pas ma question. Je m'explique :

— C'est une Angora, une race à laine, pas à lait.

Je ne dois pas être claire, ils restent ahuris, jusqu'à ce que Joseph se mette à bafouiller :

— Mais… elles sont toutes comme ça et elles font pourtant du lait.

— Bien sûr que oui, mais pas comme une race laitière. En gros, elles ne produisent pas assez pour rentabiliser une fromagerie.

— Ah ! Et elles servent à quoi, alors ?

— Celles-là, il faut les tondre et faire de la laine mohair. Vous avez de la chance que ce ne soit pas une race à viande, j'ajoute en riant.

Mince, je n'aurais pas dû plaisanter sur ce sujet, ils sont horrifiés. Je me rattrape avant que la jeune femme ne fasse un malaise parce qu'elle a tout à coup le teint verdâtre.

— Donc, de la laine. Pour faire des pelotes ou des pulls, chaussettes, bref, ce que vous voulez.

— Je sais tricoter ! s'enthousiasme la jeune femme qui retrouve des couleurs.

— Alors parfait ! Je vais vous laisser, j'ai mon troupeau à sortir. Joseph, on va se tutoyer et tu m'appelles en cas de souci.

Ils me remercient tous les deux chaleureusement et m'accompagnent jusqu'à mon véhicule. S'ils savaient comme ils vont s'amuser à jouer au rodéo pour tondre leurs chèvres, ils ne me remercieraient pas avec autant d'enthousiasme.

Épilogue

Appelez-moi « madame » ou mieux, Sa Majesté. Une reine, c'est exactement ce que je suis, perchée sur ma nouvelle merveille : un vélo électrique. C'est insensé comme il me change la vie, au point que je ne me déplace plus qu'avec lui. Mon super mari, au lieu de m'offrir une bague pour me demander en mariage, a jugé qu'un moteur me ferait plus craquer qu'un diamant. Comme il a eu raison !

J'entre dans la cour de la ferme, sans une goutte de sueur après la montée, juste au moment où Gabin rentre les chèvres. Oui, quelques petites choses ont changé en trois ans. Il a démissionné de l'ONF pour travailler avec moi sur l'exploitation. Nous avons augmenté le troupeau mais j'ai moins de boulot. Il est le chevrier, je suis la fromagère, et tout tourne à merveille.

— Combien de batteries vas-tu user ? s'amuse-t-il lorsque je pose mon vélo contre le mur.

— Autant qu'il en faudra pour que je me lasse.

Je le rejoins, l'embrasse, puis l'aide à pousser le troupeau dans la stabulation. L'autre détail – qui n'en est pas un – c'est le contenu du sac qu'il a sur le dos. Notre fils, Quentin, qui dort comme un bienheureux pendant que son père promène les chèvres dans la colline.

Je m'empresse de le sortir du sac et le serre dans mes bras. Il crache sa tétine par terre, dans une flaque de boue évidemment, avant de me baver sur la joue pour m'embrasser. Gabin ramasse la tétine et la fourre dans sa poche, en attendant qu'elle rejoigne les autres dans le lave-vaisselle.

— Il faut qu'on la lui enlève pour de bon, ça devient ingérable. Hier, il l'a collée dans la bouche de Britney, qui s'est empressée de la mâchonner avant de la recracher dans le fumier.

— J'approuve, on va toutes les perdre d'un coup. Dis, quand est-ce que tu installes un siège-bébé sur mon vélo ? Moi aussi je veux me promener avec lui.

— Quand il sera ado et en pleine crise. En attendant, c'est avec moi qu'il passe l'après-midi, se marre Gabin.

— Faudrait peut-être voir à partager ! le houspille ma mère sous la tonnelle. Je suis sa grand-mère et je dois prendre rendez-vous pour l'avoir un peu, c'est un monde !

Tu parles ! Depuis qu'il sait marcher, elle l'a toujours dans les jambes et elle adore ça. La preuve, je le pose au sol et il file directement la rejoindre. Tout droit mais avec une démarche encore bancale. Le papa l'observe avec un sourire attendri, qu'il pose ensuite sur moi avant de m'embrasser.

— Benji a appelé, m'apprend-il ensuite. Pour la fête que le centre organise samedi, il voudrait qu'on apporte une cinquantaine de fromages pour le repas.

— On les a, pas de souci. J'ai hâte d'y être ! J'en ai même fait avec les herbes qu'ils cultivent, exprès pour eux.

Le centre… l'origine de tous les changements. Aujourd'hui, plus de guerre, bien au contraire. L'activité de yoga est réelle, avec des professeurs diplômés. Même maman y va deux fois par semaine, avec Marcelle, Babeth et la mère de Lola. Je ne sais pas si elles s'assouplissent, mais ce qui est certain, c'est qu'elles s'éclatent.

La communauté sur le complexe est désormais d'une cinquantaine de personnes, parfaitement intégrée au village. Au début, nous étions sceptiques des deux côtés quant au fait de pouvoir vivre en harmonie. Pourtant, c'est le cas aujourd'hui. Plus de concurrence, mais de l'entraide et un réel partage.

Leur troupeau de chèvres est tenu par un chevrier hors pair, Benji, qui l'a pris en main après l'obtention de son diplôme agricole. Avec la laine mohair, ils sont vingt dans leur atelier à fabriquer pulls et écharpes que d'autres vendent sur les marchés, et qui habillent la moitié du village. D'ailleurs, j'en porte un violet actuellement et c'est mon préféré. Gabin, c'est surtout leurs chaussettes qu'il ne quitte pas de l'hiver.

La fête prévue ce week-end, c'est pour célébrer leur deuxième année d'installation, la vraie. Tout le village y sera, tout comme ceux du centre participent désormais à notre fête des tripous. Une nouvelle catégorie a été créée spécialement pour eux, le tripou végétarien. Par définition, ça n'existe pas, mais on fait ce qu'on veut, on est à Boussollins ! Ceux qui ne sont pas contents n'ont qu'à aller... Non, inutile de le préciser, je crois que tout le monde l'a compris.

* Fin *

Merci

À vous, lecteurs et lectrices, d'avoir pris le temps de lire mon roman.

À mes bêtas lectrices et amies. Loraline Bradern, Claudine D., Witchy Cat, Prisca et Sylvie G. Votre aide et vos remarques sont toujours très utiles.

À mon mari, toujours fidèle au poste pour lire, relire, corriger, et me soutenir.

À mes biquettes, parce que, oui, j'en ai. Vous me rendez souvent chèvre, mais vous êtes les plus belles.

Et enfin, aux habitants de la ville d'Antelope dans l'Oregon, États-Unis. Leur histoire m'a inspirée, mais leur aventure fût encore plus incroyable. D'ailleurs, eux, ils avaient même perdu les élections municipales.

Autres livres d'Axelle Auclair

- SECRET DÉFENSE d'aimer
  Édité chez Hugo New Romance.

- Sublimes cicatrices

- Frissons d'enfer

- Fugitive

- Une fois trois
  Édité chez Hugo New Romance.

Pour suivre l'actualité d'Axelle Auclair

Page Facebook :
https://www.facebook.com/Axelle.Auteur/

Compte Wattpad :
https://www.wattpad.com/user/Ceylogique

Printed in Poland
by Amazon Fulfillment
Poland Sp. z o.o., Wrocław

27818355R00242